KB246132

밀우 판타지 장편 소설
FANTASY FRONTIER SPIRIT

천년
용사

1

도서출판 청어람

천년용사 1

밀 우 판타지 장편 소설

초판 1쇄 찍은 날 § 2013년 11월 13일
초판 1쇄 펴낸 날 § 2013년 11월 20일

지은이 § 밀 우
펴낸이 § 서경석

편집부장 § 권태완
편집책임 § 정수경

펴낸곳 § 도서출판 청어람
등록번호 § 제1081-1-89호
등록일자 § 1999. 5. 31
어람번호 § 제1-1707호

주소 § 경기도 부천시 원미구 심곡2동 163-2 서경B/D 3F (우) 420-822
전화 § 032-656-4452팩스 § 032-656-4453
http://www.chungeoram.com
E-mail § chungeorambook@daum.net

ⓒ 밀 우, 2013

ISBN 978-89-251-3557-1 04810
ISBN 978-89-251-3556-4 (세트)

천년 용사

밀우 판타지 장편 소설

FANTASY FRONTIER SPIRIT

1

도서출판 천어람

천
년
용
사

Contents

프롤로그

어느 한 세계가 있다.

이 세계에서는 늘 싸움이 끊이지 않았다. 그것은 빛에 속한 종족과 어둠에 속한 종족이 서로를 인정치 아니하고 서로를 향해 검과 어금니를 드러냈기 때문이다.

역사라는 게 비로소 쓰이기 전부터 시작된 이 싸움은 언제 끝날지 모른 채 계속 반복되었다.

이런 싸움에서 항상 빠지지 않고 존재하는 두 개의 구심점이 있는데 그것이 바로 용사와 마왕이었다.

콰르르릉!

번개와 함께 천둥소리가 울려 퍼진다. 검은 대지 위에 세워진 마왕성의 지하 미궁 깊숙이에선 마지막 결전이 치러지고 있다.

"하아, 하아."

은빛 갑옷에 붉은 망토를 걸친, 금발에 녹안을 가진 미남자는 거친 숨을 쉬며 앞을 본다. 땅에 박혀 있던 은은한 황금빛을 내비치는 검은 곧 남자의 손에 의해 뽑혀졌다.

검이 겨눠진 그 건너에는 또 다른 자가 있다. 검은 로브로 온몸을 가린 검고 푸른 머리를 가진 인간이었다. 이자의 이마에는 복잡한 문양의 낙인이 새겨져 있었다.

"여기서 끝이다, 마왕."

"그건 내가 할 말인 것 같군, 용사."

초주검이 되다시피 한 상황에서 마왕과 용사는 말을 주고받는다.

한때 헤아릴 수 없을 만큼 많은 마족을 거느렸던 마왕은 지금 홀로 있다. 그것은 용사도 마찬가지다. 그에게 있어 가족과도 같았던 아홉 명의 동료는 모두 마왕과 마왕군과의 싸움에서 차례차례 죽어갔던 것이다.

이렇듯 마왕과 용사는 서로의 존재를 용납할 수 없었다. 결국 이 싸움은 어느 한쪽이 죽어야 끝나는 싸움이었다.

"이번에야말로 끝을 보자."

용사는 마지막 기력을 짜내며 소리쳤다. 그 모습에 마왕 역시 검은 마력을 뿜어내며 싸울 의지를 내보낸다.

"하아아앗!"

용사는 기합과 함께 마왕에게 달려들었다. 이에 맞서 마왕도 자신의 마력으로 만든 검은 번개를 용사에게 날렸다.

번개를 광막으로 막으면서 용사는 한 걸음 한 걸음 전진한다. 걸음이 몇 발자국 남지 않은 지점에 용사의 갑옷이 갈라지고 볼에 칼로 베인 상처가 남는다.

"이대로 물러날쏘냐."

설령 목숨을 버리더라도 마왕을 처단해야 한다. 결의를 다지며 용사는 자신의 상처는 아랑곳하지 않고 한 걸음을 더 나아갔다.

"끝이다, 마왕."

이윽고 닿은 검. 그 끝이 마왕의 복부를 헤집고 들어간다.

"크윽."

마왕의 입에서 신음소리가 흘러나온다. 잔혹한 마왕이라도 한때는 보통의 인간이었기에 아픔을 느끼는 것은 당연했다. 인간이면서 그가 어둠의 편에 선 것은 어떤 존재 때문이었다.

붉게 물든 마왕의 눈빛이 일순 보통의 사람처럼 변하는 게 용사의 눈에 들어왔다. 성검의 신성력이 일시적으로 마왕의 상태를 바꾼 것이다.

이에 용사는 마왕을 보며 구슬픈 음성으로 말하였다.

"이제 미망에서 벗어나라, 카를."

"후후후."

용사는 마왕의 이름을 말했고 입가로 피를 흘리는 마왕은 웃음소리를 낸다. 지금은 이렇게 서로의 목숨을 놓고 필사적으로 싸우지만 과거 한때 이 둘은 친우였다.

함께 어린 시절을 보냈고 같은 꿈을 꾸었지만 어느 날 카를의 몸에 깃든 마신이 각성하였다. 그날 카를과 용사가 살던 마을은 한순간에 잿더미가 되어버렸다.

그날의 참극 이후 용사는 복수를 위해 힘을 길렀고 마침내 용사라 불릴 만큼 강해져 이 자리에 오게 된 것이었다.

"나를 아직도 카를이라 불러주는가."

"…아무리 지금 세계의 적이라 불릴지언정 나에겐 아직 친구이다. 그 사실만은 변함이 없어."

"후훗, 그런가."

웃음을 흘리며 말을 한 마왕은 손을 뻗어 검을 잡고 있는 용사의 손과 맞잡았다. 그리고는 자신을 향해 검이 들어오도록 힘껏 힘을 주었다.

푸욱.

검이 더욱 안으로 파고들면서 붉은 피가 흘러나온다.

"이제 너와의 인연도 여기까지로구나."

"카를……."

이때, 카를이라 이름 불린 마왕의 몸에서 검은 그림자가 솟구쳐 나왔다.

"마신!"

서로 분열해 단합하지 못하는 어둠의 종족들을 유일하게 규합할 수 있는 존재인 마왕은 자의적으로 나타나는 존재가 아니다.

전설에 따르면 신들 가운데 유일하게 세계의 창조를 돕지 않은 신이 있다고 한다. 그는 비뚤어진 심성으로 오직 파괴만을 추구했기에 모든 신들은 마신이라 이름 붙여진 그를 합심해 구속하였다. 하지만 마신의 정신 중 일부분이 분리되어 물질계로 떨어지는 것을 막지 못했다.

마신의 정신체는 곧 물질계의 생물 중에서도 고등의 지능을 가진 생명체를 찾아 기생하였고 그게 초대 마왕이 되었다. 이렇게 탄생한 마왕은 비교적 파괴적 본능에 휩쓸리기 쉬운 어둠의 종족들을 모아 늘 세계 멸망을 위해 날뛰었다. 하지만 그때마다 번번이 용사로 불리며 혜성처럼 나타난 이들에게 저지당하고 말았다.

이런 식으로 숙주와 세력을 잃으면 마신의 정신체는 후일을 기약하며 수십 년 혹은 수백 년 동안 존재를 감춘다.

"놓치지 않는다."

용사는 바로 이러한 사실을 잘 알고 있었다. 그리고 이런 경우를 대비해 비장의 수단을 갖고 이 자리에 왔다.

순간 용사가 착용하고 있던 투구, 갑옷, 망토, 강철의 장갑, 신발, 그리고 검에서 형형색색의 빛이 내뿜어지기 시작했다.

"지금 이 자리에서 널 멸해주겠다."

각각 여섯 신의 가호가 깃든 신의 무구가 가진 힘을 폭증시킨 용사는 빛을 내뿜는 검을 허공에 떠 있는 마신의 정신체를 향해 힘껏 휘둘렀다.

그 순간 공간 가득히 백열하는 빛에서 어마어마한 신성력이 뿜어져 나왔다. 이 타격에 마신의 정신체는 소리 없는 아우성을 지르며 소멸해 갔다.

털썩.

빛이 걷히고 용사는 힘없이 무릎을 꿇었다.

방금까지 빛을 내뿜던 용사의 무구는 이제 더 이상 빛을 내지 않았다. 이번 싸움을 위해 급하게 만들어진 다른 신물들과 다르게 원래부터 신물이었던 주신 아르마의 성검만이 그나마 기능을 완전히 상실하지 않았을 뿐이다.

"카를."

"……."

용사의 부름에도 불구하고 아까 전에 쓰러진 마왕, 아니 용사의 친우 카를에게선 아무런 대답이 없었다.

애당초 마신에게 육체를 지배당할 때부터 살아 있어도 살아 있는 게 아니었던 몸이다.

"모든 게 끝이 난 건가."

용사는 투구를 툭 던지듯 벗어던지고 고개를 들었다. 돌조각들이 조금씩 떨어지고 기분 나쁜 균열음이 주변에서 들려오고 있었다.

"하, 하하. 나도 이제 끝이군."

마왕의 마력으로 겨우 버티던 마왕성이 지금 붕괴되려 하는 것이다. 모든 힘을 다 써 움직일 수조차 없는 지금의 상태에서 여기를 탈출하는 것은 불가능했다.

아니, 용사는 애초에 여기를 탈출할 마음도 없었다.

"친구들도, 동료들도… 그리고 사랑하던 사람마저도 잃었다. 이렇게 여기서 끝이 나는 것도 나쁘지 않겠지.”

이제 더 이상 마왕이 출현해 세상을 어지럽힐 일은 벌어지지 않을 것이다. 이 정도면 자신의 소임을 충분히 해냈다고 용사는 생각하였다.

콰드드득.

마침내 붕괴가 바로 지근에까지 벌어지면서 천정을 받치던 돌기둥들이 옆으로 쓰러져 간다.

떨어지는 낙석 사이에 그대로 있던 용사는 그렇게 마왕성의 붕괴와 함께 영영 자취를 감추게 된다.

1장
용사, 다시 살아나다

“어서 서둘러 파라.”

콰드득.

아연히 들리는 소리들. 그리고 조금씩 스며드는 신선한 공기. 이것들이 어느 순간부터 잠들어 있던 어떤 존재를 깨우고 있었다.

‘으… 아…….’

머리가 깨어질 것 같고 아무 생각도 떠오르지 않는다. 그런 상태에서 존재는 눈을 떴다. 그러나 눈을 떴음에도 보이는 것은 어둠뿐이었다. 그리고 몸을 옴짝달싹못할 만큼 공간도 협소했다.

‘여긴 도대체……?

아주 조금씩 정신을 차리면서 존재는 자신이 처한 상황을 의문시했다.

'나는 분명 죽었을 텐데.'

존재는 바로 용사였다. 스스로 붕괴되는 마왕성에서 목숨을 포기하였던 그는 자신이 아직 살아 있음에 놀라워했다.

'어떻게 그 붕괴 속에서 내가… 아! 혹시 성검 덕분인가.'

성검에 깃든 수호의 힘이 발휘되었고 그 덕분에 자신이 살아남을 수 있었음을 용사는 금방 알아차렸다.

'내 마음대로 죽지도 못하다니 너무하는군.'

이럴 때만큼은 운명의 신인 카르마를 원망하고 싶다. 하지만 일단 살아 있으니 이제라도 뭔가를 해야 했다.

'내 지금 몸 상태는, 하! 이거 너무 절망적인데.'

마왕과의 사투로 온몸은 만신창이였다. 게다가 이 돌 더미 틈에 갇혀 얼마나 있었는지도 잘 모르겠다. 일단 몸의 감각이 매우 좋지 않은 것으로 보아 상당한 시간이 흐른 것만은 분명해 보였다. 게다가 칠흑 같은 어둠 속에서 어디가 위인지 어디가 아래인지도 잘 알 수 없었다.

한마디로 외부에서의 도움 없이 여기를 벗어나는 것은 절대 무리란 소리였다.

'그나마 위안인 건 저 소리인가.'

지금도 위쪽에서 아연히 들리는 소리는 분명 누군가가 돌 더미를 치우며 아래로 내려오고 있는 정황을 알리는 소리였다.

어떤 누가 왜 이 아래로 내려오는지 알 수 없지만 잘하면 저쪽의 도움으로 이 안에서 탈출할 수 있을 것이라는 희망을 가져볼 수 있었다.

'일단은 차분히 기다려 보도록 하자.'

성검의 힘이 바닥난 까닭에 이제 온전히 자신의 힘으로 견뎌야 하는 처지다. 지금 상태에서 과연 얼마나 더 버틸 수 있을지 자신할 수 없지만 그래도 다시 살기로 한 이상 최대한 버텨보기로 했다.

"으, 으……."

구원을 기다리는 시간은 너무나 길고 고통스러웠다. 처음 하루 이틀은 견딜 수 있었지만 그 이상의 시간이 흐르니 미친 듯이 목이 마르고 허기가 몸을 고통스럽게 했다. 혹독한 훈련을 수도 없이 반복하고 죽을 고비를 숱하게 넘겼던 용사라도 이런 고통에 인내하는 것에는 한계가 있었다.

사실상 반죽음의 상태에서 용사는 그렇게 일주일을 견디었다.

덜컹.

머리 위에 놓여 있던 커다란 돌 하나가 옆으로 치워진다. 순간 오랫동안 못 본 빛이 새어 들어오자 용사는 자신도 모르게 눈을 찡그렸다.

"아우우으."

"우어어."

웅얼거리는 소리 같은 게 들리더니 곧 뭔가의 손이 용사의 뒷덜미를 강하게 잡아끌었다.

"크윽."

당장 손가락 하나 움직일 수 없는 몸이라 용사는 저항 한 번 못하고 그 손에 끌려 나갔다. 그래도 마침내 돌 더미에서 탈출한지라 기쁘기는 했다. 그러나 이 기쁨도 잠시뿐이었다.

"어라?"

겨우 빛에 적응한 눈으로 올려다본 자신을 구해준 이는 등불을 들고 있는 오크였다.

어둠의 종족이라 불리는 종족 중 하나이지만 실상 우둔하기 그지없어 인간들에게는 그저 몬스터 중 하나에 불과했다. 이들은 마왕이 출현할 때면 항상 마왕군의 첨병이 되곤 한다.

당연히 용사에게 있어 적일 수밖에 없었다.

'큭! 내가 오크의 손에 붙잡히다니.'

용사는 주변을 눈으로 빠르게 훑었다. 오크가 열댓 마리 정도 있고 추레한 몰골을 한 사람도 꽤 많이 보인다. 아마도 저 사람들은 오크에게 붙잡힌 사람들일 것이다.

힘을 전혀 쓸 수 없는 상태에서 저항을 한다는 것은 어리석은 짓이었다. 일단은 오크들의 동태를 살핀 뒤 기회를 엿보는 편이 현명한 선택이었다.

"이 인간 어떻게 이 안에 있었지?"

"크룸투 님께 알려야 하는 거 아닐까."

"바로 가서 알려드려."

오크들끼리 대화를 나누는 소리에 용사는 멍한 표정을 지었다.

'대체 저 언어는 뭐지? 그리고 왜 이렇게 오크가 말을 잘하는 거야?'

오크들의 언어 능력은 그들의 무식한 두뇌 수준에 걸맞게 매우 저급하여 전달할 수 있는 단어가 한정적이고 무엇보다 특유의 비음이 들어가 무척 투박하고 짧은 대화만 나눌 수 있는 수준이다.

근데 지금 이 앞의 오크들은 비록 알아듣기는 어렵지만 무척 매끄럽고 세련된 언어를 구사하였다. 이게 대체 어찌 된 영문인지 용사로선 당혹스러울 따름이었다.

'아무래도 안 되겠다. 일단 상황을 파악해 보자.'

마침 오크들의 시선이 다른 곳으로 쏠려 있는 것을 확인한 용사는 가까이 서 있는 남자에게 작은 목소리로 말을 건넸다.

"이봐요."

"……."

용사의 말에 남자는 슬쩍 고개를 돌렸다. 하지만 아무 말 없이 다시 고개를 앞으로 돌려 버렸다.

자신을 무시하는 것 같아 슬쩍 화가 났지만 용사는 꾹 참으며 다시 한 번 말을 건넸다.

"제 말 좀 들어보세요. 혹 내 말이 안 들립니까?"

"우어……?"

상대의 반응이 이상하다. 어딘가 모르게 굼뜬 반응하며 눈동자도 총기가 없다. 무슨 정신 제어 주문이라도 당한 것 같은 반응인데 오크가 그런 고등 마법을 쓸 리가 없으니 가능성은 낮았다.

"무슨 약물이라도 복용케 한 건가."

자세히 보니 다른 사람들도 비슷비슷한 모습이다. 마치 오크들이 인간들을 지배하기 쉽게 무슨 약물이라도 쓴 것 같았다.

'나야 독에는 면역이 있다지만. 그나저나 이 오크들은 도대체 정체가 무엇일까.'

깨어나자마자 생각지도 못한 상황에 놓이게 된 용사는 모든 게 혼란스러웠다.

"거기 인간."

바로 이때, 뒤에서 누군가 용사가 아는 언어로 말을 걸어오는 이가 있었다. 이에 용사는 본능적으로 고개를 돌렸다.

'드워프?'

용사의 눈에 들어온 건 바로 늙은 드워프였다. 체구가 땅딸막하지만 강건한 체력과 그리고 뛰어난 손재주를 가진 드워프는 태양의 신 카루스가 창조한 빛의 여섯 종족 중 하나이다.

한때 마왕에 맞서 싸운 동맹이었던 드워프를 보니 반가운 마음이 들었다.

"일단은 잠자코 있게. 지금은 그게 상책이야."

"그게 무슨……."

드워프의 의문 섞인 말에 용사는 의아함을 품었지만 질문을 하기도 전에 밖으로 나갔던 오크들이 돌아와 버렸다.

"안에서 꺼낸 인간이 있다고?"

"그렇습니다."

아까 전의 오크들이 데려온 오크는 다른 놈들보다 머리가 하나 더 큰 우락부락한 덩치의 오크였다. 그 오크를 본 용사는 속으로 적잖게 놀랐다.

'맙소사! 오크 주제에 저렇게 단련이 되어 있다니.'

기본적으로 오크는 전투 종족이라 불릴 만큼 신체적으로 뛰어나고 또 그 오크 중에서도 오크 전사는 인간 기사와 견줄 만큼 힘을 지닌다고 하나 지금 눈앞에 있는 저 오크만큼 기량을 가지지는 못한다.

눈썰미만큼은 변함이 없는 용사의 눈에 저 오크는 초인이라 불리는 '오러 유저'의 반열에 오르기 직전까지 단련된 것이 확실히 보였다.

마왕군과 싸울 때도 저 정도로 강한 녀석은 몇 안 되었고 또 그나마도 마왕의 힘을 빌렸던 놈들인지라 눈앞의 오크는 놀람의 존재가 될 수밖에 없었다.

한편, 이런 용사의 놀람을 아는지 모르는지 오크들은 용사를 보며 자기들끼리 대화를 나눴다.

"흠, 지하에 파묻혀 있던 인간이라. 시체가 아닌 살아 있는 채로 나왔다는 게 꽤 흥미롭군."

"어찌할까요."

부하 오크의 물음에 크룸투는 잠시 생각을 하고는 말했다.

"일단은 끌고 간다. 전 마왕의 마왕성 안에서 나온 인간이니 범상치 않을 터, 그분께 보여드릴 필요가 있겠지.”

“네.”

“그럼 나머지는 발굴 작업을 계속하도록.”

“알겠습니다.”

통보를 받은 오크는 고개를 주억거리며 대답했다.

“가자.”

크룸투의 말에 두 마리의 오크가 각각 용사의 양팔을 잡았다.

“크으윽.”

용사는 어떻게든 저항을 해보고 싶었지만 몸은 천근만근 무거웠고 손가락 하나 까딱할 힘도 없어 결국 무기력하게 오크들에게 끌려가고야 말았다.

*　　*　　*

한참을 파놓은 땅굴을 따라 올라가니 마침내 지상이 나왔다. 언뜻 보니 대낮 같았다.

‘이런.’

작은 등불에도 자신의 눈이 무척 민감하게 반응한 것을 떠올린 용사는 지금 강한 햇살을 정면으로 본다면 자칫 시력에 문제가 생길 수 있음을 깨닫고 질끈 눈을 감았다.

이윽고 완전히 밖으로 나온 용사는 순간 눈꺼풀을 통해 전해지는 햇살이 생각보다 강하지 않은 것을 느끼고 조심스럽게 눈을 떴다.

　고개를 들어 올려다본 하늘은 구름 한 점 없이 맑았다. 그런데 하늘의 색이 붉다. 게다가 작렬하는 햇살을 보여야 할 해가 마치 달처럼 똑바로 볼 수 있는 게 아닌가.

　마왕성에 쳐들어올 때 이 대지에 검은 먹구름이 깔려 있기는 했지만 본래는 이 땅에도 푸른 하늘이 펼쳐져 있었다는 것을 생각한다면 지금 저 하늘은 눈으로 보고도 믿기 힘든 광경인 셈이었다. 그러나 지금은 그것을 여유롭게 감상할 여유조차도 없었다.

　퍽!

　"가라."

　팔을 잡고 있는 오크가 험상궂은 표정을 지으며 말한다. 여전히 알아들을 수 없었지만 무엇을 의미하는지 정도는 알 수 있었기에 용사는 후들거리는 걸음으로 앞으로 걸었다.

　곧 용사는 야외에 마련된 한 커다란 막사 안으로 들어가게 됐다.

　막사 안에는 역시나 오크가 있었다. 그런데 이 오크 또한 용사의 상식을 벗어난 존재였다.

　'뭐야, 저 학식 있어 보이는 오크는.'

　고급스런 의복을 갖추고 거기에 안경까지 쓴 오크는 한 권의 서적을 들여다보다가 용사의 모습을 보곤 책을 덮었다.

　"이 인간인가, 마왕성의 잔해에서 나왔다는 인간이."

　"그렇습니다."

“흥미롭군. 어떻게 그곳에 갇혀 있었던 거지?”

“차림새로 볼 때 평범한 인간 같지는 않습니다.”

성검을 바로 압수당하긴 했지만 지금 용사는 과거 신물이라 불렸던 다섯 개의 무구를 착용하고 있다. 비록 힘이 사라지고 시간의 흐름으로 완전히 녹이 슬고 퇴색되어 버려 폐품과도 같이 변했지만 적어도 용사가 한때 전사였다는 증거는 되었다.

“인간, 말해라. 어떻게 저 안에 있었던 것이냐.”

“뭐?”

안경 쓴 오크의 말에 용사는 무심코 반문을 던졌다. 서로의 언어가 다른 탓에 전혀 소통이 안 된 것이다. 이에 오크 쪽은 인상을 찌푸리며 중얼거렸다.

“이자는 마족어를 전혀 모르는 것 같군.”

그러다니 갑자기 말을 바꿔 말했다.

“이거라면 알아듣겠지, 인간.”

갑자기 상대가 공용어로 말해온 것에 잠시 놀랐지만 용사는 이내 평정을 되찾았다. 상대가 오크라는 점이 걸리긴 해도 지금으로썬 이 상황에 대한 정보가 필요했다.

“공용어를 쓸 줄 아는군, 오크.”

상대처럼 용사도 똑같이 하대를 해주었다. 그러자 옆에 있던 크룸투가 인상을 팍 쓰더니 커다란 주먹으로 용사의 복부를 때렸다.

“커헉!”

단 일격이었지만 체력이 너무 약해진 용사는 버틸 수가 없었다. 쓰러진 용사를 내려다보며 크룸투는 말했다.

"하찮은 인간 따위가 감히 베르돔 님께 고개를 뻣뻣이 들다니. 죽고 싶은 것이냐."

"그쯤 해둬라. 그 인간에게 물어봐야 할 게 많다."

"…예."

베르돔이라 불린 오크의 말에 크룸투는 마지못해 용사를 일으켜 세웠다. 그러자 베르돔은 다시 질문을 던졌다.

"너의 이름은 뭐지?"

"…이델 카스트로."

오크 따위에게 자신의 본명을 밝혀야 한다는 사실이 수치스러웠지만 일단 지금의 위기를 모면해야 한다는 생각으로 용사 이델은 자신의 이름을 밝혔다.

"이델이라. 좋아, 그럼 다시 묻지. 어째서 네놈은 저 안에 갇혀 있었던 것이냐."

"……."

이 질문에 이델은 입을 굳게 다물었다.

자신이 용사라는 사실이 밝혀지면 필시 저들이 자신을 가만 놔두지 않을 게 분명했다. 일단 여기선 그 사실을 숨겨야 할 필요가 있었다.

"함구한다는 건가."

베르돔은 이델을 굉장히 흥미롭게 지켜보았다.

이곳 마왕성의 폐허를 발굴한 지도 어언 2년. 그동안 마왕이 수집한 서적과 마법 도구들을 건졌지만 살아 있는 인간을 찾아낸 것은 처음이다.

이 인간을 어떻게 처우할지는 오로지 그의 마음에 달려 있었다.

"어떻게 하시겠습니까, 베르돔 님."

"지금 당장은 얻어낼 수 있는 게 없을 것 같구나. 일단 다른 인간들과 같이 두는 대신에 철저히 감시하고 되도록 죽지 않게 처치를 하도록."

"알겠습니다."

상관의 말에 크룸투는 고분고분하게 대답을 하였다.

"따라와라, 인간."

마족어를 하는 크룸투의 말을 이해하지 못한 채로 이델은 또다시 밖으로 끌려 나와야 했다.

밖으로 나온 이델은 대기 중이던 오크들의 손에 의해 착용하고 있던 장비들이 낱낱이 벗겨지는 수모를 당해야 했다. 이미 기능을 상실한 장비긴 하나 한때 자신과 한 몸이 되다시피 한 장비들을 맥없이 빼앗긴다는 사실은 이델에게 수모로 다가왔다.

졸지에 천 바지와 윗옷만 입은 모습이 된 이델은 비척비척 걸음을 옮겼다.

"쯧! 이래서는 곧 죽고 말겠군. 이 녀석을 취식장에 데리고 가라."

크룸투는 짜증 섞인 목소리로 말하고 다른 곳으로 자리를 떴다. 그러자 오크 둘은 서로 어깨를 으쓱여 보이고는 이델을 취식장으로 데리고 갔다.

취식장에는 막 요리를 하는지 모락모락 음식 냄새가 흘러나왔다.

'밥이다!'

처음으로 이델은 기쁜 감정을 드러내었다. 일주일간 그를 괴롭히던 허기가 다시금 강하게 느껴져 왔다.

털썩.

간이로 만든 나무 의자에 앉혀진 이델에게 하얀 앞치마를 두른 오크가 나무 그릇 하나를 턱 하니 내밀었다.

"자, 먹어라."

오크가 내민 나무 그릇을 본 이델은 순간 속에서 치미는 토기를 참지 못할 뻔했다. 잘은 모르겠지만 거무칙칙한 색깔에 뭔가가 괴상하게 잔뜩 첨가된 음식이 담겨 있었기 때문이었다.

오크들 기준에서는 이것이 나쁜 음식이 아닐지 몰라도 인간인 이델에겐 도저히 참고 먹기 힘든 음식이었다.

'하지만 지금은 싫고 좋고를 따질 때가 아니잖아.'

뱃속을 갈기갈기 찢는 것 같은 허기 앞에서 음식 투정은 그저 사치에 지나지 않았다.

결국 이델은 뭔지도 모를 음식을 있는 대로 먹어치웠다. 꽤 큰 그릇에 한가득 담겨 있었지만 눈 깜짝할 사이에 다 사라져 버렸다.

“휴우.”

오래간만의 식사가 자칫 몸에 탈을 줄 수도 있었지만 지금은 체력을 비축해야 했다. 일단 비루한 당나귀처럼 형편없어진 몸을 회복하는 게 최우선이기 때문이었다.

잠시 오크들의 눈을 피해 이델은 스스로의 몸 상태를 점검해 봤다.

‘끄응! 역시 그때의 후유증이 남아 있나.’

식사를 통해 고갈된 체력은 회복했지만 오러의 기운은 물론 몸에 내재되어 있던 신성력과 마력이 느껴지지 않는다.

본래 보통의 인간이라면 세 가지의 힘 모두를 담아낼 수가 없다. 간혹 두 가지의 힘을 다루는 자가 있기는 하지만 그 수는 무척 드물다. 허나 이델은 그런 상식을 깨낸 존재다.

아니, 애초에 용사라 불린 존재들은 모두 그게 가능하다고 해야 할 것이다.

보통의 인간은 불가능한 세 개의 힘을 다뤘던 이델이지만 지금은 아무런 힘도 쓸 수가 없다. 마왕과의 싸움 때 한계 이상으로 싸우느라 무리를 많이 한 탓에 일종의 후유증이 남은 것이다.

‘그런데 신성력은 왜 이렇게 미진하게 느껴지는 거지?

오러와 마력은 어디까지나 개인의 힘이나 신성력은 신으로부터 전달받은 힘이다. 신과의 영적 교류만 유지된다면 신성력은 자연스럽게 회복된다. 가장 빠르게 신성력을 회복하는 방법은 기도를 통하는 것이지만 용사인 이델은 굳이 그 방법을 쓰지 않더라도 인간의 신 로이아스의 가호로 신성력을 저절로 회복시킬 수 있다.

그런데 기이하게도 신성력이 회복되는 게 아주 더디다. 게다가 항시 지근에서 느껴지던 신의 기척도 지금은 전혀 느껴지지 않는다. 이 상황에선 신성력을 통한 힘도 거의 쓸 수가 없다.

적어도 며칠은 걸려야 기본적인 신성 마법을 쓸 수 있을까, 그리 짐작할 뿐이다.

"미치겠군."

원래 지녔던 힘도 못 쓰는 용사라 자칭하기도 부끄러울 처지다. 섣불리 행동하기보단 지금은 마왕이 쓰러진 이후 어떤 일이 일어난 것인지 알아보는 게 최선이라고 생각되었다.

이때, 일하던 사람들이 쇠사슬을 차고 한곳으로 모이는 모습이 보였다.

퍽!

"그만 먹고 일어나."

발길질로 쓰러진 이델은 자신을 걷어찬 오크를 노려보았다. 마음 같아서는 똑같이 때려눕혀 주고 싶지만 아직 몸도 완전히 회복된 게 아닌지라 꾹 참고 자리에서 일어났다.

이델은 그렇게 오크의 손에 붙들려서 다시 어딘가로 갔다.

"여긴……."

나무로 급조해 만든 커다란 우리가 보인다. 이델이 주저하는 모습을 보이자 뒤에서 오크가 이델의 엉덩이를 뻥 찼다.

순간 앞으로 넘어진 이델은 그대로 바닥에 쓰러졌다.

"이익."

고개를 들어 자신을 걷어찬 오크들을 쏘아보았지만 오크들은 자기들끼리 낄낄거리더니 자리를 떠났다.

"하아."

순간 자신의 처지가 왜 이리 됐는지 답답한 마음이 치솟았다.

"음?"

일단 앉은 이델은 자신에게 쏟아지는 무수한 시선을 느낄 수 있었다. 그 시선의 주인들은 바로 추레한 모습을 한 사람들이었다.

*　　*　　*

사람들의 시선이 이델은 약간 부담스러웠다. 하지만 동시에 기회라고 생각하였다.

"난 이델이라 합니다. 당신들은 어디서 잡혀 오신 겁니까."

"……."

이델의 질문에 우리 안에는 어색한 침묵이 흘렀다. 누구도 선뜻 입을 열지 않고 서로 눈빛만 주고받을 따름이었다.

"전 절대 이상한 사람이 아닙니다."

이델이 다시 말해보지만 사람들은 경계만 더욱 할 뿐 일절 말을 하지 않았다.

"그들에게 말을 걸어봐야 소용없네. 자네 말이 무슨 뜻인지도 모를 것이야."

아까 들었던 그 목소리가 사람들 뒤편에서 들렸다. 이에 이델은 몸을 일으켜 목소리의 주인이 있는 곳으로 갔다.

"쿨럭, 쿨럭!"

심한 기침을 토해내는 늙은 드워프를 본 이델은 황급히 그의 몸을 부축했다.

"괜찮으십니까?"

"걱, 걱정 말게. 그저 지병일 뿐이니."

드워프는 그리 말한 후 이델을 올려다보았다.

"믿기 어렵군. 지금 시대에 자네 정도의 지성을 가진 인간이 있을 줄이야."

"예? 그게 무슨 말씀이십니까?"

"그보다 먼저 나는 자네 정체가 궁금하다네. 도대체 어떻게 해서 저 깊숙한 곳에 갇혔던 것인가."

늙은 드워프의 말에 이델은 순간적으로 갈등에 휩싸였다. 여기서 정체를 감출 수 없다는 것을 직감적으로 알고는 결국 자신에 대해 이야기했다.

자신이 용사인 사실과 마왕과 싸우다 저 안에 매몰되었다는 사실, 그리고 성검의 힘을 빌려 운 좋게 여태까지 살아남을 수 있었다는 사실까지도 모두 이야기했다.

이야기를 들은 드워프는 놀라움을 금치 못했다.

"그렇다면 어스 파이터 험브러스 님과 함께 싸웠다는 용사가 바로 자네란 말인가."

"그런 셈이죠."

드워프의 오러 유저를 지칭하는 어스 파이터라는 호칭을 가진 험브러스는 이델과 함께 마왕군과 싸운 동료이다. 그는 마지막 결전 바로 전의 전투에서 마왕군의 핵심 간부 중 하나와 동귀어진을 해 전사하였다. 그에 대한 추억을 떠올리니 새삼 쓸쓸한 감정이 느껴졌다.

"믿기지 않는군. 어떻게 그때의 용사가 이제까지 살아 있을 수 있단 말인가."

"예?"

이델은 늙은 드워프의 말에서 뭔가 이상함을 발견했다. 그리고 불현듯 든 불길한 느낌을 안은 채로 말을 꺼냈다.

"혹 지금 연도가 어떻게 됩니까."

"글쎄, 과거의 대륙력으로 표기한다면 대략 2,250년 정도 되지 않았을까 싶네."

그 말에 이델은 입을 크게 벌리고 아무 말도 못했다. 그의 머릿속이 이 순간만큼은 새하얀 백지처럼 되어버렸다.

이델이 태어난 연도는 정확히 1,221년이다. 그리고 마왕을 쓰러뜨린 해는 그의 나이 21세인 1,242년이었다. 그런데 2,250년이라니. 그건 무려 1,008년이나 후의 미래가 아닌가. 하지만 놀랄 일은 아직 더 있었다.

"그나마 지금 대륙력은 쓰이지 않는 달력이 되어버렸지. 지금은 마신력 325년으로 날짜를 세지."

"마, 마신력이요?"

"그래. 현 마왕이 세계를 점령하고 난 후로 쓰게 된 달력일세."

마왕이라는 말에 이델은 순간적으로 경기를 일으킬 뻔했다.

순간 이성을 잃은 이델은 양손으로 드워프의 어깨를 강하게 부여잡고는 큰 소리로 말했다.

"마왕이라니요! 그럴 리 없습니다. 마왕은 더 이상 세상에 나올 수가 없단 말입니다."

"과거엔 다들 그렇게 생각했었지. 무려 600년이 넘도록 마왕이 출현하지 않았으니깐. 하지만 평화에 너무 젖은 나머지 우리가 방심하고 있던 한순간 마왕은 세상에 나타났고 모든 것을 뒤바꿔 버렸네."

"설명 좀 해주십시오. 대체 어떻게 된 일입니까."

"후! 나도 자세한 건 모르네. 마왕이 전쟁을 일으킬 당시에 난 젖도 안 뗀 아기였으니 말이야. 다만 후에 바람처럼 들려온 소문에 따르면 이번 대 마왕은 아주 강하고 또 지략이 뛰어나 연전연승을 거뒀고 대적한 용사마저도 그를 이기지 못해 결국 이러한 세상이 되고 말았다고 어머니께 들었네."

"용사가 지다니……."

그럴 수는 없는 일이다.

자신이 그러했고 이전에 활동했던 십여 명의 용사도 사투 끝에 모두 마왕을 물리쳐 왔다.

그럴 수밖에 없는 게 용사라는 존재가 바로 마왕을 상대하기 위한 신들의 카드이기 때문이다.

전설에 따르면 운명의 신 카르마는 마왕 출현을 시간의 여신 아루스에게서 통보받고 용사가 될 특별한 운명을 가진 인간들에게 '마왕에게는 절대 지지 않는다.' 라는 명운을 부여했다고 한다.

그게 진짜인지 가짜인지는 모르지만 초대 용사부터 이델 본인까지 용사들은 단 한 번도 마왕에게 무릎을 꿇지 않았다. 그런데 당대 용사가 마왕을 이기지 못하고 지다니. 이것을 쉽게 납득해 받아들이기란 이델에게 너무 버거운 일이었다.

"그럼 지금 세계가 이렇게 된 것은 마왕이 이긴 결과인 겁니까?"

"말하자면 그렇다네. 마왕은 어둠의 종족들을 규합해 마족으로 통합하여 자신의 백성으로 만들었고 우리들 빛의 종족을 노예로 부리며 세상 모든 것을 지배하고 있지."

모든 이야기를 들은 이델은 넋이 나간 표정으로 하늘을 쳐다보았다. 그토록 힘들게 싸워 마침내 지긋지긋한 싸움의 연쇄를 끊어냈다고 생각했는데 그렇지 못했다는 사실은 그를 충분히 절망하게 할 만했다.

이런 이델의 모습에 늙은 드워프는 가엾다는 표정을 지어 보였다.

한편, 같은 우리에 있는 사람들은 그런 모습을 신기하다는 듯이 보고 있었다. 한참이나 마음을 추스르지 못하던 이델은 문득 눈에 들어온 사람들을 보곤 말을 꺼냈다.

“저 사람들은 그럼 어둠의 종족, 아니 마족에게 붙잡힌 사람들입니까.”

“아니, 아닐세. 저들은 붙잡힌 게 아니라 태어날 때부터 그들에게 키워진 일종의 가축이네.”

“그게 무슨 말입니까. 인간이 가축이라니요.”

다른 종족인 드워프가 인간을 가축이라 부르는 것에 이델은 심기가 불편해졌다. 하지만 뭔가 멍청해 보이는 표정과 총기 없는 눈빛을 가진 우리 안의 사람들을 보고 있자면 왠지 모르게 같은 사람이라는 생각이 안 든다.

“선뜻 이해하기 힘들겠지만 지금의 세계는 자네가 알던 세계가 아니네. 마왕이 신들의 권능을 찬탈하여 명운 역전 마법을 전 세계적으로 펼친 탓에 그대들 인간족과 빛의 종족은 가지고 있던 영성을 잃고 말았네.”

“영성을 잃다니요. 도대체 그게 무슨……!”

영성은 바로 각 종족이 신에게 부여받은 재능과 지성을 가리키는 말이다.

가령 예를 든다면, 엘프는 숲과의 조화 능력을 가지고 있고 드워프는 대지와의 소통이라는 능력을 가지고 있다. 인간의 경우엔 어느 종족보다도 탁월한 적응력이 있다.

이런 영성이 없었다면 세계에서 도태되고 말았으리라. 그런데 그러한 영성을 잃었다고 한다. 그게 과연 가능은 한 일일까.

“대체 마왕이 펼친 명운 강탈 마법이라는 게 뭡니까.”

"나도 모르네."

늙은 드워프는 고개를 가로저으며 답하고는 다시 말을 하였
다.

"다만 그 마법이 어둠의 종족에게 우리의 영성을 빼앗기게
했다는 사실만 알고 있네."

"영성을 어둠의 종족이 가져갔단 그 말씀이십니까."

어둠의 종족.

밤의 신인 문델이 창조한 아홉의 종족을 가리키는 말이다.

문델 역시 세계의 창조에 일조한 신으로서 자신의 종족을
만들고 싶어 했다. 많은 종족이 자신을 떠받들 것을 원했기 때
문에 욕심을 부려 아홉이나 되는 종족을 만든 것이다. 그 때문
일까. 빛의 카루스나 인간들의 신 로이아스처럼 창조된 각 종
족이 가지는 영성을 균등하게 받지 못하고 어둠의 종족은 결
국 부족한 영성을 취하게 되었다.

그런 까닭에 이들 종족 대부분은 몬스터 취급을 받으며 초
라한 삶을 살아야 했다. 이런 빛 뒤에 가려진 그림자와 같은
취급을 받아서일까. 어둠의 종족은 늘 빛의 종족을 시기하였
고 그래서 파괴를 궁극적으로 바라는 마왕의 편에 늘 서곤 했
다.

그러한 이들이 마족이라 불리게 되고 빛의 종족과 인간족이
가졌던 영성을 가졌다는 말은 이번에도 역시 어둠의 종족은
마왕의 편에 섰다는 것을 의미했다.

"영성을 빼앗긴다는 것이 어떤 의미인지는 자네가 더 잘 알

것일세.”

“……”

늙은 드워프의 말에 이델은 아무 말도 하지 않았다. 그는 자신을 보는 동족들을 비탄에 잠긴 눈으로 응시했다. 천 년 후의 후예들이 이런 말로를 걷고 있다는 사실만으로도 절망감이 최고조에 다다랐다.

창조신들에게 부여받은 영성을 모두 빼앗겼다면 그 종족은 미래를 잃게 된다. 세대를 거듭할수록 퇴보의 길을 걷게 되며 종족의 개체가 가질 수 있는 재능 역시 한계가 생기게 된다.

이런 식으로 몇 세대 내려가게 되면 결국에는 짐승이나 마물 같은 존재가 되고 말 것이었다.

이델이 생각에 잠겨 있는 사이에 늙은 드워프는 인간들을 안쓰러운 시선으로 보며 말을 하였다.

“1,000년을 사는 엘프나 300년 이상을 사는 우리 드워프는 아직 타격이 적은 편이지만 수명이 짧은 자네들 인간과 수인족은 이미 영성을 많이 잃어버려 저처럼 제대로 생각도 못하고 짐승처럼 살아가는 자들이 꽤 있지.”

“……”

목소리가 제대로 귀로 들어오지 않는다. 처참하다 싶을 정도로 바뀐 이 세계의 진실을 안 이델은 속에서 치밀어 올라오는 슬픔을 억누르기 위해 힘겹게 입을 다물고 몸을 웅크렸다.

솔직히 말해 이때까지만 해도 이 모든 것을 현실이라고 받아들이지 못했다. 하지만 뒤바뀐 현실은 당장 가혹하게 다가

왔다.

아침이 되고 굳게 잠긴 문이 열렸다. 그러자 아무렇게나 쪼그려 자던 사람들이 비척거리며 일어나 밖으로 나갔다.

그런 모습에 잠시 망설이다 몸을 일으킨 이델은 한쪽 구석에서 앓는 소리를 내며 일어나지 못하는 한 사람을 발견할 수 있었다.

'어디 아픈 건가.'

상태를 보니 일어나는 것도 힘들어 보인다.

순간 도움의 손길을 주기 위해 그쪽으로 가려는데 밖에서 오크들이 들어와 그에게 갔다.

"인간, 일어나라."

"우으으."

대답 대신 신음하는 상대를 보던 오크는 조금의 주저도 없이 허리에 찬 환도를 휘둘렀다.

"……!"

눈앞에서 사람이 간단히 죽는 모습에 이델은 순간 분노했다. 당장이라도 뛰쳐나갈 기세의 그를 늙은 드워프가 붙잡았다.

"참게. 여기서 저들에게 대항했다간 곧바로 죽은 목숨이네."

"크윽!"

단지 아파 일어나지 못했을 뿐인데 그것만으로 죽임을 당한 사람을 생각하면 피가 거꾸로 솟는 기분이다. 그러나 지금의 자신이 나선다고 뭐가 달라질까.

늙은 드워프의 말처럼 참고 이 상황을 지나가는 게 현명한 선택이라는 것을 누구보다 잘 알기에 이델은 손을 바들바들 떨면서 울분을 애써 삭혔다.

질질질.

오크는 아무렇지도 않게 시체를 한 손으로 끌고 나갔다.

바닥에 남겨진 핏자국에 손을 대며 이델은 침통한 표정을 감추지 못했다.

*   *   *

참혹한 광경을 지켜보게 되면서 비로소 이 세계가 자신이 알던 세상과 완전히 다른 곳임을 인정하지 않을 수 없게 되어 버렸다.

솔직히 말해 참담하고 또 막막했다. 천 년이라는 시간이 흘러 버리고 또 자신은 힘없는 존재가 되어버렸다. 그런 마당에 무엇을 어떻게 해야 할지 막막하기만 했다.

그렇게 방황의 시간은 계속해서 흘러갔다. 그 시간 동안 이델은 더 많은 참혹한 광경을 보았다. 처음에는 그 모습에서 눈을 돌렸지만 차츰 마음은 바뀌어갔다.

이들을 구하고 싶다. 용사로서의 마음이 이델을 움직이게 했다.

‘세상이 이렇게 변하더라도 난 용사이다. 어떠한 절망에도 결코 굴하면 안 돼.’

며칠 내내 흐려져 있었던 눈빛이 다시 예전처럼 바뀌었다. 이델은 이제부터 어떻게 행동해야 할지 생각을 하였다.

‘진짜로 이 시대가 어둠의 종족, 아니 마족에게 지배받는 세상이라면 어딜 가도 마찬가지다. 우선은 마족의 말을 따르면서 힘을 되찾는 것에 집중하자.’

분하지만 지금의 상태로는 여기 있는 이들을 구하기는커녕 자신 혼자만 탈출하는 것도 거의 불가능했다. 하여 이델은 마음을 숨긴 채 오크들이 시키는 대로 일을 했다.

또 다시 아침이 되고 오크들은 우리에 갇힌 사람들을 끌어냈다.

“가지고 가라.”

완전무장한 오크들이 곡괭이를 준다. 태평스런 모습이 행여나 저항을 할 것이라고는 생각 안 하는 모습들이다.

이델은 다른 사람들처럼 사슬이 달린 구속구를 발에 찬 상태로 뻥 뚫린 굴 안으로 향했다. 겨우 하루, 몸이 회복되기에는 너무나 부족한 시간이었던지라 조금만 움직여도 금방 숨이 가빠졌다. 그런데 그런 상황에서 산소가 부족한 굴 안으로 들어가니 더욱 몸이 힘들었다.

“괜찮나?”

“이 정도쯤은 견딜 만합니다. 제 걱정은 안 해도 돼요.”

이델은 애써 씩씩하게 대답했다.

이름이 바르간이라고 한 올해 334세의 드워프는 유일하게 말을 터놓을 수 있는 상대이기에 이델은 일할 때도 그의 곁에 있었다.

인간으로 치면 거의 고령으로 거동도 힘든 나이임에도 바르간은 명운 강탈 이전에 태어난 세대였기 때문에 드워프에게 주어진 영성을 고스란히 갖고 있어 다른 인간보다 나은 곡괭이 솜씨로 앞을 가로막은 바위를 쪼갰다.

"후욱."

이델도 뒤질세라 열심히 곡괭이질을 했다. 오랜 시간 쓰이지 않아 많이 물렁해진 근육을 다시 되돌리기 위해서는 이렇게라도 해야 했다.

체력이 약해졌지만 오기로 오전 작업을 마친 이델은 땀과 흙먼지로 완전히 더럽혀진 채 밖으로 나왔다.

"자, 식사다."

음식은 어제나 별반 다를 게 없었다. 체력을 조금이라도 되찾기 위해 이델은 싫어도 꾸역꾸역 먹었다. 그리고 오후에도 똑같이 노동에 동원되었다.

일주일이 지나도록 이델은 그런 생활을 쭉 해야만 했다. 기이하게도 이곳 책임자로 보였던 베르돔은 마왕성에서 발견된 정체불명의 존재인 이델을 딱히 찾지 않았다.

"휴! 오러의 흐름만 정상적으로 이뤄져도 몸의 회복이 한층 빨라질 텐데."

야심한 시간에 이델은 잠을 자지 않고 열심히 몸 안에 내재

된 오러의 흐름을 느끼고 있었다. 조금이라도 더 빨리 오러를 운용할 수 있다면 회복을 더욱 빠르게 할 수 있을 텐데 아쉽게도 그게 말처럼 쉽게 되지 않는다.

몸 곳곳에서 충만하게 느껴지던 오러의 근원인 생명력은 매우 약해져 있고 흐름 또한 단절된 부분이 많아 자연적으로 회복하려면 무척 긴 시간이 필요해 보인다.

"마력 쪽은… 더 절망적이군."

한때 대마법사와 필적할 만큼 많았던 마력이 지금은 터럭 한 올만큼도 느껴지지 않는다. 어쩌면 영영 마력을 되찾지 못할 수도 있다는 암울한 가정도 언뜻 들 정도다.

"아니지. 조급하게 생각하지 말자."

암울한 생각을 해봐야 자신만 손해다. 이델은 애써 부정적인 생각을 떨쳐보려 노력했다.

이델은 마음을 가라앉히기 위해 하늘을 보았다. 하늘에는 예전보다 몇 배나 밝은 월광을 내뿜는 달이 존재하고 있었다. 이 또한 마왕이 펼친 권능을 증명하는 광경이었다.

"눈부시군."

달을 보면서 눈부시다고 생각한 적은 여태까지 한 번도 없다. 오래 보기 힘든 달에서 눈을 떼며 이델은 구부린 무릎에 머리를 기댔다.

"내가 제대로 마무리를 지었다면 이런 미래는 없었을 텐데."

자신이 바란 미래는 결코 이런 게 아니었기에 이델은 스스로 자책을 하였다.

밤이 깊어갔지만 이델은 쉬이 잠을 못 이뤘다. 그런데 이때, 멀리서 인기척이 느껴졌다.

"음?"

횃불 없이 걸어오는 한 무리의 오크. 그 선두에는 크룸투가 있었다. 갑자기 그들이 나타나자 잠들어 있던 인간들이 모두 깨어나 우왕좌왕하였다.

"시끄럽다."

오크 하나가 주먹으로 우리의 나무 창살을 내리치자 인간들은 겁을 먹고 조용히 한다.

"나와라, 인간."

크룸투가 말한 인간은 바로 이델이었다.

"자네를 부르는군."

마족어를 모르는 이델에게 바르간은 설명을 해주었다.

"나를?"

이 시간에 자신을 부른다는 사실에 이델은 경각심을 가졌다. 하지만 저항할 수 없는 지금, 따르지 않을 수 없었기에 조심스레 우리 밖으로 나왔다.

"끌고 가라."

크룸투의 지시에 오크 둘이 양쪽 팔을 구속한다. 이델은 그 구속을 벗어나고자 했지만 억센 팔 힘 때문에 도저히 저항을 할 수 없었다.

"크윽."

분한 마음으로 크룸투를 보지만 당사자는 시큰둥한 반응을 보일 뿐이다.

"젊은이……."

바르간은 끌려가는 이델을 걱정스런 시선으로 바라보았다.

털썩!

"일주일 만이군."

"너는."

이델을 데려오게 한 건 역시나 베르돔이었다. 그는 공용어로 말을 걸어왔다.

"그동안 잘 지낸 모양이로군."

"그렇게 보이나, 오크."

이델은 비아냥거림을 담아 대꾸했다. 그러나 베르돔은 의외로 화를 내지 않고 웃어넘기는 모습을 보인다.

오크 같지 않은 저 모습을 보고 있자면 영성을 빼앗긴 후에들이 떠올라 새삼 분노가 치솟는다. 그러한 분노를 억지로 억누르면서 이델은 똑바로 베르돔을 직시했다.

베르돔은 그런 이델을 보면서 히죽 웃었다. 그리고는 한쪽에 진열된 것을 손으로 가리켰다.

"지난 일주일 동안 네놈이 가지고 있던 물건들을 조사해 보았다. 그랬더니 꽤 흥미로운 결과가 나오더군."

"……."

베르돔의 말에 이델은 대꾸를 하지 않았다.

"다섯 개의 무구에서는 아무런 힘이 감지되지 않았지만 저 검에는 희미하게나마 내제된 힘이 있더군. 그 힘이 뭔지 조사해 보니 마력은 아니었다. 내 견해론 신의 힘이 깃든 게 분명하다."

놀라우리만큼 정확히 맞추는 베르돔의 말에 순간 이델은 긴장을 했다. 처음 봤을 때부터 범상치 않아 보였던 저 오크가 신의 무구에 대해 알아냈다는 사실이 순간 우려스러웠다. 그런 이델을 보며 베르돔은 계속 자신의 생각을 말했다.

"어째서 너라는 인간이 그런 물건을 가지고 저 마왕성 지하에 파묻혀 있었는지 곰곰이 생각을 해봤지. 그 결과, 한 가지 가정을 세울 수 있었다."

이건 위험하다. 이델은 본능적으로 그리 느꼈다. 만약 여기서 자신의 정체가 발각된다면 모든 게 수포로 돌아가게 된다.

'막아야 한다.'

지금 눈앞에 있는 저 오크의 입을 막지 않으면 안 된다는 위기의식이 이델의 머릿속에 가득 찼다. 무의식적으로 한쪽에 놓인 성검 쪽에 시선이 쏠렸다.

"바인드(Bind)."

하지만 이때, 갑자기 빛의 고리가 이델을 구속했다.

'큭! 역시 마법사였나.'

혹시나 했던 게 사실로 밝혀진 순간이었다. 베르돔은 이델이 짐작한 그대로 상당한 실력을 갖춘 마법사였다.

"천 년 전에 이 땅에서 벌어진 마지막 싸움에서 용사와 마왕은 마왕성 붕괴 때 둘 다 죽었다고 전해졌지. 하지만 그 시신을 찾은 이는 아무도 없다. 그런데 천 년이 지난 지금 저 안에서 신의 힘이 담긴 물건을 지닌 인간이 꺼내졌지. 그렇다면 궁극적으로 얻을 수 있는 답은 결국 무엇일까.”

“크윽!”

“내가 맞춰볼까. 너는 바로 그 마왕과 같이 죽었다고 전해진 전대 용사인 것이지. 내 말이 틀린가?”

베르돔은 자신이 밝혀낸 사실에 흥분하며 말하였다.

자신이 용사라는 사실이 밝혀진 것에 이델은 고개를 떨굴 수밖에 없었다.

“크크큭! 역시 그랬군! 진짜 용사라니, 후하하핫!”

베르돔은 천막이 떠나갈세라 웃고 또 웃었다.

정체가 발각되어 버린 이델은 그 모습을 보면서 아랫입술을 꽉 깨물 수밖에 없었다.

*　　*　　*

철커덩.

육중한 족쇄가 팔다리에 채워지고 두꺼운 나무 문짝이 닫힌다.

“이런.”

자신을 구속한 족쇄를 어떻게든 해보고자 이델은 발버둥을 쳐보았다. 하지만 그가 할 수 있는 건 아무것도 없었다.

“제길, 역시 틀렸나.”

용사답지 않은 상스러운 단어까지 내뱉으며 이델은 허탈감을 드러냈다.

당장을 생각하면 눈앞이 깜깜할 따름이었다.

“이대로 끌려간다면 내 목숨은 없는 것이나 다름없다.”

자신의 정체를 알아낸 베르돔은 바로 다음 날 마왕성 폐허를 떠날 준비를 하였다. 그가 향하려는 곳이 어디인지는 모르나 이곳보다 더 위험한 곳일 게 분명했다.

“어떻게든 여기서 탈출해야 하는데.”

적어도 오러만 있다면 이깟 호송 마차를 부술 수 있겠지만 지금 그 힘은 없다.

무기력한 지금의 상태에선 탈출은 불가능했다.

“출발한다.”

밖에서 크룸투의 목소리가 들리더니 마차가 달리기 시작했다.

“이런, 안 돼.”

이델은 다급한 마음으로 옆에 난 창가 쪽에 얼굴을 들이밀었다. 달리는 마차 옆으로 울프 라이더라 불리는 그레이트 울프에 올라탄 오크들과 앞쪽으로 베르돔이 탄 마차가 보였다.

전에는 비옥했던 대지지만 지금은 황야로 변한 땅을 지나 마차들은 서쪽으로 향했다.

“마왕성에서 서쪽으로 가면 그곳을 들르게 되는 건가.”

서쪽으로 가면 에스트렌다라는 이름의 도시가 있다. 천 년

전 마왕군의 최초 침공을 받아 함락된 도시였고 동시에 연합군이 마왕성 공략을 앞두고 마지막 집결을 했던 장소이기도 하다.

비록 폐허가 됐지만 당시 에스트렌다의 생존자들은 언젠가 반드시 도시를 재건하겠노라 이야기했었다.

"하지만 지금의 상황이라면 그곳이 그들이 꿈꿨던 곳이 되어 있을 리 없겠지."

이델은 침울하게 중얼거린 후 바닥에 털썩 앉았다. 잠시 어두웠던 그의 표정은 이내 다르게 바뀌었다.

"그래도 아직 희망을 버려선 안 돼."

여기서 좌절한다면 실낱같은 살길도 잃게 될 것이다. 눈빛을 달리한 이델은 아까까지의 감정을 버리고 마음을 굳게 다잡았다.

"이러고 있을 새가 없어."

이동하는 지금이라면 아무런 방해 없이 집중을 할 수 있다. 가부좌를 한 이델은 엉망이 된 몸 안의 생명력을 느끼고자 하였다. 그리고 동시에 가닥가닥 끊어진 흐름을 잇는 작업도 함께했다.

"흐흡!"

가부좌를 한 상태에서 이델은 식은땀을 뻘뻘 흘렸다.

최근 부족하게나마 회복을 했다지만 아직 몸 안의 생명력은 미약했다. 그런 생명력을 활성화하여 끊어진 부분을 수복하는 것이 매우 심신을 지치게 한 것이다.

꽤 고된 일임에도 이델은 잠시도 쉬지 않았다. 그렇게 하루 8시간을 하니 조금씩 몸 안에서 맥동하는 생명력을 느낄 수 있었다.

"후아."

기진맥진해진 이델은 마차 바닥에 대자로 누웠다. 창밖을 보니 칙칙한 색의 태양이 보인다.

명운 강탈 마법을 전 세계를 대상으로 사용했을 때 태양과 달도 영향을 받아 저리 변했다고 한다. 밤을 좋아하는 어둠의 일족에겐 이런 변화가 반가울지 몰라도 인간인 이델에게 옛날의 태양이 그리울 따름이었다.

"나흘째인가."

밤에는 달리고 낮에는 쉬기를 반복하며 꽤 많은 거리를 이동했다. 이제 머잖아 에스드렌다가 있던 곳에 도착할 것이었다.

"도착하기 전에 탈출할 정도의 힘은 모아야 할 텐데."

여전히 오러가 발휘될 기미는 없다. 하지만 나흘 전에 비하면 몸 상태가 꽤 호전되어서 이제 거동에는 큰 지장이 없을 정도가 됐다. 조금은 희망이 있는 셈이다.

"오러만 찾게 된다면……."

그럼 당장 손발을 구속하는 이 족쇄부터 끊어내고 말 것이다.

끼이익.

그 순간! 갑자기 마차의 뒷문이 개방되었다. 식사 때도 아닌

데 갑자기 문이 열리자 순간 이델은 좀 전의 혼잣말을 떠올리며 긴장하였다.

"마차 여행이 생각했던 것보다 편한 모양이군."

"베르돔."

오크 마법사의 이름을 이델은 말하였다. 자신이 용사라는 사실을 알고 있는 그를 보는 것만으로도 경계심이 충분히 커졌다.

이델은 베르돔을 마주한 김에 그간 궁금했던 것을 물었다.

"날 어디로 데려가는 것이냐."

"그것을 걱정하는 것인가, 용사."

"큭."

조롱하는 것처럼 들리는 베르돔의 말에 순간 이델은 욱한 감정을 드러냈다. 그런 모습을 즐겁다는 듯이 보며 베르돔은 말했다.

"비록 힘을 전부 잃은 전대 용사라도 용사는 용사. 필경 너의 존재에 흥미를 가질 분들이 대단히 많으시겠지."

"……."

"그런 점에서 볼 때, 너는 내 승진에 큰 도움이 될 존재다. 그것에 대해서는 매우 고맙게 생각하마."

"오크의 감사 따윈 필요 없다."

이델의 단호한 말에 베르돔은 오크 특유의 커다란 어금니를 입 위로 드러내며 말하였다.

"좌우지간 일단 너를 내 상관께 데려갈 생각이다. 그분께 너를 데려가면 꽤 놀라실 테지. 그리고 너의 가치를 아신다면 크게 기뻐하실 거다."

"큭."

"이후 너의 처분은 어떻게 될지 모르겠지만 아마 유쾌하지만은 않을 것이다, 용사. 그러니 지금 이 편안함을 실컷 누리도록 해라."

베르돔은 그리 말하고는 웃음소리와 함께 마차 밖으로 나가 버렸다.

"저 오크 놈이."

한낱 오크에게 말로써 농락당하게 되니 실로 참담할 따름이다.

"두고 보자. 이 수모는 반드시 갚도록 하겠다."

결국 어디로 향하는지는 알 수 없었지만 그래도 한 가지 사실을 알게 되었다.

"저 오크는 내가 용사라는 사실을 아직 아무에게도 알리지 않은 게 분명해."

이유는 대충 알 것 같다.

아까 언급했던 자신에 대해 흥미를 가질 존재들이 많다는 것에서 비밀 유지의 까닭을 찾을 수 있었다.

만약 이델의 존재가 알려진다면 용사라는 존재를 찾아 공을 세운다는 야심을 가진 이들이 벌 떼처럼 모여들 것이니 그것을 사전에 차단하여 자신이 공을 독점할 욕심을 가진 게 확실하다.

덕분에 자신의 신분이 이 이상으로 노출되지 않으니 이델로
선 다행이었다.

"그렇지만 그 상관이라는 자에게 가면 그땐 정말 끝장이
다."

자신이 용사라는 사실이 지금 어둠의 종족, 아니 마족에게
밝혀진다면 결코 좋은 꼴은 기대하기 힘들 것이다. 어쩌면 지
금의 시대를 만든 당사자인 마왕이 관심을 가지게 될지도 모
른다.

"지금 내가 용사라는 사실이 밝혀진다면 마왕은 무슨 수를
써서든 날 제거하려 들 게 분명해."

모든 곳이 마족의 세상이 된 현재 과연 마왕의 손길을 피할
수 있을지 자신이 없었다.

힘을 완벽히 되찾고 마왕이 만든 이 세계를 다시 원래대로
되돌리는 방법을 찾기 전까지는 어떻게든 자신이 용사라는 사
실을 숨겨야 한다는 절박감이 이델을 압박하였다.

"탈출도 탈출이지만 베르돔, 그자의 입도 반드시 막아야
돼."

탈출도 어려운 마당에 베르돔까지 처리해야 하는 고난이도
의 일을 과연 해낼 수 있을지 무척 막막하지만 그래도 반드시
해야만 했다.

*　　　*　　　*

일주일을 달린 마차 행렬은 드디어 도시로 보이는 곳에 도착했다.

"다시 재건되었구나, 에스트렌다."

폐허로 변했던 도시가 다시 재건된 모습에 이델은 살짝 감격했다. 하지만 그 감격도 잠시뿐이었다.

"이럴 수가."

거리를 가득 메우고 있는 인파는 모두 어둠의 종족으로 불렸던 마족뿐이었다.

길거리에서 자판을 벌이고 장사를 하는 코볼트나 창을 들고 거리 순찰을 하는 고블린의 아종인 홉고블린, 어둠의 종족 중에서는 꽤 보기 힘든 날개 달린 악마의 모습을 가진 가고일이나 도마뱀 형상을 한 리자드맨도 있다.

상대적으로 지성이 떨어지는 편인 코볼트나 고블린은 무리를 짓게 되면 소란을 피우며 자제심을 보이지 않는데 여기에 있는 이들은 그런 모습을 전혀 찾아볼 수 없었다. 또한 같은 어둠의 종족이라도 식욕이 있을 때면 거리낌 없이 잡아먹기로 유명해 다른 종족과 배타적인 관계를 가지는 리자드맨이 여유롭게 다른 종족과 어울리는 모습도 처음 보는 것이었다.

또 하나 신기한 것은 모두 나름 변형을 하긴 했지만 제대로 된 의복을 입고 있다는 사실이었다.

구성원만 달리 본다면 과거 이델이 흔히 볼 수 있었던 거리의 풍경이 그대로 재현되고 있다고 해도 무관할 정도였다.

"이게 부족한 영성을 채운 어둠의 종족 모습인가."

어둠의 종족들이 이런 모습을 보인다는 것이 상당한 충격으로 다가왔다. 극히 일부를 빼면 몬스터 취급을 받던 이들이 이렇게 살 수 있다는 사실이 놀랍게만 받아들여졌다.

"뭐해! 어서 짐을 싣지 않고."

지나치는 길에 보인 어떤 현장의 모습은 순간 술렁이던 이델의 마음을 차갑게 식게 했다.

이델이 본 것은 누더기와 같은 옷을 입고 힘겹게 무거운 짐을 옮기는 인간들의 모습이었다.

"으윽."

한 명이 힘에 겨워 바닥에 쓰러졌다. 그 모습을 본 코볼트가 눈을 찌푸렸다. 그리고는 허리에 찬 채찍을 꺼내 쓰러진 사람에게 연이어 휘둘렀다.

그 모습을 본 지나가던 마족 중 누구 하나 채찍을 휘두르는 코볼트를 제지하지 않았다. 오히려 몇몇은 그 모습에 즐거워하기까지 했다.

아무리 영성을 취해 지능이 높아지고 재능을 얻었어도 어둠의 종족 고유의 잔인한 심성은 변함이 없었던 모양이다.

"이런."

이델은 양 주먹을 꽉 쥐면서 분노를 나타냈지만 지금 그가 할 수 있는 일은 아무것도 없었다.

"제기랄."

채찍에 하도 맞아 미동도 보이지 않는 남자가 점점 멀어져 갔고 결국 시야에 들어오지 않게 되었다.

아무것도 할 수 없었다는 사실에 이델은 깊은 무력감을 느껴야만 했다.

그러는 가운데 마차는 도시 중앙부 지점에 도착했다.

어떤 이들이 마차가 오기를 기다리고 있었는데 그들의 선두에는 3미터의 키를 가진 약간 구부정한 체구를 한 트롤이 있었다.

"어서 오십시오."

트롤은 앞의 마차에서 내리는 베르돔에게 꽤 정중하게 굴었다. 이 트롤은 에스트렌다의 시장이었다.

트롤은 영성 획득 전에도 지성이 꽤 높은 편이었다. 다만 한번 흥분하면 주변의 모든 것이 파괴될 때까지 날뛰는 공격성 때문에 위험한 몬스터로 취급됐었다. 하지만 지금은 그런 약점이 많이 극복되었고 영성을 얻음으로써 더욱 좋아진 지능을 발판으로 현 체계에서 꽤 높은 위치를 차지하고 있다.

마차에서 내린 베르돔은 트롤과 악수를 한 뒤 대화를 나눴다.

"오신다고 해서 영빈관을 비워놓았습니다."

"날 위해 그런 준비까지 하지 않아도 되는데, 커흠."

"어이쿠! 그런 말씀 마십시오. 키마이라 마법 전투단의 마법사님이 오시는데 이 정도 대접도 소홀할 따름입니다."

자신보다 절반이나 작은 베르돔을 향하여 트롤 시장은 연신 90도로 허리를 조아렸다.

베르돔이 속한 키마이라 마법 전투단이 대체 무엇이기에 한 도시의 시장이 이리 쩔쩔 매는 것인지 현재로썬 알 수 없지만 그 영향력이 마족 사이에서 꽤 큰 것만은 분명해 보인다.

"그런데 저 뒤의 마차는?"

"아, 별것 아니니 신경 쓰지 말게."

베르돔은 트롤 시장이 이델이 실려 있는 마차에 갖는 관심을 조기에 차단했다. 괜한 정보 누설을 염려해서였다.

"크룸투."

"예!"

이번 여정에서 호위대장을 맡은 크룸투가 베르돔의 말에 대답을 했다.

"항시 저 마차에서 눈을 떼지 마라. 그리고 다른 자들이 쓸데없이 마차에 접근하는 것을 막도록."

"알겠습니다."

명령을 받은 크룸투는 곧장 4명의 부하를 시켜 마차 주변 동서남북을 지키게 했다.

"칫, 날 여기서 꺼내줄 마음은 눈곱만치도 없는 것 같군."

밖의 돌아가는 상황을 몰래 엿봤던 이델은 약간 허탈감이 묻어나오는 말을 하고 마차 벽에 등을 기댔다.

다행히 이곳이 최종 목적지가 아닌 것 같아 안심이었지만 그래도 여전히 탈출 기회는 없는 상황이다.

"뭔가 하고 싶어도 할 수 없으니 답답해 미치겠군."

이델이 이렇게 애태우는 사이 시간은 금방 흐르고 곧 밤에서 낮이 찾아왔다.

마족에게는 이 시간이 밤과 마찬가지였기 때문에 시내의 인파는 크게 줄어들었다.

잠시 뒤, 건물 안에 들어갔던 4명의 오크가 밖으로 나왔다.

"어이, 교대야."

"오."

슬슬 배고프고 졸리던 차에 교대 인원이 오자 마차를 지키던 오크들은 크게 달가워했다.

"졸려 죽을 뻔했어."

"크큭! 어서 들어가 봐. 여기서 준비해 준 음식이 좀 남았으니깐."

"오, 그래?"

오크들은 마족어로 대화를 나누고 교대를 하였다. 그런데 이러한 과정을 몰래 지켜보는 시선이 있있다.

외진 골목에서 남들 눈에 띄지 않게 은신한 키가 큰 이와 상대적으로 작은 체구의 또 다른 이는 마차 쪽에서 좀처럼 눈을 떼지 않았다.

"저게 확실해?"

"틀림없다. 마차가 온 방향은 동쪽이었다."

낭랑한 여성의 목소리를 낸 작은 인물에 이어 덩치 큰 자가 무뚝뚝한 단답형의 말로 대답한다. 둘 다 전신을 가린 로브를 입고 있어 진짜 모습은 볼 수 없었다.

"흐음, 그렇단 말이지."

"경계가 삼엄하다. 일단은 돌아가자."

"알아, 알아. 오늘은 정탐만 하러 왔다는 것쯤은 나도 알고 있어."

작은 체구의 여성은 살짝 투덜대듯 말하고는 다시 마차 쪽을 보았다.

"하지만 저 안에 들어 있는 게 뭔지 안다면 더 좋지 않겠어?"

"무슨 생각인 건가."

남자가 의문을 담아 말을 했지만 여성 쪽은 아랑곳 않고 골목을 벗어났다. 그리고는 마차가 세워진 옆 건물 근처까지 소리 죽여 걸어갔다. 그러더니 아주 민첩한 움직임으로 벽을 타기 시작했다. 그리고 벽을 따라 이동해 마차 가까운 위치까지 갔다.

이런데도 주변을 경계하는 오크들은 전혀 이 상황을 눈치채지 못했다. 벽에 아슬아슬하게 매달려 있던 여성은 곧 마차 지붕 위로 폴짝 뛰어내렸다.

꽤 높은 곳에서 떨어졌기에 분명 소리가 나야 했지만 어찌된 일인지 착지할 때 어떠한 소리도 나지 않았다.

"음?"

잠시 오크 중 하나가 이상한 낌새를 느끼고 마차 쪽을 돌아보았으나 그의 시야엔 아무것도 보이지 않았다. 해서 아무렇지도 않게 다시 제자리로 고개를 돌렸다. 이때 지붕에서 꿈지럭대며 로브를 뒤집어쓴 여성이 일어나더니 살짝 아래로 몸을 숙였다.

마차에 난 창가로 안을 들여다본 그녀는 순간 눈을 가늘게 떴다.

'뭐야, 저 인간은.'

기대했던 것과 다르게 마차 안에 족쇄를 차고 누워 있는 이델만 있자 여성은 의구심을 가졌다.

'예전 마왕성에 실어 옮길 중요한 것이라는 게 저거야?'

기대했던 것이 아니자 여성은 실망을 하였다.

"누구냐."

이때, 마차 안에 누워 있던 이델이 어느 사이엔가 몸을 돌려 창가를 보면서 낮은 목소리로 말하자 여성은 깜짝 놀라 후드 너머로 가려져 있던 얼굴 일부를 드러내었다. 순간, 이델의 호박빛 눈동자를 인상 깊게 보였다. 그리고는 곧장 고개를 들어 창가에서 모습을 감췄다.

잠시 뒤 작은 충격이 지붕 쪽에서 전해지더니 주변이 조용해졌다.

느닷없는 상황에 몸을 일으킨 이델은 인기척이 없는 것을 확인하곤 좀 전의 인물에 대해 생각하였다.

"조금 전에 나타난 그자는 대체 누구지?"

갑자기 나타났다가 사라진 자의 정체에 대해 이델은 궁금했지만 지금으로써는 그 정체를 알 수가 없었다.

＊　　＊　　＊

낮이 지나고 저녁이 되자 베르돔은 일찌감치 길을 떠날 채비를 했다.

끼이익 쿵.

볼품없는 보리빵과 스프가 담긴 그릇을 받은 이델은 닫힌 문을 보았다.

"이곳에선 결국 아무것도 하지 못했군."

힘을 찾지도 못하였고 마차를 나갈 기회도 없어 도시에 체류하는 동안 탈출 시도를 하지 못했다. 이렇게 되면 다음 지점까지 가는 동안을 노려야 하는데 다음 목적지가 최종 목적지인지 아닌지 알 수 없다. 시간을 끌수록 자신의 처지가 점점 몰린다는 사실을 잘 알기에 이델은 빨리 탈출할 수단을 강구했다.

"늦기 전에 힘이 돌아올 수 있게 해야 돼."

약해진 생명력을 기반으로 오러를 끌어내고자 이델은 노력해 보았다. 그러나 오러를 활성화하기에는 생명력이 아직 부족했다.

입술을 꽉 깨물면서까지 이델이 어떻게든 오러의 힘을 되살리는 데 주력하는 사이, 마차 두 대와 호위 병력은 에스트렌다를 벗어났다.

도시의 서쪽은 마른 계곡들로 이뤄진 지형이었다.

간혹 그레이트 리자드나 데져트 쟈칼 같은 위험한 맹수들이 모습을 드러냈지만 오크들의 흉흉한 모습에 지레 겁먹어 공격을 하지 않았다. 그렇게 마차는 순탄하게 계곡 사이를 지나고 있었다. 하지만 마차를 노리는 자들이 계곡 위쪽에 매복하고 있다는 사실을 오크들은 꿈에도 모르고 있었다.

"드디어 왔군요."

"언니, 저 마차 안에는 겨우 사람 한 명이 들어 있었어요. 그런데도 계획대로 하실 생각이세요?"

어제 마차를 엿봤던 여성의 말에 계곡의 가장자리에 우뚝 선 한 명의 여인은 미미하게 고개를 끄덕였다. 놀랍게도 여인은 인간이었다.

앞머리의 일부를 작게 땋고 은색의 머리카락을 길게 길렀으며 백색의 갑옷을 입은, 미인이지만 어딘가 모르게 다가갈 수 없는 차가움을 가진 여성은 등에 한눈에 봐도 무거울 것 같은 대검을 착용하고 있었다.

어디를 봐도 현대의 인간과 완전히 다른 그녀의 뒤로 수십 명의 인원이 있었다. 그런데 그 인원은 실로 다양했다.

반 이상의 인원은 귀가 뾰족하고 새하얀 피부를 가진 엘프이고 일부는 두꺼운 갑옷을 입은 드워프였다. 거기에 반인반마의 종족인 켄타우루스족도 있었다.

지금은 몰락한 빛의 종족들이 이렇게 모여 있을 수 있었던 것은 이들이 반 마왕 세력인 '이노센트 라이트'였기 때문이다.

"어쩌면 우리를 유인하기 위한 미끼일지도 모르네."

수염을 기른 켄타우루스의 말에 여성은 고개를 살짝 뒤로 돌리며 말했다.

"판, 함정일지도 모르지만 그래도 옛 마왕성 폐허를 발굴하다 갑자기 긴급하게 움직인 것을 보면 그냥 간과해선 안 된다는 생각이 들어요."

"그 인간이 뭔가 중요한 인간일지 모른다는 생각을 한 거냐?"

"확실히는 알 수 없지만 이 정도 규모로 서둘러 움직이는 것을 보면 그럴 가능성도 있다고 전 생각해요. 그리고 이미 오래전부터 계획한 일이니 이제 와서 물러날 수는 없어요."

"후, 알겠다. 이올라 네 뜻이 정 그러하다면 네 판단에 따르마."

이올라라고 이름 불린 여인의 뜻을 받아들인 켄타우루스 판은 계획을 위해 먼저 움직였다.

"캐넌, 타우타."

"예, 언니."

"네."

이올라의 말에 에스트렌다에서 마차를 감시했던 이인자가 대답을 하였다.

"예정대로 정해진 위치로 가줘. 적의 숫자가 적지만 방심하면 안 된다는 거 잊지 말고."

"알겠어요, 언니."

"알겠다."

각각 같은 대답을 한 두 사람은 드워프들을 데리고 움직였다. 이올라 역시 엘프들을 인솔해 모종의 장소로 움직였다.

이러한 이노센트 라이트의 움직임을 알지 못한 채 마차는 그들이 있는 곳을 향해 점차적으로 갔다.

촌각을 다투는 상황이 벌어지고 있었지만 마차 안에 갇힌 이델은 여전히 오러를 다시 깨우기 위한 혼신의 노력을 다하고 있었다.

"크으윽."

목에 핏대를 세워가며 생명력을 오러로 치환하려는 노력을 다하는 이델의 눈앞에 드디어 조금씩 변화의 조짐이 보이기 시작했다.

마주 보게끔 놓은 양 손바닥의 사이에서 밝은 하늘빛이 보인다. 과거 이델의 오러는 청명한 푸른 하늘을 연상케 했었다. 그것은 즉, 지금 나타나는 빛이 오러의 빛임을 알 수 있게 한다.

"드, 드디어 됐다."

미약하긴 하지만 드디어 오러를 생성해 내었다. 물론 이것은 극히 미약해 아무 도움도 되지 않는다. 그렇다 하더라도 이것은 이델에게 있어 큰 감동이었다.

"하, 하핫!"

자신도 모르게 웃음이 터져 나온다. 그만큼 기쁨을 주체할 수가 없다.

이제 겨우 오러의 빛을 만들었을 뿐이지만 생명력을 좀 더 충만케 한다면 조금씩 오러의 힘을 낼 수 있게 될 것이다.

"내가 아무 힘도 없다고 방심한 걸 후회하게 될 거다, 베르돔.”

　오러 유저를 구속하기 위한 특수한 구속구도 안 쓰고 평범한 족쇄를 채운 게 큰 실수임을 곧 알려줄 것이었다.

　“앞으로 며칠만 정양하면서 오러의 흐름을 일깨운다면 이 깟 족쇄쯤 부술 수 있다. 그리고 그때면 여기서 탈출한다.”

　물론 탈출할 때, 자신의 비밀을 아는 베르돔의 숨통을 끊는 것을 잊어서는 안 될 것이었다.

　“마법사로서 어느 정도 실력을 갖췄는지 잘 알 수 없지만 기습으로 상대한다면 한 번에 제압할 수 있다.”

　아직 오러 유저로서의 기감이나 마법사로서의 마나 탐지 모두 할 수 없어 상대의 능력을 정확히 파악하지 못하지만 그래도 용사인 자신이 오크 마법사 하나 상대 못할 것이라고는 생각지 아니했다. 그렇지만 걸림돌이 하나 있었다.

　“다른 놈들은 겁 안 나지만 그 크룸투라는 오크는 되도록 피해야겠지.”

　오러를 약간 되찾았다고 해서 맞상대하기엔 놈은 너무 강했다.

　일찍이 오러 각성으로 육체적인 능력이나 여러 감각들이 평범한 사람보다 월등히 뛰어나졌다지만 그런 기초 능력도 오러가 어느 정도 받쳐줘야 제 기능을 하기 때문이다.

　아직 몸 상태도 완벽하지 않은 데다가 오러도 간신히 다시 각성시킨 정도로 오러 유저 경지에 이른 오크 전사를 상대할 순 없었다.

“놈을 쉽게 따돌릴 수 있을까.”

최소한 놈이 없을 때가 있다면 그 기회를 엿보겠지만 크룸투가 일행에서 떨어지는 일은 아직 한 번도 일어나지 않았다. 그리고 호위로 움직이는 오크들이 울프 라이더라는 것도 포함해 탈출 이후의 도주 역시 잘 생각해 봐야 했다.

“좀 더 방법을 찾아보자.”

적어도 이 계곡들을 벗어날 때까지는 시간이 있기에 이델은 기회를 좀 더 기다려 보기로 하였다.

덜컹.

돌부리에라도 걸렸는지 마차가 크게 위아래로 흔들렸다. 덕분에 이델은 본의 아니게 바닥에 넘어지고 말았다. 이때 갑자기 밖에서 엄청난 소리가 들려왔다. 그리고 마차가 급정거를 하였다.

순간 마차 안에서 내동댕이쳐진 이델은 엉킨 쇠사슬을 떼며 놀란 기색으로 중얼거렸다.

“뭔 일이 일어난 거지?”

2장

저항군을 만나다

　이노센트 라이트의 선제공격은 계곡 위에서의 화살 공격이
었다.

　"습격이다."

　약 서른 정도 되는 울프 라이더는 위에서 쏟아지는 화살을
막기 위해 방패를 들었다. 하지만 그중 서넛은 화살에 맞아 쓰
러졌고 울프 라이더가 탄 그레이트 울프 다수가 부상을 입고
기수를 떨어뜨리는 등 혼란에 빠졌다.

　"대지의 암석이여, 일어나라."

　아까 먼저 움직였던 판은 대지의 마법을 써서 마차가 통과
할 길을 막았다. 그러자 계곡 바위 뒤에 은신해 있던 이인자와
드워프들이 두 대의 마차가 있는 쪽을 향해 사방에서 달려들

었다.

“크릉! 주변을 사수해라.”

참마도를 든 크룸투는 부하들에게 명령을 거칠게 내렸다.

곧 드워프 대 오크의 전투가 치열하게 전개되었다.

“이 지저분한 난쟁이들이!”

“좀 똑똑해졌다고 멋대로 떠들어대는 게 아니다, 돼지 대가리들아.”

서로 다른 언어로 욕을 하면서 무기를 휘두르는데 어느 쪽도 쉽게 밀리지 않았다.

“이놈들이.”

드워프들이 생각보다 잘 싸우자 크룸투는 분기탱천해서 가까이에 있는 드워프 전사를 향해 참마도를 휘둘렀다. 하지만 그 궤도를 향해 내질러지는 주먹이 있었다.

콰칭!

“그리 못 한다.”

강철 건틀렛을 낀 타우타는 단답형의 말을 하며 내지른 주먹을 거두었다. 오크같이 코가 납작하고 인상이 험악하게 생겼지만 살이 녹색이 아닌 갈색에 가깝고 눈이 파란 그는 하프 오크였다.

“큭! 더러운 하프 주제에 날 막다니.”

“……”

크룸투의 신랄한 말에도 타우타는 조금도 동요하지 않고 묵묵히 두 팔을 들어 격투 자세를 취했다.

한편, 그레이트 울프에 타고 있던 오크가 갑작스럽게 목덜미에서 피를 뿌리며 앞으로 쓰러졌다.

날카롭게 벼린 열 개의 손톱을 드러낸 묘인족 소녀 캐넌은 날렵하게 그레이트 울프의 앞발 공격을 피하면서 땅을 한 번 구른 뒤 한 손으로 그레이트 울프의 안면을 할퀴었다. 피가 솟구치고 늑대의 고통스런 울음소리가 계곡 내로 퍼져 나갔다.

"대체 무슨 일이 벌어진 거지?"

마차 안에 있다가 갑자기 벌어진 상황을 알게 된 이델은 드워프들과 오크들이 싸우는 모습에 크게 놀랐다.

이델은 어떻게든 바깥의 상황을 잘 보기 위해 좁은 창에 얼굴을 가까이 댔다.

"드워프에다가 엘프까지 있잖아."

이델의 시야에 들어온 건 오크들과 치열히 싸우는 드워프 전사들과 계곡 위쪽에서 화살을 쏘는 녹색 옷의 엘프들이었다.

"아하하."

순간 이델의 안에서 안도의 마음이 생겼다. 한때 동맹으로서 같이 싸운 두 종족의 모습을 봤기 때문이다. 그 모습을 지켜보면서 이델은 이 상황을 어떻게 이해해야 하는지 생각해 보았다.

'나에 대해 알고 지금 구출 작전을 펼치는 것일까. 아냐, 그럴 가능성은 적다.'

어제 도시에서 마차를 엿봤던 인물이 갑자기 떠오른다. 혹시 그가 이 마차 행렬을 습격하기 위해 미리 정탐을 했던 게 아니었을까 이델은 생각해 보았다.

"하지만 나 때문에 이런 위험한 기습을 할 리 없어."

자신에 대한 정보를 쥐고 있는 건 베르돔 하나뿐이다. 그렇기 때문에 지금의 이 습격은 자신이 아닌 다른 뭔가를 노리고 행해졌을 가능성이 더 컸다.

어쨌거나 이것은 기회였다.

"지금이 아니면 탈출의 기회는 없어."

이델은 바로 창에서 떨어져 바닥에 앉았다. 그리고 정신을 한곳에 집중했다. 생명력을 오러로 바꾸어 손발을 구속한 족쇄를 부숴 버리기 위한 집중이었다. 솔직히 말해 될 가능성이 극히 희박했지만 지금으로썬 이것이 최선의 행동이었다.

이러는 한편으로 이델은 귀를 통해 바깥의 사태가 어떻게 되는지도 신경 썼다.

바깥은 매우 어지러운 상황이었다.

초반에 이뤄진 기습은 상당히 잘 먹혀들어 갔다. 그러나 점차적으로 이노센트 라이트 대원들은 오크들의 반격에 밀리기 시작했다.

과거 명운 강탈 전이었다면 드워프 전사들이 오크들에게 밀릴 일이 없었다. 하지만 지금은 달랐다. 오크들의 신체 조건은 예전과 크게 달라지지 않았지만 대신 앞뒤 가리지 않고 달려들던 예전의 방식을 벗어나 제대로 된 검술과 창술을 구사하며 전술적으로 싸우기 때문에 과거보다 전투력은 더 높다 말할 수 있었다.

"크와!"

"이런!"

강하게 올려치는 오크의 일격에 드워프 전사의 도끼가 위로 들려졌다. 이 틈을 놓치지 않고 오크는 제 2격을 날리려 했다. 하지만 한 줄기의 검광이 오크의 몸을 훑고 지나갔다. 숏구치는 피와 함께 오크는 뒤로 벌렁 쓰러졌다.

"이올라 님."

"괜찮습니까?"

엘프들과 남아 전체적인 상황을 지켜보던 이올라가 밑의 싸움이 어려워지자 직접 나서 가세한 것이다. 그녀가 나서자 싸움의 판세가 바뀌었다.

"크허억."

"괴, 괴물 여자다."

육중한 갑옷을 걸친 상태에서 자신의 몸무게보다 더 나가는 검을 휘두르는 여성의 힘은 오크들을 질겁하게 만들기 충분했다.

한 번 휘두른 대검에 오크의 상반신이 분리되어 마차에 부딪친다.

"밖에선 무슨 일이 벌어지고 있는 거야."

마음 같아서는 바깥을 다시 한 번 보고 싶었지만 지금까지 공들인 것을 생각하면 하던 일을 멈출 수 없었다.

"조금만 더."

오러가 구현되기까지는 앞으로 조금이었다.

콰콰쾅!

폭음이 들리고 오크들과 싸우던 일단의 드워프 전사가 폭염에 휩쓸렸다.

"고작 저 정도 무리 하나 정리를 못하다니."

"베르돔 님!"

줄곧 마차 안에 있던 베르돔이 드디어 나와 마법을 행사한 것이었다.

베르돔은 주변을 훑어보더니 조소를 담아 말했다.

"보아하니 네놈들이 요즘 떠들썩한 이노센트 라이트라는 도적 떼로구나."

"……."

그 말에 막 오크 둘과 그들이 타고 있던 그레이트 울프를 조각낸 이올라는 입을 굳게 다문 채로 살기가 담긴 눈빛을 베르돔에게 보냈다.

이때, 묘인족인 캐넌이 소리 없는 걸음으로 베르돔의 뒤를 노리고 접근하였다. 어느 정도 거리가 좁혀지자 그녀는 눈으로는 쫓기 힘든 스피드로 베르돔의 배후를 노렸다. 하지만.

"꺄아악!"

방금까지만 해도 보이지 않던 전기장이 캐넌을 감전시키며 튕겨냈다. 자신의 몸을 지켜낸 베르돔은 코웃음을 치며 말했다.

"어리석기는. 내가 이 정도 대비도 안 했을 거라 생각했나."

탓.

캐넌이 쓰러지자 이올라는 곧장 베르돔을 노리고 일직선으로 뛰었다.

"라이트닝 볼트."

베르돔이 한발 빠르게 마법을 완성시켰다. 한 줄기의 뇌격이 이올라를 향해 일직선으로 뻗었다.

"음?"

베르돔은 놀랐다. 자신의 마법이 한순간 허무하게 소멸했기 때문이다.

"마법 도구인가, 아니면……."

이올라의 실력을 가볍게 취급하던 베르돔이 순간 신중해졌다.

마법사로서 고위에 속하는 그는 단번에 빛의 화살을 수십 개나 만들었다. 곧 화살들은 사방으로 퍼진 후에 다시 이올라을 향해 몰려들었다.

이 상황에서 이올라는 검을 아래로 내리고 기술명을 외쳤다.

"스톰 브레이크!"

순간 연녹색의 오러가 폭풍이 되어 주변을 분쇄했다. 물론 날아오던 빛의 화살들도 함께 말이다.

그 모습에 베르돔은 경악하지 않을 수 없었다.

"이럴 수가! 설마 오러 유저였나."

영성을 잃어버린 인간족에게서 오러 유저가 나오기란 325년

전보다 훨씬 어려웠다. 세대가 지나면서 재능을 가진 자가 나올 가능성이 희박해졌기 때문이다. 하지만 인간 여성임이 분명한 이올라는 빛나는 오러의 빛을 뿜어내고 있었다.

"크윽!"

상대가 오러 유저라는 사실을 안 베르돔은 여유를 완전히 버렸다.

＊　　　＊　　　＊

"이 기척은."

바깥의 상황을 눈으로 살필 수 없는 이델이지만 지금 바깥에서 발동된 오러의 기운을 느낄 수 있었다.

"갑자기 오러의 기척이 나타나다니. 설마 그 오크가 오러를 각성한 건가."

오러 유저의 경지까지 앞으로 조금 남은 수준이었던 크룸투를 떠올리니 절로 간담이 서늘해진다. 그러나 그의 것이라고 생각하기엔 지금 느껴지는 오러는 매우 안정적이었다.

"막 각성한 오러가 이런 안정감을 보일 수는 없지. 그럼 이곳에 오러 유저가 왔다는 이야기인데……."

습격자 중에 오러 유저가 있다면 말이 되긴 된다.

"앗!"

잠깐 딴생각을 한 동안 겨우 집중해 만든 오러의 기운이 도로 사그라지려 한다. 이를 느낀 이델은 다시 있는 힘껏 집중해 그것을 원 상태로 했다.

원래 며칠은 더 걸려야 가능했을 일을 필사적으로 노력해 막 간신히 성공했던 참이다. 그런데 바깥에 정신 팔려 일을 망칠 뻔한 것이다.

"내가 무슨 짓을. 겨우 형태를 구현화했는데 하마터면 수고가 수포로 돌아갈 뻔했잖아."

이델은 안도의 한숨을 내쉰 뒤 손에 쥔 식사용 나이프 정도 크기의 오러로 조심스럽게 발목에 채워진 족쇄의 쇠사슬을 자르고자 했다.

워낙 미약한 기운의 오러인지라 제대로 된 절삭력이 나오지 않았고 쇠사슬은 좀처럼 끊어질 기미를 보이지 않았다.

"제발 좀."

바깥의 사정이야 어쨌든 지금 자신의 구속을 풀지 않으면 안 된다는 절박감에 이델은 쇠사슬을 끊어내는 데 집중했다. 그런 노력 덕분일까. 드디어 굵은 쇠사슬 한 가닥이 툭하고 끊어졌다.

"됐다!"

마침내 다리의 구속이 풀리자 이델은 쾌재를 불렀다. 아직 손을 자유롭게 쓸 순 없지만 몸을 피하기에는 부족함이 없었다.

"이제 남은 건 이 문을 여는 것뿐이지."

밖에서 잠긴 문은 쉽게 열릴 것 같지 않아 보인다.

쿵.

이델은 전력으로 몸을 날려 문과 부딪쳤다. 요란한 소리가 들렸지만 문은 열리지 않았다.

"안 된다면 한 번 더!"

이델은 주저하지 않고 다시 한 번 몸으로 문짝을 부수려 했다. 충격과 함께 문에 걸린 고리가 들썩였지만 그래도 문은 열리지 않았다.

"제길, 더럽게 튼튼하네."

이럴 때는 약해진 몸이 절로 원망스러워진다. 그렇지만 여기서 포기할 것이면 애초에 시도도 안 했다.

"흐아압!"

두 번, 세 번을 연달아 부딪치니 조금씩 문짝이 크게 들썩이기 시작했다. 그리고 마침내 고리가 부서지면서 문이 바깥으로 활짝 열렸다.

"우와아악."

문이 열림과 동시에 이델의 몸이 바깥으로 튕겨 나갔다. 꽤 높은 곳에서 떨어진 이델은 땅바닥을 여러 번 굴러야만 했다.

"하아, 하하."

드디어 빠져나왔다는 기쁨에 이델은 자신도 모르게 실소를 터트렸다. 하지만 마냥 기쁨에 취할 상황이 아니라는 것은 그도 잘 알고 있었다.

"크와!"

"죽어라."

당장 눈에 들어온 건 아직도 싸우는 오크와 드워프의 모습이었다. 그리고 여기저기 쓰러진 주검들도 보였다. 하지만 이내 이델의 시선을 뺏은 건 무지막지한 대검을 휘두르는 여성과 그녀에 맞서 싸우는 베르돔의 모습이었다.

"미스트 오브 뎀드."

저주를 담은 안개가 주변을 감싸지만 이올라는 조금도 흔들림 없이 오러가 담긴 대검으로 안개를 흩뜨렸다. 그리고는 곧장 거리를 좁혔다.

이에 베르돔은 기다렸다는 듯이 단거리 공간 도약 마법인 블링크를 써서 거리를 벌렸다.

"크윽! 하찮은 인간 계집에게 내가."

분노 섞인 목소리로 말하면서 베르돔은 주변을 살폈다.

이미 자신이 데리고 온 부하 중 반수가 당한 상태였고 그나마 쓸모 있던 크룸투는 웬 하프 오크 하나를 처리 못히고 썰쩔매고 있다.

상황이 불리함을 느낀 베르돔은 이델이 탄 마차 쪽을 보았다. 그리고 밖으로 나온 이델을 보게 되었다.

"아니, 언제 빠져나왔지?"

"앗!"

자신을 똑바로 쳐다보는 베르돔과 눈을 마주친 이델은 아차 싶었다.

"크으웃! 잘도 도망치려 하다니."

이델을 끌고 가 공적을 세울 목적을 가진 베르돔은 이델의 탈주를 그냥 방관할 수 없었다.

이올라의 검격이 막 다다를 시점에 베르돔은 비행 마법으로 이델에게 접근해 왔다.

"큭."

자신을 향해 오는 베르돔을 본 이델은 이를 악물고 재빠르게 주변을 훑어보았다. 마침 시체 옆에 떨어진 검이 보였다. 잽싸게 그것을 주웠지만 문제가 있었다.

철컹.

두 손을 구속하는 족쇄와 그것을 연결하는 쇠사슬 때문에 검을 제대로 휘두를 수조차 없었다.

'이럴 줄 알았다면 손의 구속도 풀어둘걸.'

때늦은 후회를 해본들 지금 상황은 나아지지 않는다. 어느새 베르돔은 가까이까지 온 상태였다.

"순순히 잡힐 것 같으냐."

이델은 그리 외치며 호기 있게 검을 휘둘렀다. 그러나…….

"훙."

베르돔은 가뿐히 검을 피하곤 주먹으로 이델의 턱을 올려쳐 버렸다.

'아차아.'

뒤로 날아가는 순간 이델은 자신의 실수를 깨달았다. 마법사는 신체적으로 약하다. 이런 편견은 선천적으로 전투에 걸맞은 육체를 지닌 오크에게는 통용되지 않다는 것을.

"크헉."

넘어진 이델은 깨질 것 같은 턱의 고통과 넘어질 때 찧은 후

두부의 고통을 이겨내며 다시 일어났다. 딱 그 순간 베르돔은
주문을 외우고 있었다.

'또 바인드냐.'

저번에는 순간적으로 당해 대응하지 못했지만 자신도 마법
사였다. 마법 주문으로 베르돔의 행동을 읽은 이델은 바로 움
직였다.

"주문은 완성 못 한다."

검은 아예 내팽개치고 이델은 몸을 던져 베르돔을 방해했
다.

쿠당탕!

둘은 곧 뒤엉켜 땅을 뒹굴었다.

"이이, 인간 놈이."

베르돔은 당황해하며 자신에게 착 달라붙은 이델을 떼어내
려 했지만 이델은 악착같이 베르돔을 붙잡고 늘어졌다.

"이이익."

하지만 그 노력에도 불구하고 베르돔의 힘을 이겨내지 못하
고 내팽겨졌다. 그리고 거듭된 발차기에 피를 입으로 토해내
야 했다.

'크윽, 나쁜 놈.'

지금 상태에선 그저 얻어맞을 수밖에 없었다. 그렇게 맞고
있는데 이쪽으로 달려오는 이가 보였다.

'여인?'

이델은 은빛 오러를 발하며 뛰어오는 이올라의 모습에 크게

눈을 떴다.

“저 인간 여자를 막아라.”

베르돔의 명령에 중간에 있던 오크들이 일제히 이올라에게 달려들었다. 그러나 그들 모두 이올라의 대검에 베여 쓰러질 따름이었다.

“제길!”

위기에 봉착한 베르돔은 안 되겠다 싶었는지 황급히 마법을 발동시키려 했다. 이때! 이델은 그 주문이 뭔지 알아차렸다.

‘이 주문은 비행 주문이다. 여기서 도망칠 참이구나.’

놈이 이대로 달아난다면 자신의 신분이 노출될 가능성이 크다. 앞에서 달려오는 여인이 검으로 베르돔을 베기엔 약간 늦을 것 같은 상황에서 뭔가 수를 생각해야만 했다.

이 순간, 반으로 잘린 창의 창날이 눈에 들어왔다. 때마침 베르돔의 온 신경이 마법에 집중되어 있는 상태였다.

“크으윽.”

공격당한 부분이 아프지만 지금은 이것에 굴할 때가 아니다.

이델은 이를 악물고 왼손으로 부서진 창대를 들어 베르돔의 무릎 위를 찍었다.

“쿠왁!”

갑작스런 일격에 베르돔은 비명을 질렀다. 이로 인해 막 완성되려 했던 비행 주문은 깨져 버리고 말았다.

“이노오옴!”

핏발이 선 눈으로 베르돔은 아래에 쓰러진 이델을 보았다. 당장이라도 죽일 기세로 쳐다보는 그의 눈빛에선 더 이상 이성적인 면모를 찾아볼 수가 없었다.

당장 놈이 자신을 어찌할 것이라고 생각한 이델은 이를 악물었다. 헌데 이 순간, 한 줄기 섬광이 번쩍였다.

"어……?"

놀람에 찬 눈을 한 베르돔의 머리는 공중에서 한 바퀴 돈 뒤에 땅에 떨어졌다. 허연 김을 토해내며 쓰러지는 베르돔의 몸뚱이 너머로 이델은 막 검을 출수한 이올라의 모습을 볼 수 있었다.

'그녀가 와줬구나.'

아슬아슬하게 일을 해낸 것에 이델은 안도를 했다.

이올라는 쓰러진 이델을 응시했다. 그런 그녀를 이델도 어렴풋이 보았지만 입은 부상 탓일까 시야가 어지럽고 입도 쉽게 열리지 않았다.

결국 이델은 더 이상 견디지 못하고 의식을 잃고 말았다.

*　　　*　　　*

"으, 으음."

신음과 함께 이델은 감고 있던 눈을 조금씩 뜨기 시작했다.

눈을 뜨고 나서 가장 처음 본 것은 활활 타는 모닥불이었다. 그리고 그 주변에 옹기종기 모여 앉은 드워프와 엘프를 볼 수 있었다.

쿡.

이때, 갑자기 이델의 볼을 건드리는 손가락이 있었다. 반사적으로 이델은 그 손가락의 주인을 보았다.

"안녕."

"묘인족?"

처음으로 캐넌을 본 이델은 단번에 그녀가 수인족 중 하나인 묘인족임을 알아보았다. 캐넌은 공용어를 쓸 줄 알았다. 덕분에 무슨 말을 하는지 확실히 알아들을 수 있었다.

"와아, 날 보고도 놀라지 않네."

"그게 무슨……."

"신기한 인간, 쿠쿡."

이델에게 흥미를 보이며 캐넌은 연신 부담스런 시선을 보내왔다.

이에 이델은 시선을 살짝 돌렸다. 그러면서 은연중에 오러를 썼던 여성을 찾았다.

"깨어났군."

때마침 본인이 스스로 이델이 있는 곳으로 다가왔다.

쌀쌀한 표정이지만 그 미모는 이델이 살면서 본 여성 중에서도 최상위에 속할 미모였다. 그런데 왜일까. 이올라의 얼굴을 처음 가까이서 본 이델은 알 수 없는 미묘한 익숙함을 느꼈다.

왠지 모르게 낯이 익다고 해야 할까. 그런데 누구라고 하기에는 딱하고 떠오르는 게 없다.

척.

이올라가 이델에게 한 첫 행동은 바로 자신의 대검을 이델의 목에 겨누는 것이었다. 이에 이델은 순간 상대를 제압할까 생각하다가 행동을 관뒀다.

분명 이러는 데는 뭔가 이유가 있겠지, 라고 생각한 것이다.

순간, 모두가 숨을 죽이며 이 광경을 지켜보았다. 이올라는 이델을 똑바로 보며 말했다.

"넌 누구냐. 어째서 마왕군의 주구들에게 붙잡혀 끌려가고 있었던 거지?"

이올라의 직설적인 질문에 이델은 순간 고심했다. 과연 이들에게 자신이 사실 용사였다고 밝혀도 되는 것일까. 그렇지만 지금의 자신을 용사라고 해도 믿지 않을 게 분명하다.

"실은… 나도 잘 몰라."

"뭐라고?"

"깨어났을 땐 이미 저들에게 붙잡혀 마차 안에 있었거든."

이델이 선택한 회피책은 바로 '기억 상실'이었다.

용사라는 정체를 숨기고 아울러 이 시대의 세계에 대해 아직 명확하게 모르는 자신의 상태를 납득시킬 수 있는 수단으로 이것만큼 완벽한 게 없다. 물론 저쪽이 이 말을 100% 믿어줄 것이라고는 생각하지 않는다. 하지만 지금으로썬 이 방법밖에 자신을 설명할 길이 없어 이델은 이대로 밀어붙이기로 했다.

"내가 누군지, 지금 세상이 어떻게 돌아가고 있는지 정도는 기억하고 있지만 어느 시점에서부터의 기억이 전혀 없어. 그래서 왜 붙잡혀 가고 있었는지에 대해서는 답을 해줄 수가 없다."

"그 말을 믿어달라는 건가."

"믿든 안 믿든 상관은 없어. 그리고 이야기 나온 김에 하는 말인데 나도 그쪽이 과연 좋은 사람들인지 의심 가는 상황이거든. 그쪽도 정체를 알리지 않고 있고 또 이렇게 내게 검을 겨누고 있잖아."

이델의 말에 이올라는 잠시 갈등하는 모습을 보였다.

"그쯤 하게. 내가 보기에 저자는 우리가 우려하는 그런 종류의 인간은 아닌 것 같으니."

"판."

이델을 비호하고 나선 건 바로 켄타우루스 판이었다. 처음 본 순간 이델은 그가 마법사임을 단박에 알아보았다.

빛의 종족 중 한 종족인 켄타우루스 종족은 초원의 파수꾼이라는 이명이 붙을 정도로 광활한 땅을 자유롭게 누비며 유목 생활을 하는 종족이다.

이들은 초원의 마물에게서 자신을 지키기 위해 활이나 창에 능한데 그중에서 오러를 각성해 '랜드 러너'라는 칭호를 가진 오러 유저가 나오기도 한다. 이런 무력만 놓고 본다면 이들을 전투적인 종족으로 보겠지만 실상 켄타우루스 종족은 현명한 자, 즉 현자가 꾸준히 배출되는 종족이다.

이들 현자는 작게는 자신들의 동족을 위해 천문을 읽어 다음 유목 지역을 선택하기도 하지만 크게는 세계에 일어날 격변을 미리 예지해 그 사실을 다른 종족에게 알려주기도 한다.

하지만 그것보다 이들 현자가 하는 가장 큰일은 바로 마왕이 출현할 때에 용사를 찾아내 그에게 지식을 전달하는 일이다.

'나도 한때 켄타우루스 현자 비른에게서 가르침을 받았었지.'

친구의 돌변한 행동으로 가족과 집을 잃고 복수를 위해 정처 없이 떠돌 때에 이델을 찾아온 한 무리의 사람들이 있었다. 그들은 자신이 용사로서의 운명을 가지고 있고 반드시 만나야 할 사람이 있다고 말하였다.

솔직히 당시엔 그런 말을 믿지 않았지만 켄타우루스의 대현자 비른과의 만남을 통해 자신이 용사라는 사실을 자각할 수 있었다.

이델이 과거의 일을 잠시 생각하는 사이, 이올라는 판에게 말을 하였다.

"이자를 완전히 신뢰할 수 없어요. 어째서 마왕성 폐허에서 운반되었는지 그 이유도 불명확하고 또 그의 영성이 이리 특별한 점도 의심스러워요."

"확실히 바깥에서 이 정도 영성을 가진 자가 나오기는 드물지. 그러나 수인족이나 거인족, 그리고 우리 켄타우루스족보다 인간족은 아무리 세대를 여러 번 바뀌었음에도 영성을 온전히 가지고 태어나는 자들이 많이 있지 않나."

"알고 있어요. 하지만 그들 대부분이 인간이길 거부하고 마의 길에 빠졌죠."

이올라는 같은 동족임에도 인간을 불신하였다. 거기엔 무슨 까닭이 있는 듯 보인다.

그런 이올라에게 판은 재차 말했다.

"쉽게 생각하게. 이자는 아직 마에 물들지 않았네. 비록 기억을 잃었다는 말은 완전히 받아들이기 힘들지만 그렇다고 완전히 거짓말을 하는 것은 아닌 것 같으니 일단은 주변에서 눈을 떼지 않는 선에서 그를 '그곳'으로 데려가는 게 좋을 것 같네."

"…알겠습니다."

판의 의견을 받아들인 이올라는 검을 거두었다. 그러면서 한마디를 잊지 않았다.

"난 당신을 완전히 신용하지 않는다. 행동에 주의를 하는 게 좋아."

"그러지."

이델은 이올라의 냉정한 태도에 마지못해 대답했다. 아까 도움을 받은 것에 대한 감사한 마음이 싹 사라지는 기분이다.

이올라는 곧 몸을 휙 돌리고는 이델과 떨어진 곳으로 가버렸다. 이에 눈치를 살피던 묘인족 소녀 캐넌은 이올라의 뒤를 쫓아갔다.

"뭐 저런 여자가 다 있지."

이올라의 태도가 오만불손하게 느껴졌기에 이델은 작은 목소리로 투덜댔다.

"자네가 이해하게."

"옛?"

순간 판의 목소리에 이델은 깜짝 놀라는 반응을 보였다.

"놀랄 것 없네."

"아, 네."

잠시 잊고 있었다. 켄타우루스는 넓은 초원에 살기 적합하도록 뛰어난 시력과 청각을 가지고 있다는 사실을.

판은 말했다.

"저 아이의 태도를 이해해 주게. 워낙 굴곡이 많은 삶을 살다 보니 본의 아니게 마음을 풀 때가 있곤 한다네."

"후, 알겠습니다."

자신도 순간 울컥해 말을 했지만 나름 이해가 가긴 간다. 어둠의 종족이 지배하는 세상에서 살아가는 게 얼마나 각박할까 생각하면 납득이 안 가는 것은 아니다.

이델은 응어리진 마음을 풀고 판을 보았다. 자신에 대한 부분은 정리되었으니 이제 이쪽이 물어볼 차례라고 생각했다.

"저도 질문을 해도 되겠습니까."

"해보게."

판은 선선히 대답했다. 이에 이델은 제일 처음 묻고 싶었던 질문을 하였다.

"당신들은 대체 어떤 조직입니까."

“보면 모르겠는가.”

“엘프에 드워프, 그리고 묘인족에 당신까지. 빛의 종족에 속하는 종족들이 규합해 움직이는 것을 보면 현재의 마왕과 대립하고 있다고는 여겨집니다만.”

“기억을 잃었으면서도 그런 부분은 잘 알아채는군.”

슬쩍 떠보는 것 같은 판의 말에 이델은 어색한 미소를 지어야만 했다.

“자네 말이 맞네. 우리는 현 마왕과 그를 따르는 마족에게서 이 세계를 구해내기 위해 모인 이들이지. 우리 조직의 이름은 이노센트 라이트라 하지.”

“이노센트 라이트… 순수한 빛이라. 이름만 놓고 생각하면 마왕에 대항하는 저항군인 것 같은데 제 생각이 혹 틀립니까?”

“자네 생각대로 우리는 마왕에게 저항하는 자들이 맞네.”

마왕에 대항하는 세력이 아직 존재한다는 사실에 이델은 작은 희망을 가질 수 있었다. 홀로 맞서 싸워야 한다는 무거운 책임감을 느끼지 않아도 되는 것 자체만으로 기분이 한결 가벼워진다.

근데 여기서 하나의 의문이 새로 싹텄다.

“그런데 당신들은 어떻게 이 세계에서 온전한 영성을 가지고 있는 겁니까.”

처음 자신에게 이 세계에 대해 알려준 바르간은 말해주었다. 인간을 포함한 빛의 종족들은 마왕에 의해 영성을 빼앗겨버렸다고. 그 때문에 후대부터 저능한 후손들이 태어나게 되었다고.

그런데 여기 모인 이들은 전혀 그렇지 않아 보인다. 오랜 시간을 살아가는 엘프야 그렇다 쳐도 다른 이들은 시대상으로 볼 때 변화된 세계의 영향을 받았어야 한다. 더욱이 이올라는 무려 오러의 힘까지 각성해 구사하는 모습을 보여주었다.

아까 한 말을 떠올려 보면 이따금 다른 자들과 다르게 영성을 가지고 태어난 자들이 있어 보이지만 그런 이들이 이렇게 규합하기가 쉽지 않을 것이 분명했다.

뭔가 이들에게 다른 비밀이 숨겨져 있을 것 같다는 느낌을 지울 수가 없었다.

"으음."

이델의 물음에 판은 쉽게 대답을 하지 않았다. 뭔가 말 못할 사정이 있는 모양이다. 아까의 일도 그렇고 아무래도 자신이 이들에게 완벽한 신뢰를 받지 못하는 것 같다는 생각이 든 이델은 마음을 고쳐먹었다.

"지금 말하기 어렵다면 안 하셔도 됩니다. 지금 당장 제게 모든 걸 밝히기는 어렵겠죠."

"이해해 줘서 고맙네. 우리와 함께하게 되면 조만간 자네가 원하는 답을 얻을 수 있을 것일세."

판의 말에 이델은 힘주어 고개를 끄덕였다.

지금은 비록 완벽한 신뢰를 얻지 못하지만 이들과 함께하면서 신뢰를 쌓는다면 반드시 지금 못 들은 답을 들을 수 있을 것이라 이델은 확신했다.

*   *   *

이델이 이노센트 라이트의 소속원들과 합류하고 며칠의 시간이 흘렀다.

이노센트 라이트의 대원들은 눈에 띄지 않는 깊은 숲이나 산을 통해서만 움직였다. 물론 마왕군의 눈에 띄지 않기 위함이었다.

"그러니깐 옛 마왕성의 폐허에서 발굴한 물건을 빼앗기 위해 움직였다는 거야?"

"그래. 놈들 손에 들어가면 혹 위험한 물건이 있을지도 모른다고 판단해 중간해 가로채려 한 거거든."

이델의 옆을 따라 걸으며 캐넌은 그리 말하였다. 이 묘인족 소녀는 일행 중 유일하게 이델과 친해지려는 모습을 보였다. 해서 먼저 다가와 말을 걸어주었는데 그를 통해 많은 것을 알 수 있었다.

"그런데 지금 우리는 어디로 향하는 거지?"

"하넬 숲으로 가는 거야."

"하넬 숲?"

처음에는 생각이 안 났지만 곧 이델은 하넬 숲이 어딘지 떠올릴 수 있었다.

'아, 거기. 엘프들이 살던 곳이었지.'

지금 있는 하넬타 대륙의 남서부 지역에 위치한 하넬 숲에는 엘프족이 살고 있었다. 다만 그들 부족은 이델과 싸웠던 마왕이 이끄는 마왕군에 의해 거의 전멸되고 숲 자체는 마물의 것이 되었었다.

"그곳에는 왜?"

"아, 그건……."

"캐넌, 거기까지만이야."

뒤에서 들려온 이올라의 냉랭한 목소리에 캐넌은 다급히 입을 다물고 날쌘 몸놀림으로 앞으로 먼저 뛰어나가고 말았다.

"쩝."

여전히 자신을 믿지 못할 놈 취급하는 이올라의 태도에 이델은 멋쩍은 표정을 지어야만 했다. 뭐 이쪽이 한 거짓말 때문에 믿음을 못 가지는 것은 이해하나 그렇다고 이런 식으로 냉대하는 것은 좀 아닌 것 같았다.

'사이 좀 좋게 하려고 말을 붙이면 먼저 피해 버리니 이거 쉽지 않네.'

같은 인간인데도 이렇게 싫어하는 까닭이 궁금했다. 하지만 며칠 동안 알아낸 것이라곤 이올라가 이 집단의 리더라는 것뿐, 그 외엔 얻은 소득이 전무한 상태다.

"서두르죠."

밤이 되기 전에 산을 넘기 위해 일행은 달리고 또 달렸다.

아직 몸 상태가 완벽히 회복되지 못한 이델은 이 강행군을 견디지 못했다.

"내 등에 타게."

"괜, 괜찮습니다."

판의 호의가 있었지만 이델은 애써 원만하게 거절하였다. 지금 이게 힘들어도 잃어버린 체력을 되살릴 수 있는 훈련이라고 생각하니 도움을 바랄 수가 없었던 것이다.

그렇게 이델은 오기로 버텨 완주를 하였다.

털썩.

지칠 대로 지쳐 이델은 땅바닥에 아무렇게나 앉았다. 도대체 이렇게 힘들게 걸어본 게 얼마 만일까. 오러를 각성한 뒤론 단순히 이동하는 것으로 이렇게 힘들어본 적이 없어 그런지 더 힘든 것 같다.

"오늘은 여기서 야영합니다."

이올라의 말에 모두가 고개를 한 번씩 끄덕였다.

야영 준비는 무척 신속하게 이뤄졌다. 타우타라 불리는 하프 오크는 묵묵히 근처의 나무 하나를 쓰러뜨려 장작을 만들었고 엘프들은 먹을 만한 견과류와 과일을 구해다 왔다. 그런데 의외인 건 초식만 하는 엘프들이 손수 들짐승을 잡아왔다는 것이다.

'천 년이라는 시간 동안 엘프들의 식습관이 바뀌었나.'

아니 그럴 리는 없을 거다. 바뀌었다면 마왕이 세상을 지배한 후에 모종의 이유로 바뀌었을 것이다. 뭐 하지만 지금은 그게 중요한 게 아니다.

드워프들이 피운 불로 잡아온 짐승을 굽기 위해 털과 깃털 뽑는 일을 하는 것으로 이델은 일행과 좀 더 가까워질 수 있도록 노력했다.

"야호, 먹을 거다."

열심히 깃털을 뽑아 옆에 둔 산새를 캐넌이 잽싸게 가로챘다. 이에 이델은 말을 안 할 수 없었다.

"그거 생고기거든. 아직 굽지 않았으니 얌전히 거기다가 놔."

"난 이렇게 먹는 게 더 좋은데."

캐넌은 그리 말하고 입으로 산새를 와락 물었다.

"나 원 참."

누가 자기 멋대로 사는 것을 낙으로 삼는 묘인족 아니랄까 봐 자유분방하게 구는 캐넌의 모습에 이델은 실소를 짓지 않을 수 없었다.

뭐 어차피 묘인족은 불을 이용해 요리를 하지 않으니 내버려 둬도 되겠지 생각하며 이델은 하던 일을 마저 하였다.

대충 준비가 끝나자 경계 인원을 뺀 나머지 인원은 조촐하게나마 식사를 하였다. 편하게 좀 먹어도 될 텐데 이올라는 갑옷 하나 벗지 않고 묵묵히 식사를 했다. 다른 이들도 비슷하여 식사 분위기는 매우 조용했다.

'휴! 이들과 어울리기가 영 어렵구나.'

약간 치밀어 오르는 소외감에 이델은 과거 함께 싸웠던 동료들이 새삼 그리웠다.

식사를 끝내고 모두 조용히 잠을 잘 준비를 했다. 하지만 이델은 잠자리를 준비하는 대신 다른 일에 몰두했다.

‘겨우 이어놓기는 했지만 아직 생명력의 흐름이 원활하지 못해. 계속해서 끊어진 부분을 잇고 생명력의 기운을 끌어 올려서 어서 오러를 되찾는다.’

저번 일로 미약하게나마 오러를 다루었지만 그건 어디까지나 임시변통에 지나지 않는다. 적어도 흐름만 완벽하게 회복한다면 오늘과 같이 짐 덩어리가 되는 일은 없을 것이기에 이델은 잠을 자는 것도 마다하고 가부좌를 하고 생명력을 느끼는 과정을 시작했다.

“후우.”

이델은 마차에서 했듯이 내면의 생명력을 느끼는 것과 동시에 주변에 퍼져 있는 생명의 기운을 호흡으로 받아들이는 일을 했다. 다행히 이곳은 마차 때와 다르게 생명력이 풍부한 숲이라 좀 더 많은 기운이 몸 안으로 스며들어 왔다. 그렇게 흘러온 생명력을 통해 아직 단절되어 있거나 연결되었어도 그 맥이 약한 부분을 보강해 나갔다.

그런데 이러한 이델의 행동은 일행 중 유일한 오러 유저인 이올라에게 민감하게 느껴지게 되었다.

“어째서 저 흐름이 저 남자에게서.”

“왜 그래요, 언니.”

옆에 꼭 붙어 잠들려 했던 캐넌이 이올라의 중얼거림을 듣고 의아하게 말을 건넸다.

이에 이올라는 고개를 가로젓고는 말했다.

“아냐, 아무것도.”

그리 말했지만 이올라는 잠자리에 눕기 전 마지막까지도 이델이 있는 쪽에서 눈을 떼지 못했다.

스르륵.

일행이 잠든 지 얼마 지나지 않았을 무렵이었다.

야영지를 향해 조금씩 다가오는 그림자들이 있었다. 그들을 최초로 알아챈 건 경계를 서던 한 명의 엘프였다.

"음?"

대낮처럼 밝게 보이는 월광도 스며들지 않는 어두운 숲 속에서 움직이는 존재들을 발견한 엘프는 급히 호루라기를 들었다. 하지만 그것을 불기 전에 갑자기 시야 밖에서 그를 덮치는 존재들이 있었다.

"아악!"

비명소리는 한순간에 잠든 모두를 깨웠다.

"무슨 일이지?"

남들보다 늦게 잠들었던 이델은 갑작스런 비명에 놀라 벌떡 일어났다. 다른 자들도 모두 경황 중에 일어나 무기를 챙기고 있었다.

이때, 나무 사이에서 갑자기 공격하는 자들이 나타났다.

"카아!"

돌연 나타난 자들은 온몸에 털이 덥수룩했다. 그들의 손에는 어설프게 만든 무기들이 들려 있었다.

"이들은 도대체?"

이델이 의문을 품는 동안에 다른 자들은 바로 냉정히 이들을 상대했다.

엘프들의 활이 상대의 급소를 노렸고 드워프들도 자신의 도끼로 상대를 무참히 찍었다.

"크윽, 나한테도 무기만 있다면."

당장 맨손이라 싸움에 끼어들기가 애매했다.

생전 처음 보는 적은 어설픈 무기를 들고 있지만 꽤 괴력을 가졌는지 드워프 전사들과도 대등하게 싸워 나가고 있었다.

처음 보는 적의 존재에 이델은 호기심부터 느꼈다. 하지만 적들 중 하나가 자신에게 달려오는 것을 보고 바로 무기가 될 만한 것을 찾아보았다.

"이거라도."

이델이 선택한 무기는 바로 모닥불에 들어가 있던 장작이었다. 순간 손에 들린 장작이 휘둘러짐에 따라 불의 잔상이 만들어지고 불씨가 사방으로 튀었다.

"카아아."

불에 놀란 적은 움찔하였다. 이델은 그 틈을 놓치지 않고 상대를 제압하기 위해 손을 썼다.

"타핫!"

비록 전문적인 격투술을 익힌 것은 아니지만 기본적인 기술은 대강 익힌 바가 있다. 이델은 상대의 축을 무너뜨려 바로 넘어뜨렸다. 그리고 재빠르게 몸에 올라탔다. 그 상태에서 안면을 내려치기 위해 주먹을 들었다.

"아닛!"

주먹을 내지르기 바로 직전, 이델은 돌연 놀라며 동작을 멈추고 말았다.

가까이에 떨어진 장작의 불로 인해 보인 상대의 얼굴은 놀랍게도 자신과 같은 인간의 얼굴이었던 것이다.

3장
하넬 숲

깊은 산속에서 갑자기 습격한 적이 같은 인간이라는 사실은 이델에게 큰 충격으로 다가왔다. 순간 그의 동작은 경직되었고 밑에 깔려 있던 자에게 반격의 빌미를 주고 말았다.

"으악."

갑자기 가해진 상대의 힘에 이번에는 이델이 땅에 누워야 했다. 위에 올라탄 인간은 입을 크게 벌려 이델을 물려고 했다.

"크윽!"

상대의 침이 얼굴에 떨어지는 것을 느끼며 이델은 힘껏 손을 뻗었다. 그 손이 향하는 쪽에는 아까 떨어진 불이 아직 꺼지지 않은 장작이 있었다.

'조금만 더…….'

한 손으로는 상대의 턱을 막고 다른 한 손으로 장작을 잡으려는 이델의 얼굴에선 연신 뜨거운 땀이 흘러내렸다. 마침내 손가락에 닿는 느낌이 들었다.

겨우 닿은 손가락. 이델은 안간힘을 써서 장작을 집어 들었다. 그리고 그것으로 상대를 후려쳤다.

"악."

사람의 비명소리가 들리며 상대가 옆으로 쓰러져 땅을 뒹굴었다.

겨우 일어난 이델은 쓰러져 신음하는 상대를 보았다. 어째서 같은 인간을 공격한 것일까. 의문에 대한 답을 생각하기도 전에 상대가 일어나는 모습을 봐야만 했다.

이제 어떻게 해야 하는 것일까. 죽여야 될까. 손에 사람의 피를 묻혀본 적이 없는 것은 아니다. 하지만 그건 어디까지나 마왕에 협조한 인간의 적들에 한한 것이었다.

비록 습격을 했다 하나 아직 적이라 단정 지을 수 없는 이를 차마 벨 수 없었다.

"스톰 커터."

좌우로 뿌려지는 연격을 따라 칼날의 폭풍이 분다. 그것에 베인 자만 수 명. 이올라는 조금의 망설임도 없이 자신에게 달려드는 인간들을 베고 또 벴다.

그런 그녀의 눈에 이델과 대치 중인 인간이 들어왔다.

"……"

잠시 말없이 보았던 이올라는 한 번의 도약으로 그 둘의 사이에 끼어들었다.

"잠깐만."

피가 묻은 무구를 본 이델은 이올라가 무엇을 하려는지 금세 눈치챘다. 하지만 이올라의 대검은 이델의 말이 끝나기도 전에 휘둘러져 버렸다.

반 토막이 나 쓰러지는 사람의 모습이 이델의 동공 안으로 들어온다. 이 순간 뜨거운 분노가 치민다. 물론 이성적으로 이올라를 무조건 탓할 일이 아니라고 생각하고 있다. 먼저 공격한 건 저쪽이었으니 말이다. 하지만 그렇다고 이런 식으로 같은 인간을 무참히 죽일 필요가 있을까.

"멈춰."

이델의 싸늘한 목소리에 다시 다른 상대를 찾아 움직이려던 이올라가 멈칫했다.

"더 이상 살육할 필요는 없잖아. 이미 저들은 기세가 꺾였어."

이델의 말대로 상황은 이쪽이 유리해져 있었다. 적은 몇 명 남지 않았고 그나마도 상처투성이였다. 제압하는 것은 시간문제였다. 그런 상황인데도 엘프와 드워프 전사들은 상대를 생포하기보다 죽이는 쪽을 선택해 계속적으로 공격을 하였다.

그 모습을 본 이델은 어금니를 지그시 깨물며 물었다.

"어째서 같은 인간인데 무참히 죽이는 거지? 아무리 먼저 공격했다지만 적어도 저들의 이야기를 들어볼 수는 있는 거잖아."

"……."

이델의 말에 이올라는 입을 꾹 다문 채로 가만히 있었다. 그녀의 눈빛에서는 아무런 감정도 찾아볼 수가 없었다. 그게 더 이델을 흥분케 했다.

자칫 위험한 상황이 될 수도 있는 이 시점에서 판이 적절히 끼어들었다.

"이올라를 너무 탓하지 말게. 이건 불가피한 일일세."

"그게 무슨 말씀이십니까. 저 사람들이 마왕의 편에 들어간 이들이라고 하실 참입니까."

이델은 당장 화가 치솟았지만 판에게는 함부로 말을 하지 못했다.

판은 여러모로 친절히 이델에게 이쪽의 지식을 알려준 인물이고 또한 이 그룹의 최연장자이기 때문이다. 그래서 이델은 가슴속에서 치미는 분노를 억지로 누르면서 눈빛으로 대답을 요구했다.

이에 판은 주검이 된 인간을 내려다보며 씁쓸히 말했다.

"이들이 우리를 습격한 이유가 뭔지 아나? 그것은 바로 우리를 사냥하는 것이네."

"사냥이라고요?"

"그렇다네."

인간이 인간을 사냥하다니. 이 순간 이델은 머릿속으로 한 가지 끔찍한 상상을 했다.

“설마······.”

“자네가 생각하는 게 맞네. 이들은 우리를 식량으로 삼기 위해 공격한 것이네.”

판의 못을 박는 말 한마디에 이델의 분노는 삽시간에 식어버렸다.

혼돈에 찬 표정으로 이델은 중얼거리듯 말했다.

“어떻게··· 그럴 수가.”

“믿기 힘들지만 현실은 이렇다네.”

판 역시 씁쓸한 표정을 감추지 못했다.

명운 강탈 이전의 세대를 1세대로 칭한다면 현재 인간은 대략 7세대까지 내려오고 있다. 5세대까지는 그럭저럭 인성을 유지할 수 있었지만 그 뒤인 6세대부터는 특수하게 태어나는 소수의 인간을 제외하곤 인성도 잃고 말아 사실상 예전에 몬스터로 불리던 오크, 고블린 수준의 이성밖에 가지지 못하게 되었다.

이렇게 된 인간은 두 가지로 살 수밖에 없다.

하나는 마족의 가축 겸 노예로 살아가는 것과 또 하나는 마족의 지배에서 벗어나 과거 몬스터로 불리던 어둠의 종족들이 그랬듯이 살아가는 것이다.

“우리 이노센트 라이트가 그들을 바꿀 수 있는 방법을 찾고 있기는 하지만 아직까지 성과는 나오지 않고 있어 야생화된 인간들과 만나면 어쩔 수 없이 무력으로 그들을 배제할 수밖에 없네.”

"크윽!"

같은 인간이 이렇게 변했다는 사실에 이델은 크게 고통스러워했다.

처음 눈을 떴던 그곳에 함께 있었던 인간들이 왜 그런 반응을 보였는지 이해가 간다.

"안타까운 일이지. 하지만 이 현상은 비단 인간에게만 적용되는 게 아니네. 수명이 긴 엘프나 드워프는 그나마 낫지만 수인족과 우리 켄타우루스족, 그리고 조인족과 거인족 같은 종족도 여러 세대를 걸치면서 이런 몬스터화된 개체들이 나오고 있지."

판의 말에 이제 이델은 허탈함까지 느끼게 되었다. 마왕에 의해 세상이 완전히 뒤바뀌었다더니 정말로 그렇다는 것을 실감할 수 있게 되었다.

판과 이델이 이러한 대화를 나누는 사이에 전투는 종결되었다.

"모두 처리했습니다."

"…사상자는요?"

"경계 중이었던 이루엘이 죽었습니다."

보고를 하는 엘프의 표정에선 아무것도 느껴지지 않았다. 이것은 친한 동료의 죽음이 슬픔으로 와닿지 않아서가 아니다. 하도 많은 죽음을 보았기에 절로 심정에 방어 기재가 작용해 무감각해지도록 바꾼 것이다.

"피 냄새가 너무 멀리까지 퍼졌습니다. 혹 추격대가 있을지 모르니 서둘러 여기를 떠나겠습니다."

이올라의 명령에 모두들 군말 없이 따랐다.

이델은 판과의 대화를 통해 이 싸움의 결과에 대해 어렵사리 승복하였다. 하지만 이대로 떠날 수는 없었다.

"뭐하는 거죠?"

남들은 흔적을 지우고 떠날 채비를 하는데 이델 홀로 땅을 파는 것을 보고 이올라가 물은 말이었다.

이에 이델은 뒤쪽에 선 이올라를 돌아보지도 않고 계속 땅을 파면서 말했다.

"적어도 저들의 시신을 묻어주고 가야 할 것 같아서."

"왜죠?"

정말로 무감정하게 물어오는 말에도 이델은 전처럼 감정적으로 굴지 않고 말했다.

"그저 본능에 따라 움직였을 뿐인데 이들이 무슨 죄겠어. 같은 인간으로서 최소한의 도리를 하고 싶어서 그래."

이델의 대답에 이올라는 아무 말도 하지 않았다.

묵묵히 땅을 파는 이델과 그를 바라보는 이올라 사이에선 묘한 기류가 흘렀다.

"나도 도울게."

어색한 분위기를 깬 건 캐넌이었다.

혼자서 파기엔 사실 무리인 게 사실이었기에 이델은 캐넌의 도움을 감사히 받았다.

캐넌이 나서자 잠시 눈치를 보던 엘프와 드워프, 그리고 타우타까지 손을 걷어붙이고 땅을 팠다. 그렇게 죽은 자의 수만큼 간소한 무덤이 만들어졌다.

이델은 그렇게 만들어진 무덤들 앞에서 조용히 묵념하는 것을 마지막으로 죽은 자에 대한 할 일을 끝마치고 조금 먼저 출발한 일행의 뒤를 쫓았다.

＊　　＊　　＊

하넬타 대륙 서부 엑노리아에서는 매우 심상치 않은 분위기가 흐르고 있었다.

평범한 작은 마족 마을에 불과한 이곳에 무려 삼천에 달하는 병력이 집결한 것이다.

"이렇게 많은 병력이 모이는 것도 참으로 오랜만인 것 같소."

부리부리한 눈에 예전에는 구부정했을 허리를 곱게 편 160cm의 키를 가진 고블린 라뮬은 일사불란하게 모인 병사들을 보며 감탄하듯 말했다.

그러자 그의 옆에 있던 이가 거들듯 말을 한다.

"모두 뛰어난 병사인 것 같소, 라뮬 경. 이처럼 든든한 병사들과 함께 행동하게 되어 참 다행이라 생각하오."

예전에는 기사라는 신분 자체가 없었던 마족이지만 신세계가 된 이후, 인간들이 써먹던 기사 신분을 차용해 마왕과 각 종족의 로드를 충심으로 따르는 투사, 전사에게 그들의 신분을 보장하고 그만큼 대우를 해주기 시작했다. 그래서 지금 기사라는 신분은 마족 사이에선 예전으로 치자면 인간 귀족 정도의 위치로 여겨지고 있다.

라뮬은 하넬타 대륙 서부 지역을 다스리는 고블린 로드 볼프를 섬기는 기사이다. 그는 이 지역을 지키는 볼프의 사병 중 삼천의 병력을 데리고 이곳에 왔다.

그 이유는 지금 앞에 있는 자의 청탁 때문이었다.

"하하, 어찌 그런 말씀을. 저야말로 키마이라 마법 전투단과 함께 싸울 수 있게 되어 기쁠 따름입니다."

짙은 회색의 피부에 붉은 선으로 얼굴에 형태 있는 문신을 한 남자는 라뮬의 말에 진득한 미소를 보였다.

엘프 뺨치는 잘생긴 외모에 약간 뾰족한 귀를 가진 그는 언뜻 엘프처럼 보이나 실은 어둠의 종족 중 하나인 다크 스피리트족이다.

이들 다크 스피리트족은 엘프를 본따서 달의 신 문델이 만든 어둠의 종족이다.

문델의 뜻대로 다른 어둠의 종족과 다르게 엘프처럼 아름다운 외모를 지녔지만 어둠의 종족이 그러하듯 이들도 부족한 영성 탓에 그 성품은 매우 간교했다. 또 수명이 천 년에 이르는 엘프와 달리 인간처럼 고작 백 년밖에 못 사는 종족이 되고 말았다.

그러나 신세계가 찾아오면서 엘프만큼은 아니지만 꽤 장수하는 종족이 되고 부족한 정령 친화력도 엘프 수준까지 올라 마법사나 정령사가 꽤 많이 배출되는 종족이었다.

"그런데 크달 공. 어째서 겨우 그깟 이노센트 라이트 놈들을 잡는 일에 직접 참여하시고자 하십니까."

라뮬의 물음에 크달이라 불린 다크 스피리트는 대답하였다.

"며칠 전에 에스트렌다 인근에서 벌어진 습격 사건에 대해 알고 있겠지?"

"아, 그 일 말입니까."

"이노센트 라이트가 우리 키마이라 마법 전투단으로 보내지던 물건을 탈취해 갔네. 뿐만 아니라 아무리 수송을 책임졌던 마법사가 제일 말단의 마법사라지만 엄연히 키마이라 마법 전투단의 일원을 살해했지. 이것을 그냥 두고 본다면 키마이라 마법 전투단의 명성이 어찌 되겠는가."

"그렇지요. 그런 수치가 있다면 반드시 갚아야 함이 옳지요."

키마이라 마법 전투단은 마왕 직속의 6대 특수 부대 중 하나다.

현재는 현격히 규모를 줄여 5만 규모의 군단을 아홉 개만 보유하고 있는 마왕군이지만 저 여섯의 특수 부대는 마왕군 출병 때부터 키웠던 전력을 여태까지 고스란히 보유하고 있어 전투력이 심히 막강하였다.

실제로 지금 이곳에 온 크달 역시 키마이라 마법 전투단의 일원으로 6서클 마법사인 동시에 강력한 정령사이다. 또한 그와 함께 이곳에 온 마법 전사가 오십 명이다.

마법 전사는 개개인마다 마법적 조치를 통해 여러 전투 능력을 끌어 올린 키마이라 마법 전투단의 정예 병사들이다. 거기에 마법사가 만든 마법 무구도 지니고 있어 오십 명이면 오러 유저 한 명을 능히 상대할 수 있을 정도다.

"하지만 그렇다고 해도 이만큼의 전력이 필요하겠습니까. 놈들의 전력이라고 해봐야 보잘것없는데 말입니다."

"우리가 조사한 바에 따르면 그 무리 중 한 명이 오러 유저일 가능성이 크오."

"그게 정말입니까."

라뮬은 놀랍다는 듯이 반문하곤 이내 기쁜 듯 웃었다. 그 웃음은 강한 자와 싸울 수 있다는 기대심에서 비롯된 것이었다.

"이거야, 오랜만에 오러 유저와 붙어볼 수 있겠군요."

"사실 이쪽의 전력만으로도 충분하겠지만 굳이 라뮬 경이 이노센트 라이트의 오러 유저와 맞붙고 싶으시다면 기꺼이 양보해 드리겠습니다."

"하하, 고맙소이다."

"이쪽에 정보를 주신 대가라 생각하십시오."

원래 크달과 오십 명의 마법 전사는 단독으로 움직여 이올라의 집단을 추적하려 했었다. 하지만 이노센트 라이트를 치기 위해 병력이 모인다는 소식을 듣고 이곳에 합류한 터였다.

"그보다 하넬 숲에 놈들이 모여든다는 첩보가 정확한 것인지?"

그동안 이노센트 라이트는 게릴라전을 펼치며 로드의 통치를 어지럽혔다. 이를 막기 위해 수단과 방법을 가리지 않았지만 번번이 일은 실패했고 코앞에서 그들을 놓치기 일쑤였다.

그러나 이번에는 다른 모양이다. 라뮬은 의미심장한 미소를 지으며 말하였다.

"믿어도 되는 정보입니다. 하넬 숲에서 지금 하넬타 대륙 일대를 돌아다니며 분란을 일으킨 이노센트 라이트 집단이 곧 모인다고 해서 이만큼 병력을 모았는데 거짓이면 안 될 일이죠. 크달 공이 쫓는 집단도 그쪽에 합류할 것이 분명하니 걱정 안 하셔도 됩니다."

"하하, 알겠습니다."

이번 토벌전으로 하넬타 대륙에서 날뛰는 이노센트 라이트 일원 모두를 토벌할 수 있으리라. 이리 자신하며 두 집단의 지휘관들은 준비된 병력을 하넬 숲으로 움직였다.

우두둑.

"왼쪽에 세 마리!"

"어떻게든 위치를 사수해라."

하넬 숲의 언저리에 들어오면서부터 온갖 마물의 습격을 받게 되었다. 다행히 다들 싸울 수 있는 전투 인원인지라 큰 피해 없이 물리쳤지만 이번에는 상대가 좋지 못했다.

그림자에 녹아들듯 모습을 감출 수 있는 마물 쉐도우 비스트를 상대로 일행은 힘겨운 싸움을 해야만 했다.

하지만 여기서 생각지도 못한 큰 도움이 되는 이가 있었다.

푸확!

"쉐도우 비스트는 모습을 감췄다가 나타날 땐 반드시 목표한 상대의 등 뒤로 나와. 그러니 서로 등을 지켜주는 식으로 싸운다면 피해를 줄일 수 있어."

막 쉐도우 비스트의 몸을 벤 이델이 그리 알려주자 다들 시키는 대로 따랐다.

일정 영역 내의 모든 공격을 기감으로 미리 읽을 수 있는 이올라나 짐승의 본능으로 맞대응해 쉐도우 비스트를 절대 놓치지 않고 정면으로 맞서 싸우는 캐넌에겐 큰 조언이 안 되었지만 다른 이들의 싸움을 보다 쉽게 풀어줄 수는 있었다.

"카앙!"

"어디를!"

아까 베인 놈이 재차 공격하려기에 이델은 재빠르게 반격의 검을 휘둘렀다.

이제는 신뢰를 제법 쌓아 검도 한 자루를 빌려 받게 된 이델은 전보다 훨씬 날렵한 움직임을 선보였다. 그럴 수 있었던 것은 지난 며칠간의 산행 덕분이었다.

비록 강행군으로 매우 지쳐갔지만 그만큼 육체의 포텐션이 올라가 전성기 때만큼은 아니더라도 어느 정도까지 전투가 가능한 몸을 만들 수 있었다. 오러 역시 미약하지만 조금씩 회복 주기가 빨라지고 있어 이제는 강행군의 육체 피로를 오러를 통해 어느 정도 해소할 수 있게 되었다.

그런 이델에게 쉐도우 비스트가 상대가 될 리 만무했다.

"타하앗!"

앞으로 나아가면서 재빠른 2연격을 날린 이델은 뒤를 잠깐 돌아보았다. 그 뒤에는 각각 머리와 어깨에서 피를 뿌리며 쓰러지는 쉐도우 비스트가 있었다.

"좋았어. 이제 검을 잡는 감각도 어느 정도 돌아왔다."

점점 예전의 실력을 찾아가는 것 같아 이델은 무척 흡족해했다.

이델이 그렇게 한 마리를 쓰러뜨리는 사이, 이델의 조언을 받아들여 싸운 전사들이 네 마리를 해치웠고 이올라가 여덟 마리, 캐넌이 타우타의 도움을 받아 두 마리를 해치워 일행을 습격한 쉐도우 비스트 무리는 완전 소탕되었다.

"도대체 얼마를 더 가야 하는 거지?"

이런 식으로 마물들을 무찌르며 하넬 숲까지 꽤 들어왔다. 도대체 왜 이곳에 왔는지 그 이유는 모르지만 일행의 피로도를 생각하면 더 이상의 싸움은 곤란하다.

"이제 곧 도착하네."

판은 그리 말하고 숲 한쪽을 가리켰다.

다른 곳보다 유달리 빛이 들어오는 것을 보아 나무가 무성히 자라지 않은 곳이었다.

그곳에 도착해 보니 이델은 그제야 목적지가 어딘지 알 수 있었다.

"엘프의 거주지인가."

바싹 마른 거목들에는 인위적인 손길의 흔적이 남아 있다. 천 년 전 마왕의 침략을 받았던 이래 방치되었던 하넬 숲의 엘프 거주지가 바로 이곳이었던 것이다.

그리고 이곳에는 먼저 온 이들이 있었다.

"도착했군."

무장을 하고 경계를 펼치던 일단의 무리가 눈에 들어온다.

"거인족?"

이델의 눈에 제일 먼저 띈 것은 8m의 키를 가진 거대한 인간이었다.

거인족 자체가 신기한 일은 아니지만 이렇게 다른 종족과 어울리는 것은 처음 본다.

유달리 프라이드가 강한 거인족은 자신보다 작은 다른 종족을 하등 종족으로 취급해 상종하는 일이 거의 없기 때문이다.

해서 마왕군과 싸울 때도 거인족은 오직 자신들끼리 모여 독자적으로 싸웠었다.

"이올라 님!"

이델이 잠시 거인족에 신경을 쏟는 사이, 일단의 무리가 모여들었다. 그들은 모두 인간족이었다.

"무사하셔서서 다행입니다."

갑옷을 입은 기사 차림의 그들은 하나같이 이올라 앞에서 공손한 어투를 사용했다. 이들은 모두 바깥에서 본 사람과 달랐다.

이올라와 마찬가지로 제대로 된 인간으로 보였다. 그런데 여기서 이델은 한 가지 의문을 가지게 됐다.

'대체 이올라의 정체는 뭐지?

이올라가 강력한 오러 유저라는 것은 알고 있다. 그렇지만 그것을 감안하더라도 저자들의 태도는 너무나도 정중하다. 저런 태도를 보일 수 있는 건 상대가 높은 신분에 위치한 경우일 뿐이다.

그럼 이올라는 뭔가 특별한 신분인 것일까. 하지만 그렇다면 왜 그런 그녀가 이런 위험한 일을 하고 다니는 거지? 그리고 또 어떻게 해서 오러 유저라는 힘을 얻게 된 걸까.

이델은 이올라의 진짜 정체를 새삼 더 궁금해하게 되었다.

*　　　*　　　*

하넬 숲에 모여든 이노센트 라이트 대원은 약 이백 명 정도였다.

가장 많은 숫자를 차지하는 것은 엘프족이었다. 그다음은 수인족이었고 다음이 인간족, 드워프족 순이었다.

"제 1부대 무사 귀환했습니다. 임무 목표 역시 성공리에 달성하였습니다."

"제 2부대 사망자 다섯, 부상자 일곱이 나왔지만 목표는 성공리에 달성했습니다."

"제 3부대 사망자 셋에 부상자 둘이고 임무는 부분적으로 성공했습니다."

　마지막 3부대의 리더인 이올라의 보고를 전부 들은 거인족 전사 하프만은 고개를 끄덕이며 말했다.

　"다행히 큰 피해 없이 임무들을 모두 완수했군. 다들 수고 많았다."

　이번 하넬타 대륙에서의 작전을 주도하는 총지휘관이자 특수 공작 및 첩보 임무에 맞춰 인원이 배치된 다른 3부대와 다르게 오로지 전투에 특화된 부대원을 거느린 하프만은 유사시 구출 부대를 맡고 이곳 하넬 숲에서 대기 중이었다.

　겉보기와 다르게 무척 침착한 성격의 하프만은 각 부대장들의 보고를 빠짐없이 확인하였다. 그리고 질문했다.

　"이올라 경, 이번에 데려온 자가 그 성에서 끌려온 자라고?"

　"그렇습니다."

　"이델이라 했던가. 달리 신원을 확인할 물건이나 그런 것은 발견 못 했나?"

　보고서에 이델이 기억 상실 중으로 나와 있었기에 하프만은 다른 방법으로 이델의 정체를 알 수 있었는가의 여부를 물은 것이었다.

　이에 이올라는 약간 창백한 표정을 지으며 대답했다.

　"…죄송합니다. 그 부분에 대해서는 미처 생각하지 못했습니다."

　하프만의 말을 통해서 자신의 실수를 뒤늦게 깨달은 이올라는 입술을 꾹 깨물며 본인의 어리석음을 자책했다. 그 모습을 본 하프만은 재빨리 말을 건넸다.

"괜찮네. 여기까지 오면서 딱히 문제 삼을 짓도 하지 않았고 또 꽤 도움이 되었다고 하니 적어도 적은 아닐 테지. 어째서 옛 마왕성의 폐허에서 그리 엄중히 이송되었는가는 차후에 차차 밝히면 될 일이야."

"…예."

대답은 하지만 이올라의 표정은 여전히 어두웠다. 그런 모습을 본 하프만은 정좌한 상태에서 손을 뻗었다. 순간 머리 위에 커다란 손바닥의 그림자가 드리웠지만 이올라는 미동도 하지 않고 가만히 있었다.

사람만 한 손바닥은 거칠지 않게 이올라의 머리를 가볍게 문질렀다.

"실수는 할 수도 있는 법이지. 그러니 너무 마음 쓰지 말거라."

"하프만 아저씨."

"허허, 네가 나를 그리 불러주는 게 몇 년 만인지 모르겠구나."

하프만은 웃으며 말했다. 그 모습에 이올라도 어두운 표정을 풀고 살포시 미소를 지었다.

한편, 같은 시간.

"실례합니다."

"……."

갑자기 불쑥 다가온 이델의 모습에 한자리에 모여 있던 사람들이 경계의 눈빛을 보낸다.

"아, 나는 수상한 사람이 아니니 그리 경계 안 해도 되오."

"당신이 그 이델이라는 자인가."

인간 남자들 중 눈매가 날카로운 자가 말을 걸어온다. 여기에서 밀려선 안 된다는 생각에 이델은 상대와 눈을 똑바로 맞추고 대답을 했다.

"그렇소."

그 대답에 남자들은 저마다 이델을 주시했다. 이들의 눈빛은 그리 호의적이지 않았다.

'역시 이들도 나를 믿지 않는군.'

이들에게 신뢰를 주려면 상당한 시간이 들 것 같아 보인다. 하지만 이델은 굴하지 않고 사내들 사이에 끼어드는 데 성공했다.

"너무 딱딱하게 굴지 말아줬으면 하는데."

"흥."

눈매가 날카로운 자는 차갑게 콧방귀를 뀌곤 아무런 말도 하지 않았다. 하지만 다른 이들은 경계의 눈빛을 살짝 누그러뜨리며 말문을 열었다.

"내 이름은 코잔. 이렇게 멀쩡한 인간을 바깥세상에서 만나는 건 오랜만이군."

"이델이라 합니다."

"난 노리스다."

한 명이 소개를 시작하니 열 명 남짓의 사람은 차례대로 자신을 소개했다.

다들 자신을 알리는데 맨 처음 남자만 고집스레 자신을 밝히지 않았다. 이에 남자들 중에서 가장 나이가 많은 축에 속하는 코잔이 쓴 미소를 지으며 대신 그를 소개했다.

"저 친구는 알론이라고 하네. 약간 배타적인 성격을 가지고 있어서 그러니 자네가 이해해 주게."

"아닙니다."

이델은 그리 대답하곤 알론을 보았다. 대충 눈짐작으로 사내들을 살펴본 바, 여기서 가장 실력이 뛰어나 보이는 자는 바로 저 알론이라는 사내였다.

"그나저나 자네 정말로 기억이 없나?"

"아, 예."

코잔의 물음에 아델은 순간적으로 자신이 써먹은 기억상실을 떠올리고 대답을 하였다.

"어쩌다 그리되었는지도 기억이 없나."

"그렇습니다."

이델은 잘하지도 못하는 거짓말을 하느라 속으로 진땀을 흘리며 대답했다.

"그나저나 자넨 각성자라 고생이 많았겠군."

"각성자요?"

"6세대 이후로 영성을 어느 정도 가진 사람을 가리키는 말이네. 거의 천 명에 한 명 꼴로 나타날까 말까 해 각성자라 부르지."

"그렇습니까?"

“참고로 저기 있는 프로슈와 케뮤도 자네처럼 각성자네.”

약간 어눌해 보이는 인상을 가진 프로슈와 짧은 소개를 하고 줄곧 침묵하는 사내를 가리키며 코잔은 각성자라 했다.

굳이 같은 인간을 두 분류로 나누는 까닭은 무엇일까. 혹 이올라가 함구한 비밀과 관련되어 있는 것일까.

그러나 지금은 질문을 섣불리 하기보단 이들과 친해지는 게 더 좋을 것 같다는 판단에 이델은 돌려서 다른 질문을 하였다.

“그런데 이 이노센트 라이트는 정확히 무엇을 하는 집단입니까? 단순히 사보타주만 일삼는 게릴라 집단인 겁니까.”

이 질문에 코잔은 쓰게 웃으며 대답했다.

“지금으로썬 그렇지. 각 노예 수용소를 공략해 뜻을 함께할 수 있는 동료를 확보하거나 마왕군의 보급소를 터는 게 우리의 주 임무다.”

“그런 걸로 현 시국을 바꿀 수는 없지 않습니까.”

솔직히 이노센트 라이트에 기대를 가지고 있었던 이델은 코잔의 말에 약간의 실망을 나타냈다.

그 모습에 코잔은 어깨를 으쓱이며 대답했다.

“아직 우리는 힘이 부족하니 어쩔 수 없지 않나. 마왕군은 무척 강건해. 해서 지금은 조금씩 힘을 키워 나가면서 훗날의 기회를 엿보자는 게 지도자의 뜻이시지.”

“지도자라니. 그 사람은 누구입니까.”

“그건… 지금 말하기는 곤란하네.”

이것도 비밀의 일부인 건가.

이델은 이노센트 라이트의 지도자가 누군지도 궁금하게 되었다.

"이델!"

이때, 캐넌이 빠른 걸음으로 달려와 이델을 찾았다.

"나를 왜?"

"하프만 님께서 보자셔."

"하프만? 아아, 그 거인족 말인가."

왜 날 찾는 것일까. 이델은 의아해하면서 앉은 자리에서 일어섰다.

＊　　＊　　＊

캐넌을 따라 이델은 마을 중앙 공터로 향했다.

그곳에는 남들처럼 옛 엘프의 집을 쓸 수 없는 거인족 하프만이 앉아 있었다.

"어서 오게."

나지막하게 말했음에도 보통 인간의 외치기보다 큰 하프만의 목소리에 잠시 눈을 찡그렸던 이델은 바로 표정을 풀고 정중히 답변하였다.

"만나서 반갑습니다."

단 둘만의 자리. 이델은 고개를 들어 하프만을 올려다봤다.

호전적인 성격이 많은 거인족치곤 꽤 지적으로 보이는 하프만은 다행히 대화가 어느 정도 통할 상대라 생각되어졌다.

"자네에 대한 이야기는 이올라와 판을 통해 들었네."

"그렇습니까."

"난 이야기를 질질 끄는 것을 별로 좋아하지 않네. 해서 직설적으로 묻겠네. 자네의 정체는 무엇인가."

"그게 무슨 뜻인지 모르겠군요."

"자네 나이를 통해 추정컨대 자넨 6세대의 인간이라 할 수 있네. 하지만 지금껏 만나본 6세대 각성자 인간 중 자네만큼 강한 영성을 가진 자는 없었네."

"그걸 어찌 확신하십니까."

"이올라가 그러더군. 자네에게서 오러의 기척을 느꼈다고. 오러를 각성할 수 있을 정도의 재능이 발현될 만큼이라면 거의 1세대 수준의 영성이 필요하지. 아무리 다른 종족과 다르게 인간족의 각성자 출현이 많다 해도 이런 경우는 보고된 바가 없네."

"……."

하프만의 말에 이델은 일순 입을 다물어야 했다. 어차피 감춘다고 감춰질 사항이 아니었던 부분이다. 저 정도까지 추론하였다면 지금 기억상실 카드를 꺼내는 게 오히려 해가 될 게 분명했다.

이델은 마음의 결심을 하고 말을 꺼냈다.

"사실… 밝히지 않은 비밀이 있습니다."

"그게 무엇인가."

"그것은… 당신들과 마찬가지로 지금 말할 수 없는 문제입니다."

"허어."

하프만은 심기 불편한 표정을 짓는다. 하지만 이델은 그에 굴하지 않고 계속 말했다.

"그쪽 역시 내게 해주지 않은 말들이 많지 않습니까. 서로 공평하게 하지 않으면 안 되죠."

"하하, 그런가."

의외로 하프만은 내 말에 화를 내지 않고 웃음을 터트렸다.

"그럼 역시 제대로 된 이야기는 그곳에 가서 들어야 할 것 같군."

"대체 그곳이 어딥니까."

"이제 우리가 갈 곳이네. 그곳에 간다면 자네에게 우리의 모든 것을 밝혀주겠네."

그 말에 이델은 말없이 고개를 끄덕였다. 이노센트 라이트의 본거지가 어디인지는 모르나 어쨌든 그곳에 당도한다면 목표의 일부를 이루게 된다. 일단 그것으로 만족하기로 했다.

"헉, 헉! 하프만 님!"

숨 가쁜 목소리가 들려온다.

나뭇가지를 뛰어넘어 단숨에 지상에 내려선 가죽 옷차림의 남성 엘프가 하프만을 향해 힘겹게 걸어왔다.

'상처?'

멀리서 봤을 때는 몰랐는데 가까이서 보니 등에 상처가 난 것을 볼 수 있었다.

"자네, 이 상처는 대체 뭔가."

"공격입니다."

공격이라는 말에 하프만의 표정이 일변했다.

"공격이라고? 마물인가."

"아닙니다. 마왕군 패거리입니다."

마왕군이라는 말에 하프만은 벌떡 자리에서 일어났다.

"그게 사실인가."

"예. 정규군은 아니고 이곳 로드의 병사들입니다."

"어떻게 여길 안 거지. 지금까지 이곳이 우리의 집결지라는 사실이 밝혀진 적이 없는데."

하프만이 당혹스러워하는 모습에 이델은 직감적으로 상황이 안 좋게 흘러가고 있음을 눈치챌 수 있었다.

곧 흩어져 있던 모든 이노센트 라이트 대원이 집결했다.

모두들 밝은 표정은 아니었다.

"정말로 이쪽으로 토벌군이 오는 게 사실인 겁니까."

"아무래도 그런 것 같네."

"숫자는 얼마나 됩니까."

"보고에 따르면 일단 천은 넘는다고 하더군. 대부분이 고블린이고 고블린 아종인 홉고블린이나 버그베어도 포함되어 있다고 한다."

하프만의 말에 다들 일의 심각성을 느끼는 듯했다.

"그 정도 규모라면 우리가 이곳에 있다고 확신하고 움직이는 게 아닙니까."

　남색 머리의 중년 얼굴을 한 엘프가 심각하게 말한다. 그에 맞은편에 있던 갈색 머리를 여러 갈래로 땋아 내린 드워프가 흥분하면서 말한다.

　"그럼 우리 중 저 더러운 마족 나부랭이에게 정보를 판 놈이 있단 소리인가, 엘크란."

　"꼭 그렇다는 얘기는 아니다, 코름."

　엘프 쪽의 리더 격인 엘크란과 드워프 쪽 리더 격인 코름은 이 와중에도 신경전을 벌인다.

　같은 빛의 종족이라도 성향이 다르면 사이가 안 좋다. 그런 면에서 엘프와 드워프의 반목, 수인족과 조인족의 반목은 꽤 유명하다.

　"두 분 다 멈추세요. 지금은 그 문제보다 어떻게 처한 상황을 헤쳐 나가는가가 더 중요해요."

　흐려진 논점을 바로 잡은 건 이올라였다.

　확실히 현 상황에서 무의미한 논쟁을 하는 것은 위험을 더 키우는 짓에 불과하였다.

　"외곽에 배치한 경계조가 당했다는 것은 이미 이 일대를 적들이 포위하고 있다고 봐야 해요."

　"음, 나도 같은 생각이다."

　하프만은 이올라의 말에 동의를 하였다.

　"그렇다면 경계조가 본 적의 숫자보다 더 많은 수가 이 숲에 깔려 있겠군."

　"그것보다도, 적들 중에 실력자가 얼마나 있는지가 관건이

다. 만약 오러 유저나 대마법사급 실력자가 있다면 어려움이
크다.”
　이야기를 모두 듣고 있던 하프만은 팔짱을 풀면서 말했다.
　“적들 중에 강자가 한두 명 있어도 이상할 건 없겠지. 만약
그런 놈이 있다면 그놈은 내가 맡겠다.”
　“하프만 님.”
　“내 힘을 잘 알지 않나.”
　하프만은 걱정스럽게 자신을 보는 이올라에게 너털웃음을
보이며 자신의 굵은 팔뚝을 보였다. 바위도 단번에 깨버릴 수
있는 괴력을 가진 거인족 전사는 확실히 오러 유저라도 상대
하기 어렵다. 그렇다지만 이 수로 적과 정면으로 싸울 수는 없
는 노릇이었다.
　이 사실을 하프만도 잘 알고 있었디.
　“그런고로 내가 선봉에서 길을 뚫겠다. 최대한 빠르게 포위
망을 벗어나야 하는 만큼 다들 단단히 각오하도록.”
　“알겠습니다.”
　“후위는 엘크란 자네와 이올라에게 맡기겠네.”
　“맡겨주십시오.”
　“네.”
　각자에게 역할이 부여되고 옛 엘프 거주지에서 바로 탈출할
준비를 서둘렀다.
　“타우타, 캐넌.”
　“예, 언니.”

꾸벅.

이올라는 후위 부대에 합류하기 전에 자신의 부대원이었던 두 사람을 따로 불렀다. 그리고 임무를 내렸다.

"둘은 이델을 곁에서 지키도록 해."

"앗! 알겠어요, 언니."

"알았다."

이올라의 지시에 둘은 바로 대답을 했다. 멀지 않은 곳에서 할당된 짐을 챙기던 이델은 지금 저 말이 자신을 지키라는 뜻에서 한 말이 아님을 바로 눈치챘다.

'아마도 아까 이야기 중에 나온 말 때문이겠지.'

수십 년이나 몰래 비밀 집결지로 썼던 이곳이 하필 지금 들켰다는 사실에 이올라는 다시 이델을 의심하게 된 것이다.

이러한 오해를 받게 되었지만 지금 뭐라 말한들 통하지 않을 것이라는 생각에 일단 잠자코 두 사람의 감시를 받아들이기로 했다.

"그럼 이동한다."

강철 스파이크가 곳곳에 박힌 가죽 갑옷을 걸치고 육중한 배틀 해머를 든 하프만이 두꺼운 강체 투구를 쓰며 말한다.

이에 엘프들은 활을 들고 드워프들은 메이스나 플레임 같은 근접 병기를 꺼내든다. 이델이 속한 인간 집단도 방패와 검을 꺼내 들고 곧 닥쳐올 싸움에 임할 준비를 하였다.

좌랑.

이델도 싸우기 위해 검을 뽑아 들었다. 비록 일반 전사 수준

으로밖에 못 싸우더라도 이곳을 탈출하기 위해 힘껏 싸울 것
이다.

＊　　　＊　　　＊

쿵. 쿵.

대지를 흔드는 소리에 숲에 매복한 고블린 궁사들이 움찔한
다.

"뭐지?"

"글쎄, 모르겠는데?"

명령에 따라 대기 중이던 고블린 궁사들은 수상하기만 한
소리에 웅성거리며 동요했다.

이때! 육중한 나무가 그들에게로 쓰러져 갔다.

"피해라!"

갑작스런 상황에 놀란 고블린들은 분분히 흩어졌다.

쉬융!

모습을 드러낸 고블린들을 향해 화살이 쏟아진다. 이에 픽
픽 고블린들이 쓰러지고 인족과 드워프들이 수풀을 뚫고 앞으
로 달렸다.

"크르르!"

개의 두상을 가진 견인족이 육중한 그레이트 소드로 고블린
들을 풀 베듯 베어낸다. 다른 자들도 능수능란하게 모여 있는
고블린들을 학살한다.

　순식간에 이백에 달하는 고블린이 살해당하고 돌파구가 열렸다.

　"자, 어서!"

　모두가 전력 질주로 주검이 된 고블린들을 밟고 앞으로 나아갔다. 하지만 일이 순탄하게 흘러간 것만은 아니었다.

　콰앙!

　"이런!"

　뒤에서 대기 중이던 고블린 마법사들이 마법을 쓴 것이다.

　마법에 이노센트 라이트 일원의 발길이 일순 멈추자 사방에서 고블린들이 쏟아져 나왔다.

　"끌끌, 이쪽으로 도망칠 줄 알았지."

　수백의 고블린 병사를 가로지르며 한 명의 고블린이 나타났다.

　그는 바로 이번 토벌전을 맡은 고블린 오러 유저 라뮬이었다.

　"흠, 여기엔 그 오러 유저가 없나. 뭐, 상관없지. 해치우면서 차차 찾으면 될 일."

　라뮬은 그리 말하곤 자신의 허리춤에 채워져 있던 롱 소드를 뽑아 들었다. 곧 검에 암적색의 오러가 피어오르는 것을 볼 수 있었다.

　"크윽!"

　오러를 본 엘프 궁사들은 일제히 화살을 날렸다. 하지만 라뮬의 칼질 한 번에 날아가던 화살들이 모조리 분쇄되어 버렸다.

"킥."

자신의 무력에 흡족해하던 라뮬은 머리 위가 어두워지자 급히 고개를 들었다. 그가 고개를 들었을 때는 이미 커다란 나무가 떨어지고 있는 중이었다.

쿠웅.

"이노센트 라이트의 전사들이여! 겁먹지 말고 나아가라."

나무를 뿌리째 뽑아 던졌던 하프만이 쿵쾅거리며 앞으로 돌격해 들어갔다.

"거, 거인족?"

거인족인 하프만이 나타난 것만으로 고블린들은 또 한 번 동요했다.

파각!

그러나 아까 떨어진 니무가 둘로 박살 나는 모습에 고블린들은 금방 함성을 질렀다.

"케헷! 덩치만 큰 주제에."

라뮬은 그리 말하며 눈으로 쫓기 힘든 속도로 하프만에게 달려갔다. 그리고 단숨에 하프만의 머리 부분까지 도약해 검을 휘둘렀다.

"어림없다."

하프만은 날아오는 오러를 자신의 배틀 해머로 막았다. 조금 밀리긴 했지만 그는 버텨냈다. 이 모습에 라뮬은 혀를 차며 공중에서 한 번 발을 차 뒤로 빠져나갔다.

"크롸라라!"

그 틈을 놓치지 않고 하프만은 크고 긴 자신의 팔다리를 이용해 고블린 진영을 마구잡이로 짓밟았다.

이 틈에 다른 이들이 앞으로 이동해 갔다.

"저건."

중간 열에 속해 있던 이델의 눈에 하프만이 싸우는 모습이 들어왔다.

"오러 유저와 일대일로 싸우면서 적진을 완전히 헤집고 다니다니."

덕분에 이쪽이 빠져나가기가 한결 수월해졌다.

"카오!"

하지만 방심은 할 수 없었다. 한 마리의 버그베어 권사가 앞에서 이동해 가던 인간 동료 둘을 동시에 공격하는 모습이 보였다.

이델은 반사적으로 자신이 가서 도우려 했다. 하지만 옆에서 줄곧 따라다니던 타우타가 한발 더 빠르게 움직였다.

'아, 생각해 보니 타우타는 권사였지.'

여태까지 친해지진 못했지만 타우타의 이름이나 특징 정도는 캐넌을 통해 알 수 있었던 이델은 타우타의 실력이 어느 정도인지 지켜보기로 하였다.

투캉!

금속 건틀렛끼리 부딪치고 버그베어 권사와 타우타는 바로 접전을 벌였다. 주먹과 다리가 서로 엇갈리고 쌍방의 피부에 상처가 남는다.

‘허얼.’

그 모습에 이델은 놀라움을 금치 못했다.

둘의 싸우는 실력은 어지간한 일류 권사 수준이었기 때문이다.

서로 엇비슷한 실력이었지만 의외로 승패는 일찍 갈렸다.

서로의 주먹이 엇갈리는데 그 와중에 타우타의 주먹이 상대의 옆구리 위쪽에 꽂힌 것이다. 이때, 타우타는 주먹에 회전을 더해 타격력을 강화하였고 단번에 상대의 늑골을 모두 부러뜨려 버린 것이다.

“간다.”

일발 승부를 내고도 힘든 티 하나 안 내며 타우타는 이델에게 짧게 말을 했다.

“그래.”

어느 사이엔가 후위의 부대도 도착하고 있었다. 칼부림 소리로 미루어 볼 때 저쪽도 꽤 많은 적이 붙은 듯했다.

“놓치지 마라.”

꽤 직위가 있어 보이는 고블린의 말에 한 무리의 고블린들이 이델이 있는 쪽으로 움직였다.

“조심해.”

캐넌이 이델의 앞을 가로막아 선다. 그런 그녀 옆으로 타우타도 자리한다. 이올라의 지시에 다른 뜻이 있음을 모르지 않은 두 사람이지만 그럼에도 그보다 먼저 지키라는 것에 충실하였다.

하지만 명색이 용사인 이델로선 단순히 지켜지는 것에 만족할 리 없었다.

"그럴 순 없지. 나도 거들겠어."

이델은 검을 앞세우고 고블린들 사이로 뛰어들었다.

아슬아슬하게 고블린 사이를 파고든 이델은 거침없이 전후좌우로 검을 뿌려대었다. 검은 정확히 급소를 노렸고 잇따라 고블린들이 쓰러져 갔다.

"후읍."

주변의 적을 모두 쓰러뜨린 이델은 크게 숨을 삼켰다. 그리고는 오른발에 힘을 집중해 단번에 수 미터를 건너뛰어 횡으로 검을 휘둘렀다. 미처 대처하지 못한 고블린들은 그 검에 맞아 쓰러져 갔다.

"와아, 이델 너 제법이잖아."

날카로운 발톱으로 고블린 병사 한 명의 멱을 따면서 캐넌은 말한다. 그녀는 그 뒤에 자신을 노리고 찔러오는 창대를 능숙하게 피한 뒤 창대를 타고 앞으로 나가 상대를 강하게 후려쳤다.

다른 자들에 비해 압도적인 셋의 활약에 몰려온 고블린 병사 태반이 쓰러졌다.

"오오."

이델의 실력을 처음 본 자들은 모두 감탄을 내질렀다.

"스톰 커터."

후방에 있던 이올라가 어느새 중앙 대열까지 와 있었다.

다수의 병력에 밀리고는 있지만 이올라는 오러를 한껏 펼쳐 후방 부대가 무너지지 않게끔 하고 있었다.

오러에 의해 바람의 삭풍에 말려든 적은 여지없이 베어져 쓰러져 갔다.

이올라가 선전하는 모습에 적들의 움직임이 잠시 주춤하는 듯했다. 그런데 이때, 그녀를 향해 어둠의 정령 쉐이드가 불쑥 달려들었다.

쇄애애액!

어둠의 기운이 이올라를 잠식하려 했지만 이올라가 내지른 검의 섬광이 그보다 빨리 그것을 분쇄해 버렸다.

"아무래도 오러 유저를 상대하는 건 내 몫이 된 것 같군, 후 훗."

"키마이라 마법 전투단?"

이올라는 돌연 나무 그림자 사이서 모습을 드러낸 다크 스 피리트 크달을 날카로운 눈매로 쳐다보았다.

"가라."

크달의 명이 떨어지자 방금까지만 해도 보이지 않던 오십 명의 마법 전사가 이노센트 라이트 대원들에게로 뛰쳐나갔다.

"크워!"

비정상적인 근육을 가진 오크가 강맹한 기세로 도끼를 휘둘 렀다. 단 일격, 그것에 세 명의 이노센트 라이트 전사가 쓰러졌 다.

그 뒤를 따라 트롤 한 명이 거침없이 난입해 두 자루의 단청을 풍차처럼 휘둘러 주위의 이들을 날려 버린다.

"이노오옴!"

한 명의 드워프가 트롤의 등을 향해 거침없이 도끼를 내려 찍는다. 커다랗게 벌어진 상처. 그러나 놀라우리만큼 빠르게 회복된다. 아무리 자체 재생 능력이 있는 트롤이라도 이 재생 속도는 비정상적이다.

"역시 소문이 사실이었나."

뒤에서 상황을 지켜보던 한 명이 겁에 질린 듯 트롤을 보며 중얼거린다.

키마이라 마법 전투단의 마법 전사는 마법적 실험을 통해 육체를 여러 가지로 개조하고 마법 아티펙트로 무장한 존재라 는 이야기를 듣기는 했지만 이 정도일 줄은 몰랐다.

사기가 떨어진 이노센트 라이트 대원들을 보며 크달은 비웃 듯 말한다.

"과연 너희가 여기를 탈출할 수 있을까."

＊　　　＊　　　＊

"뭐지? 분위기가 이상해졌다."

전투에 몰입해 있었던 이델은 전황이 이상해지는 것을 알아 차렸다.

그때였다.

"크헉!"

육중한 하프만의 몸이 그대로 바닥에 쓰러지면서 잡목들이
부러진다.

쿵.

쓰러진 하프만의 가슴에서 적잖은 상처를 볼 수 있었다. 다
행히 죽지는 않았지만 하프만은 쉽게 일어서지 못하였다.

"덩치만 큰 놈이."

하프만의 몸을 벤 라뮬은 침을 한 번 퉤 뱉고는 오러를 부여
한 검으로 하프만을 지키기 위해 달려든 이들을 연거푸 벴다.

견인족 전사의 몸이 두 동강 나고 전에 이름을 들은 바 있는
프로슈라는 인간 전사도 처참하게 살해된다.

오러 유저인 라뮬이 날뛰자 이노센트 라이트 측 마법사들이
나섰다.

"파이어 볼!"

수 개의 화염 마법이 라뮬의 주변으로 떨어진다. 하지만 오
러의 광막이 화염을 모조리 막아버린다.

"포톤 레이!"

그런 상황에서 한 줄기의 섬광이 광막을 깨부순다. 순간 놀
란 라뮬은 다급히 몸을 틀어 섬광을 피해냈다.

"판?"

이델은 놀란 눈으로 한쪽에 서 있는 판을 보았다. 방금 전의
마법은 어지간한 마법사는 구사하지 못하는 마법이었기 때문
이다.

"크윽! 잘도!"

라뮬은 판을 직시하고 곧장 뛰기 시작했다.

"위험해."

그것을 본 이델은 본능적으로 움직였다. 막을 수 있을까. 순간 걱정이 들었지만 그래도 멈출 수는 없었다.

"하앗!"

이델은 라뮬이 달리는 선상에 끼어들면서 힘을 다한 일격을 가했다. 갑작스런 난입이었지만 라뮬은 한 치의 망설임 없이 이델의 검을 받아 쳐냈다.

졸지에 이델의 검은 반쪽으로 부러지고 이델도 순간 자신에게 가해진 강한 힘을 못 견디고 뒤로 크게 밀려나 버렸다.

"크으윽."

땅을 질질 끌면서도 결코 쓰러지지 않은 이델은 피가 나는 오른손을 보았다.

'큭, 역시인가.'

오러 유저를 상대로 정면으로 덤빈다는 것은 사실 무모한 짓이다. 자신도 오러 유저이기에 그 점을 잘 알고 있다. 하지만 이기지 못하더라도 싸울 수 없는 것은 아니다.

이델은 부러진 검을 뒤로 던지고 쓰러진 시체 옆에 놓인 검을 쥐었다.

"어디 가볼까."

이델은 좌우로 몸을 살짝 움직이다가 바람처럼 앞으로 내달렸다.

"버러지 같은 인간 놈이."

라뮬은 그런 이델을 강한 적이라고 취급하지 않았다. 그래서 크게 생각지 않고 검을 휘둘렀다.

'온다.'

검의 궤적을 따라 오러의 파동이 밀려온다. 조금만 늦는다면 저 일격이 몸을 갈기갈기 찢어놓으리라. 그렇지만 이델은 자세를 바꾸면서 그것을 피하고 앞으로 진격했다.

'오러는 한 번 방출되면 다시 제어하기가 어렵다. 검을 회수해 다시 공격을 해오기까지는 1초 정도가 걸린다.'

이델은 검이 아닌 검을 든 어깨를 보며 움직여 갔다.

보폭을 줄이며 이델은 상대의 오른쪽을 베어 들어갔다. 예상하지도 못한 일격이 들어와서일까. 라뮬은 급히 몸을 움직였다.

"칫!"

아무리 빨리 휘둘러도 그보다 상대의 반사 대응이 더 빠르다. 허공을 가른 검을 급히 추슬러 뒤로 물러나는데 흉흉한 살기가 전신으로 전해져 온다.

이델은 이를 꽉 깨물고 몸을 간신히 움직였다.

"크라!"

라뮬은 분노했다. 자신에게 감히 검을 들이댄 이델을 죽이고자 한층 더 강한 기세로 검을 연달아 휘두른다.

"큭!"

피할 수 없다. 이델은 쏟아지는 오러의 참격을 보곤 절망을 느꼈다.

이 상황에서 최선의 방법은 하나밖에 없다.

"죽기 아니면 살기다."

이델은 그동안 회복해 온 생명력을 격발시켜 오러를 끌어냈다. 무모한 시도였지만 그동안 정양하며 꾸준히 회복시킨 생명력은 오러로 승화되어 이델이 들고 있는 검에 서렸다.

'되었다!'

미약하지만 오러를 완성하는 데 성공한 이델은 곧장 검으로 날아오는 오러의 참격을 받아 쳐냈다.

"아니?"

라뮬은 자신의 일격을 받아 쳐낸 이델을 보며 눈을 부릅떴다.

막상 공격을 받아 친 이델은 겉으로는 멀쩡헤 보였으나 실상은 달랐다.

'크윽, 역시 무리한 건가. 기껏 회복한 생명력의 흐름이 다시 엉망이 되었어.'

여기서 한 번 더 공격을 받는다면 그때야말로 끝장이다. 이델은 위기의식을 느끼며 라뮬이 선 곳을 바라봤다.

"이번에야말로 죽여 버리겠다, 인간."

자신의 공격이 두 번이나 실패했다는 사실에 격한 분노를 내면서 라뮬은 이델을 향해 달려들었다. 삽시간에 둘 사이의 거리는 좁혀져 갔다.

콰앙!

그때였다! 상처를 입고 전투에서 벗어나 있던 하프만이 이델을 돕기 위해 해머를 라뮬의 머리 위로 강하게 떨어뜨렸다.

"하프만 님."

"어서 피하게."

지면에 닿은 것 같아 보이던 해머는 실상 어느 위치에서 멈춰 있었다.

"이 거인족 놈이!"

검으로 해머를 받아낸 라뮬은 흉흉한 살기를 뿜어내며 힘을 끌어 올렸다. 열 배에 달하는 체격 차에도 불구하고 그는 하프만을 일방적으로 밀어붙였다.

"크으으읍!"

상처 때문에 힘을 제대로 쓸 수 없던 하프만은 이를 악물었다.

쿵!

순간 발휘된 괴력에 라뮬이 다시 밀려나기 시작했다. 그렇게 라뮬을 묶어둔 하프만은 모두가 들릴 정도로 쩌렁쩌렁하게 소리쳤다.

"살아남은 자들은 앞으로 나아가라."

그의 결연한 말에 악전고투하던 이노센트 라이트 대원들은 그의 결의를 느끼고 이를 악물어야 했다.

"날 따라라."

고블린들의 피를 잔뜩 묻힌 코름이 도끼를 들어 보이며 대원들을 선동했다.

이에 아직까지 뛸 수 있는 자들은 앞서 달리는 코름의 뒤를 따랐다.

"제길."

상황을 타개할 힘이 없다는 사실이 이토록 절망스러울 줄이
야. 이델은 힘겹게 싸우는 하프만에게서 눈을 떼지 못하고 그
자리에 못 박힌 듯 서 있었다.

이런 이델을 본 캐넌이 그의 팔을 붙잡으며 말한다.

"어서 달아나야 돼."

"……."

캐넌의 말에 이델은 대답을 하지 않았다.

이때! 갑작스런 돌풍이 후방에서 급박하게 밀어닥쳤다.

"꺄악."

돌풍에 놀라 캐넌이 약한 비명을 지르는 동안 이델은 바람
에 맞서며 후방을 돌아보았다.

그곳에는 홀로 수십의 적과 힘겹게 싸우는 이올라가 있었
다.

*   *   *

"모두 먼저들 가세요."

"하, 하지만."

"이건 명령입니다."

오러를 한껏 끌어 올린 이올라는 후방에서 싸우던 대원들을
먼저 앞으로 보내고자 했다.

"크롸라라!"

기합과 함께 거대한 대검을 휘두르는 거대 몸집의 오크를 이올라는 정면으로 상대했다. 비록 몸은 가련하지만 육중한 갑옷과 오크가 쥔 대검 못지않은 대검을 든 그녀는 오러의 힘으로 상대를 쓰러뜨리고자 했다.

하지만 오크의 대검에는 특별한 마법 술식이 내장되어 있었다. 그것은 검에 물체가 닿는 순간에 폭발이 일어나도록 하는 반응 폭발 마법이었다.

콰앙!

폭발은 이올라뿐만 아니라 검을 쥔 오크도 집어삼켰다. 그야말로 자폭이나 다름없는 행동이었지만 오크 전사는 폭염을 뚫고 나왔다. 그럴 수 있었던 것은 그가 마법적으로 화염에 강한 내성을 가질 수 있게끔 몸을 개조했기에 가능한 일이었다.

하지만 이때, 뒤로 벗어난 오크를 쫓아 이올라가 폭염을 뚫고 모습을 드러냈다. 폭발이 벌어지는 그 짧은 순간에 전신의 오러를 바람의 속성으로 바꿔 폭발을 몸 주변으로 비산시켰기에 멀쩡한 모습을 할 수 있었다.

"하아아앗!"

오크 전사의 목을 노리고 정확히 검을 움직여 갔다. 그러나 중간에 방해가 있었다.

팽그르르.

회전하며 날아오는 무기가 이올라의 옆을 노린다. 마법이라도 걸려 있는 듯 상당한 기세로 날아오는 그 무기를 피해 이올라는 공격을 거둬야만 했다.

이후 무기는 공중으로 날아올라 비행 능력이 있는 가고일 전사의 손으로 돌아갔다.

"번 플레임."

잠시 이올라가 움직임을 멈추자 기다렸다는 듯이 크달은 마법 공격을 날렸다.

이에 이올라는 오러의 참격으로 마법을 중간에 막아냈다.

"포위망을 갖춰라."

다수의 마법 전사는 민첩하게 움직이며 이올라의 주변을 빠르게 에워싸 갔다.

마법 전사들은 마법을 발동시킬 수 있는 마법 도구들을 사용하기 시작했다.

탓.

앞에서 날아오는 공격을 피해 뒤로 몸을 날린 이올라는 곧 발밑이 이상하다는 것을 느꼈다. 지면을 물렁하게 하는 마법이 어느 사이엔가 발동된 것이다.

"죽어라!"

"플레임 볼트."

달려드는 코볼트 전사를 뒤따라 화염의 마법이 날아든다.

목숨을 도외시하고 달려드는 코볼트 전사를 상대로 검을 수직으로 휘둘러 단숨에 숨통을 끊은 이올라는 전신의 오러를 몸 주변으로 넓게 전개해 광막을 만들어 뒤따르던 마법을 막아냈다.

하지만 그것은 실수였다.

"카앗!"

갑자기 사방에서 열 명 정도가 튀어나와 동일한 무기를 내세운다. 끝에 특수한 마법구가 달린 이 무기는 대 오러 유저용 무기였다.

우웅.

마법구가 빛을 내면서 공명을 한다. 그 공명은 일종의 파동을 내었는데 그것은 오러의 파동을 교란하는 공명이었다.

물론 어디까지나 영향을 끼치는 정도지 오러 자체를 어찌할 수는 없다.

이올라는 흐트러지는 오러를 조절하며 영향력에서 벗어나려 하였다. 하지만 다른 자들이 각종 마법을 날리며 발을 묶었다.

"흑."

오러의 밀도가 낮은 부분에 날아든 냉기가 피부 속까지 스며온다. 그러했기에 투구 속에 가려진 이올라의 표정은 순간 일그러졌다.

파지직.

"라이트닝 바인드."

이올라의 움직임을 막기 위한 마법들이 이어서 뒤따른다. 강렬한 전류가 흐르는 채찍들은 팔과 다리를 감싼 보호구 위에 감겨졌다.

강철과 미스릴이 반반씩 섞인 갑옷은 대마법 처리가 되었지만 수천 볼트의 전류를 전부 다 막을 수는 없었다.

비록 소리는 없었지만 이올라의 얼굴은 고통으로 일그러져 갔다.

"훗."

그 모습에 멀찍이서 구경하던 크달은 승리를 장담하는 미소를 짓는다.

이제 마무리만 지으면 될 일이었다.

"그럼."

크달은 여태껏 사용하지 않은 강력한 마법으로 마무리를 짓고자 했다.

"하아앗!"

강한 일격이 이올라를 구속하던 전기 채찍을 잘라낸다. 이후 이올라에게 접근하여 다른 것들도 베어냈다.

털썩.

전격에 마비된 상태로 이올라는 바닥에 쓰러질 뻔했다. 하지만 그녀를 부축하는 손이 먼저 움직였다.

"이봐, 괜찮아?"

이올라를 구한 건 다름 아닌 이델이었다.

"당… 당신이."

아직 전류로 인한 마비가 덜 풀려 혀가 제대로 구르지 않는지 목소리가 떨리고 발음도 부정확했다. 그 상태에서 이올라는 이델을 향해 의문을 담아 말을 전달하고자 했다. 하지만 그런 그녀를 이델이 만류했다.

"지금은 그럴 때가 아니잖아. 일단 오러로 몸의 상태를 회복하는 데 집중해."

이델은 그리 조언하면서 사방을 보았다.

타앗!

한 명의 마법 전사를 밟고 캐넌도 두 사람이 있는 곳으로 왔다.

"나도 도울게."

"너까지……."

퍽! 쿵!

한쪽의 포위망을 이루고 있던 마법 전사들을 주먹으로 패면서 타우타 역시 합류했다.

"저 셋은 뭐지? 흥미로운 조합이군."

갑작스런 난입에도 크달은 놀라는 기색 하나 없었다. 그가 볼 땐 셋 다 하찮은 자들에 불과했던 것이다.

"한꺼번에 지워주지."

이미 마법은 완성되었다.

크달의 머리 위로 만들어진 검은색의 육망성이 흉흉한 기운을 방출한다.

"저 마법은, 어서 피하지 않으면 큰일 날 거야."

"저게 뭔지 알아?"

"어? 어."

캐넌의 갑작스런 질문에 이델은 살짝 당황했다. 하지만 나중에 대충 둘러대면 덮을 수 있을 것이다. 지금은 그게 문제가 아니었다.

"도망치자."

이델은 짧고 단호하게 말하였다.

"어둠의 역류."

육망성 위로 솟구친 어둠의 기운이 곧장 네 사람이 있는 곳
으로 낙하해 온다.

"자, 서둘러."

이델의 말에 타우타는 단숨에 이올라를 안아 들었다. 그리
고 동시에 셋은 뛰었다.

"비켜, 방해다."

마법이 날아들기 수 초 전의 상황이다. 이 급박한 상황에서
할 수 있는 건 최대한 멀리 달아나는 것뿐이다.

이델은 앞을 가로막아서는 적들을 베기 위해 앞서 검을 휘
둘렀다. 그런 그를 막고자 마법 전사들이 몰려들었다.

이델은 뒤따르는 타우타를 위해 먼저 나서서 그들을 상대했
다. 하지만 적들은 쉽사리 쓰러지지 않는다.

검으로 적들을 상대하면서 이델은 간절한 마음을 담아 말하
였다.

"로이아스여, 내게 가호를 내려주시길."

자신에게 용사라는 운명을 부여한 인간들의 신에게 지금 자
신과 주변에 있는 이들을 지킬 수 있는 힘을 내려달라는 소망
은 그간 미약하게나마 모아진 신성력에 반응했다.

마침내 어둠의 기운이 지면을 강타하는 그 순간 이델의 주

변으로 황금의 빛이 퍼져갔다.

*　　　*　　　*

쿠우우우.

한 차례 후폭풍이 지나간다. 어둠의 여파 때문일까. 주변의 수풀들이 생명의 기운을 잃고 시들어 버렸다.

"크르르."

마법 전사들은 이런 상황에 대비한 방어 주문을 펼쳤기에 큰 피해가 없어 보인다. 크달은 목표가 어떻게 되었는지 확인하고자 눈을 크게 치켜떴다.

"음?"

그가 본 곳엔 파괴된 다른 곳과는 달리 멀쩡한 원형의 땅이 있었다.

"내 마법을 막았다고? 그럴 리가. 아무리 오러 유저라도 저렇게는… 대체 어디로 사리진 거지?"

일이 이상하게 되자 크달은 신경질적인 반응을 보였다.

"당장 흩어져 놈들을 찾아라."

"네!"

명령이 떨어지자 마법 전사들은 조를 이뤄 주변을 수색하기 시작했다. 이런 적들의 시선에서 멀지 않은 곳에서 아주 미약한 숨소리가 들려왔다.

"허억, 허억."

이델은 힘겨운 숨을 몰아쉬며 주변을 둘러봤다.

폭발의 후폭풍을 이용해 간신히 눈을 피해 포위망을 빠져나와 근처의 비탈을 내려왔지만 모두들 상태가 좋지 못하다.

"이런."

쓰러진 캐넌과 이올라는 일어나지를 못하고 있었다.

"어서 여길 피해야 하는데."

"내가 돕는다."

정신을 잃지 않은 타우타는 이델을 돕고자 했다. 하지만 그의 왼팔은 축 늘어져 있었고 다른 부분도 상처가 컸다.

'내 신성 마법이 제대로 펼쳐졌다면 저 정도의 부상은 입지 않아도 되었을 텐데.'

위급한 순간에 자신도 모르게 찾은 신 덕분에 겨우 위기는 모면했다. 그러나 그 힘은 완벽하지 못하였고 이렇듯 모두를 완벽히 지켜낼 수 없었다.

그에 대한 미안함이 들었지만 지금은 그게 중요한 게 아니다.

"그쪽은 캐넌을 업도록 해. 내가 이쪽을 맡을 테니."

부상을 입은 상태에서 체격이 큰 이올라를 다시 짊어지게 할 수는 없어 비교적 체격이 작고 몸무게도 가벼운 캐넌을 타우타에게 맡긴 이델은 급히 이올라의 갑옷 파츠를 손으로 해체했다.

이건 결코 딴마음이 있어서 그런 게 아니다.

현재의 몸 상태론 도저히 갑옷을 입은 채로 데리고 갈 수 없었기 때문이었다. 해서 일일이 갑옷을 해체했는데 이델은 의외의 것을 볼 수가 있었다.

"하!"

지금까지 이올라에 대해 이델이 가졌던 이미지는 딱 차가운 느낌의 여기사였다. 헌데 지금 갑옷이라는 껍질을 벗은 이올라의 진짜 모습은 그런 예상을 깨는 것이었다.

"아직 어리잖아."

어떻게 그 육중한 갑옷을 입고 무거운 대검을 들고 싸워왔는지 궁금할 정도로 가벼운 튜닉만 입은 이올라는 체구도 야리야리하고 얼굴도 앳되었다.

물론 오러 유저이기에 그 같은 괴력을 낼 수 있었을 테지만 이 진짜 모습을 보면 도무지 믿기가 어려워진다.

"내가 지금 무슨 생각을 하는 거지. 지금은 이럴 때가 아니잖아."

잠시 이올라의 진짜 모습에 놀라 딴생각을 하였던 이델은 자신을 질책하며 조심스럽게 이올라를 등에 업었다.

"…아무래도 저건 가져가야 하겠지."

갑옷은 포기하더라도 검사의 목숨과도 같은 검은 두고 갈 수가 없었기에 이델은 어렵지만 대검은 한 손에 잡고 끌었다.

"가자!"

아직 혼란이 완전히 가시지 않은 지금 최대한 앞서 도망친 사람들을 따라가야 했다. 타우타도 이런 이델의 말을 이해했는지 고개를 미미하게 끄덕이고 먼저 달렸다.

다른 사람들이 어떻게 되었는지 특히 하프만이 걱정스러웠
지만 지금은 그것까지 생각할 여유가 없었다.

촤르르륵.

비탈길을 거의 미끄러지다시피 내려온 이델은 후방을 돌아
보았다. 후방에 있던 그 강한 놈들은 따라붙지 않았지만 사방
에 전개된 고블린군이 숨통을 조여온다.

"큭."

힘이 든다고 여유를 부릴 수는 없었다.

"날 따라온다."

길을 모르는 이델에게 타우타는 자신을 따라올 것을 주문했
다. 이에 이델은 힘껏 고개를 끄덕였다.

둘은 그렇게 각각 한 명의 여성을 업고 힘들게 숲길을 뛰고
또 뛰었다.

다른 이노센트 라이트 대원들의 모습은 보이지 않았다.

"다들 어디로 간 거지?"

"가보면 안다."

이델의 질문에 타우타는 불친절한 대답을 하였다.

"헉."

숲의 가장자리는 해안 절벽이었다. 달리다 뒤늦게 절벽의
존재를 안 이델은 아슬아슬하게 절벽 끝에서 멈출 수 있었다.

쏴아아아.

바다 냄새와 함께 파도 소리가 수십 미터 아래서 들려온다.
순간 이델은 오랜만인 바다의 풍경을 넋 놓고 보았다.

"이쪽이다."

타우타의 목소리에 이델은 푸른 바다에서 겨우 눈을 뗄 수 있었다.

한참을 절벽을 끼고 이동하니 놀라운 게 눈에 들어왔다.

"이런 곳에 이런 게 있다니."

이델이 본 것은 절벽을 오르락내리락할 수 있게끔 만든 자동 이동 장치였다. 거인족인 하프만을 고려해서일까. 그 크기도 상당했다.

"자네들!"

"판 님."

그곳에 먼저 와 있던 판이 네 사람을 기쁘게 반겼다.

"무사해서 다행이네. 그런데 이올라는?"

"잠시 혼절했습니다."

"허어."

판은 기절한 이올라의 모습을 보고는 걱정을 하였다. 이델은 주변을 둘러보고 판에게 질문을 하였다.

"하프만 님은?"

이 질문에 판은 무겁게 고개를 가로저었다.

"우리를 위한 퇴로를 만들기 위해 뒤에 남으셨네."

"그런……."

"현재로썬 그분을 구할 방법이 없네."

비통에 잠긴 판의 말에 이델은 아무런 대꾸도 할 수 없었다.

비록 짧은 만남이었지만 인상 깊게 다가왔던 하프만이 그런 식으로 희생되어진다는 사실이 안타까웠다.

이때, 판이 갑자기 귀를 쫑긋 세우더니 방금 이델이 온 방향을 보았다.

"큰일이군. 적들이 벌써 이 근처까지 오고 있네."

"벌써 말입니까."

수 킬로미터 밖의 대화 소리까지 들을 수 있는 켄타우루스족의 청력을 믿지 못하는 것이 아니다. 생각보다 빠른 적들의 움직임에 놀란 것이다.

"더 이상 지체할 시간이 없을 것 같네."

"예."

이델은 서둘러 승강기 위에 올라탔다. 그러자 대기하고 있던 드워프 전사가 레버를 당겼다.

승강기가 절벽 아래에 당도하고 판은 모두를 인솔해 이동을 하였다. 절벽을 따라 좀 이동하니 놀랍게도 절벽에 생긴 해안동굴이 보였다. 그 안에는 범선 한 척이 정박해 있었다.

"자, 서두르게."

범선에 타기 위해 이델은 서둘렀다. 그런데 이때! 뒤쪽에서 화살들이 날아들었다.

"큭."

바로 발밑에 떨어진 화살을 본 이델은 화살이 날아온 방향을 보았다.

"들켰나."

절벽 위에서 수십이 넘는 적이 화살을 연신 쏘아대었다.

"커헉!"

그 화살에 한 명이 비명을 지르며 쓰러졌다. 그 모습에 다들 바위 뒤로 몸을 숨겼다.

"조금만 더 가면 되는데."

"내가 처리하겠네."

몸을 납작 엎드린 상태에서 판은 주문을 외웠다.

"체인 라이트닝!"

한 줄기의 뇌격이 절벽 위를 강타한다. 그리고 뒤이어 갈래갈래 나뉘어 연달아 다른 고블린들을 친다.

모두 전멸시킨 것은 아니지만 그래도 지금 일격으로 화살비를 멈출 수 있었다.

"갑시다."

이델이 먼저 일어서자 다들 바위 뒤에서 나와 다시 뛰기 시작했다. 드디어 범선이 있는 동굴 안으로 들어갈 수 있었다.

"어이, 이쪽이야."

멋들어진 붉은 코트에 챙이 구부러진 붉은 모자를 쓴 한 남자가 손을 흔들며 외친다. 턱수염을 그럴싸하게 기른 갈색 머리의 인간 남성이었다.

"테일러 선장."

"출항 준비는 끝났다고."

테일러 선장이라 불린 남자는 엄지손가락을 치켜들며 자신만만한 목소리로 모든 준비가 끝났음을 알렸다. 곧 이델과 다른 이들은 배로 올라탈 수 있는 나무판자를 지났다.

모두가 타자 테일러는 큰 소리로 자신의 선원들에게 알렸
다.

"자, 애들아! 출항이다."

"아이 아이 써(Aye aye sir)!"

출항에 대한 명령이 내려지자 선원들은 돛을 활짝 폈다. 그
러자 범선은 미끄러지듯 해안 동굴을 벗어나기 시작했다. 동
굴을 빠져나가기 시작하니 한층 속도가 붙었고 범선은 빠르게
해안을 벗어나 넓은 대해로 향했다.

"크윽! 저놈들이!"

뒤늦게 해안에 도착한 라뮬은 멀어져 가는 범선을 향해 오
러의 참격을 날렸다. 그러나 참격이 닿기에는 이미 거리가 너
무 벌어진 뒤였다.

결국 라뮬은 돛을 활짝 펼치고 시원스레 바다로 나아가는
이노센트 라이트의 범선을 두 눈 뜨고 보내줘야만 했다.

4장
바다 너머로

망망대해 위를 시원스럽게 달리는 한 척의 범선이 있다.

배의 이름은 '로이아스의 눈물'로 이노센트 라이트가 보유한 단 한 척뿐인 고속 범선이다.

이 배의 선장은 테일러 T 브로켄이라는 자로 꽤나 호방하고 바다 사나이라 할 만한 남자였다.

"돛을 좀 더 올려라."

"예, 함장님."

대부분이 인간으로 구성된 선원들은 질서정렬하게 갑판 위에서 움직였다.

"훗."

그 모습을 보며 이델은 살짝 웃었다.

마왕군에게 잡힐 뻔했던 위기를 피해 출항을 한 지 나흘이
흘렀다.

천 년이라는 세월이 흐른 후에 다시 눈을 떴다는 사실을 알
게 된 후부터 줄곧 이어진 고난의 연속 때문에 긴장을 풀 틈도
없었고 또 깊은 생각을 할 시간도 없었다. 하지만 이 배에 탄
뒤로는 시간이 많이 남게 되어 좀 더 진중히 생각을 정리할 수
있게 되었다.

특히 지금까지는 미처 생각하지 못한 몇 가지 의문들을 생
각하게 되었다.

"새로운 마왕이 나타났다는 것은 마신 역시 소멸하지 않고
이 세상에 남았다는 것이 된다. 그런데 어째서 이 세상이 멀쩡
히 남아 있을 수 있는 것일까?"

이델은 누구보다 마신에 대해 잘 알고 있다.

마신의 목적은 어디까지나 이 세계의 멸망이지, 어둠의 종
족들을 위해 세상을 뒤바꾸는 것이 아니다. 무언가 의문점이
남는 것은 지극히 당연했다.

또한, 이 세계의 모든 것을 뒤바꿀 수 있었던 마왕의 힘도
의문이었다. 아무리 마신의 힘이 강대하다 할지라도 여섯 신
을 세계에서 배제하고 마족만의 세상을 만들 수는 없다.

의문들을 풀기 위해서는 좀 더 정보가 필요한 게 사실이다.
하지만 지금 이델이 떠안고 있는 현실이 이러한 노력을 할 수
없게 만들고 있다.

이델은 조심스레 뒤쪽으로 시선을 주었다. 아래 갑판에서

선원이 아닌 함께 배에 탄 이노센트 라이트 대원 둘이 이쪽을
보고 있었다.

"내가 감시까지 받게 되는 신세라니."

지금 이런 처지가 된 데에는 그만한 사정이 있다.

하넬타 대륙을 탈출하기 직전에 이노센트 라이트의 오래된
비밀 장소가 발각되었다. 그것은 곧 누군가가 마왕군에게 발
고를 했다는 이야기가 된다.

이러한 의심이 생존 대원 사이에 퍼져갔는데 여기서 가장
의심을 받게 된 당사자가 바로 이쪽 되시겠다.

"하기야 당연히 그럴 수밖에 없겠지. 유일한 외인에 행적조
차도 미심쩍으니 말이야."

이델은 자신이 의심받는 것에 대해 크게 상처받지는 않았
다. 만약 자신이 저들의 입장이라면 충분히 그럴 수 있다고 생
각했기 때문이다. 그렇지만 나흘 내내 외톨이 신세가 된 것에
대해서는 약간 서운하지 않을 수 없었다.

"하아."

"무슨 한숨 소리가 그렇게 커."

"테일러 씨."

이델에게 다가와 말을 걸어온 것은 바로 이 배의 선장인 테
일러였다. 한 손에는 술병을 든 그는 유일하게 외톨이가 된 이
델과 편하게 대화를 주고받는 인물이었다.

"선실이 영 불편한 모양이지, 아침부터 나와 있는 것을 보
니."

"그건 아닙니다. 다만 여기가 바람이 좋고 그래서 있었던 것 뿐입니다."

이델은 고개를 가로저으며 대답했다. 순간, 해풍이 앞에서 시원하게 불어왔다. 그 바람은 이델의 기분을 상쾌하게 만들었다.

"앞으로 나흘만 더 가면 도착할 거야."

"저기… 우리가 가는 곳이 어딘지는 아직 알 수 없습니까?"

"나도 말해주고는 싶은데 그랬다간 공주님께 내 목이 달아날 것 같아서 관둘래."

"공주님이요?"

이델의 의문 섞인 반문에 테일러는 껄껄 웃으며 말했다.

"이올라 양은 말이지. 지금은 잊히긴 했지만 과거 에멘시아 왕국의 왕족 후예야."

에멘시아 왕국이라는 말에 이델은 마음속 깊숙이 충격을 받았다. 그도 그럴 것이 그 이름은 이델도 아는 이름이었기 때문이다.

'설마 이 시대까지 나라가 존속했다니.'

이델보다 훨씬 이전의 용사였던 루디온이 세운 에멘시아 왕국은 비록 규모는 크지 않지만 건국왕이 용사라는 점과 또 향후 있을 마왕의 등장에 대비해 만들어진 왕국이라는 점에서 세계에 적잖은 영향력이 가지고 있었다.

실제로 이델이 용사로 인정받게 됐을 때 가장 먼저 전폭적인 지원을 해준 국가가 바로 에멘시아 왕국이었다.

마왕과 대적한다는 것에 대의를 둔 국가로서 타국을 침략하거나 그릇된 국정을 펼치지 않는 국왕을 대대로 이어온 덕에 이델이 있던 시기에도 오백 년이 넘는 건국 역사를 지녔던 나라였다. 그런데 그 후예가 아직까지 남아 있다니. 실로 믿을 수가 없는 일이었다.

"뭐 당사자는 그렇게 불리는 것을 싫어하니 그녀 앞에서는 프린세스라는 말은 되도록 삼가하라고, 하하!"

"하하, 네."

테일러의 말에 이델은 마지못한 웃음소리를 내야만 했다.

잠시 뒤 테일러가 배의 일로 떠나고 이델은 갑판을 벗어나 선실로 들어섰다.

좁은 선실 사이의 통로를 걷는데 맞은편에서 한 남자가 걸어오고 있었다. 그는 바로 엘프 엘크란이었다.

"흠."

엘크란은 이델을 위아래로 훑어보고는 노골적으로 싫어하는 기색을 내비쳤다. 이런 그의 행동은 이델에게도 불쾌하게 느껴졌다.

'무슨 하이 엘프라도 되나.'

하이 엘프는 엘프 사이에서 귀족, 왕족으로 취급되는 존재로 이델 본인도 빛의 종족 연합을 위해 엘프들의 왕국 '엘 카르하'에 들어갔을 때 딱 한 번 봤을 정도로 대단히 희귀한 존재다.

그래서일까. 이들은 뭔가 권위 의식 같은 것 가지고 있어 무척 오만하고 독선적인 부분이 있었다.

그 사실을 상기한 이델은 기분이 나빴지만 먼저 옆으로 몸을 밀착해 길을 양보하였다. 그러자 엘크란은 감사의 말도 없이 길을 지나쳐 갔다.

이델은 딱히 이 일을 마음에 두지 않았다. 그리고 바로 자신의 선실로 돌아왔다.

선실로 돌아온 후 딱히 쉰다거나 그러지는 않았다.

"그럼 오늘은 마력을 모아볼까."

지금까지는 생명력의 흐름을 잇고 회복하는 데 주력했었다. 그 덕에 잃어버릴 것이라 생각한 오러도 겨우 되찾을 수 있었다.

물론 당장 예전의 수준을 되찾은 것은 아니었다. 오러를 되찾으려면 약해진 생명력을 회복해야 하는데 이것은 특별한 영약을 먹지 않는 한 시간을 들여 회복하는 수밖에 없다.

이델은 배에 타고 난 뒤로 남아도는 시간을 활용할 방법을 찾았다. 그리고 찾은 게 바로 자신의 힘 중 하나였던 마력을 되찾는 일이었다.

"생명력은 생명의 근간이기에 그나마 남아 있었지만 마력은 한 올도 남지 않게 되어버렸다. 과연 회복이 가능할까."

배꼽 아래를 중심으로 전신에 뻗어 나가는 생명력과 달리, 마력은 가슴 정중앙에 모은다.

마력을 모으는 방법은 실로 단순하다.

세계의 마나를 자신의 몸 안, 마나 베슬이라 불리는 가상의 공간에 쌓으면 된다. 물론 모든 이들이 그것을 해낼 수 있는 것은 아니고 마나를 느낄 수 있는 특별한 재능을 가지고 있어야 한다.

어쨌거나 마력을 되찾는 데 제일 중요한 것은 마나 베슬의 상태에 달려 있었다.

"마나 베슬이 완전히 망가졌다면 돌아올 수 없겠지."

마왕과의 싸움에서 무리해 마력을 한도까지 끌어내 쓰는 바람에 마나 베슬이 적잖게 타격을 받았다. 아마도 그런 연유로 마력이 지금도 모이지 않는 것으로 추측할 수 있었다.

"후우."

이델은 가부좌를 하고 눈을 감았다. 그리고 이미지를 떠올려 보았다. 잠시 뒤 선실 안에 존재하는 마나의 존재가 아주 작디작은 빛의 형태로 이미지화되었다. 여기까지는 괜찮았다.

"좋아. 그럼 다음으로 넘어가 보자."

심호흡을 천천히 하며 이델은 마나를 마나 베슬로 흡수해 갔다. 여기서 잘만 된다면 마나가 마력으로 치환되어 몸에 쌓일 것이었다. 그러나 기대는 낙담으로 바뀌었다.

"하아."

이델은 느낄 수 있었다. 마나 베슬에 흡수된 마나가 다시 바깥으로 새어 나오는 것을. 역시나 짐작대로 마나 베슬이 망가진 것이다.

"마나 베슬만 회복시킬 수 있다면……."

극히 어려운 문제이긴 하지만 아주 불가능한 것은 아니다.

그러나 현재로썬 그 방법을 해낼 수가 없다. 수단은 알지만 그 수단을 행할 길이 없기 때문이다.

결국 이델은 마력을 찾는 일을 잠정적으로 보류하였다.

"당장 믿을 건 불완전한 오러와 미약한 신성력뿐인가."

적어도 신검만 있다면 어떻게든 과거의 힘을 일부라도 낼 수 있었을 텐데. 하지만 신검은 안타깝게도 베르돔이 어딘가로 보내 버려 찾을 길이 없다.

당장을 알 수 없는 불안한 지금으로썬 앞일이 그저 막막할 따름이다.

똑똑.

가부좌를 풀지 않고 이델이 생각에 잠겨 있던 차에 밖에서 누군가가 노크를 해왔다.

이에 이델은 자리에서 일어나며 밖을 향해 말했다.

"누구십니까."

"코잔이네."

이노센트 라이트의 인간 멤버 중 한 명인 코잔은 이델이 알고 있는 몇 안 되는 이들 중 한 명이었다. 그랬기에 문 열기를 주저치 않았다.

"무슨 일이시죠?"

"잠시 같이 가줘야 할 것 같네."

갑작스런 말에 이델은 살짝 당혹스러웠다. 하지만 따르지 않을 이유가 없었기에 순순히 코잔을 따라 선실을 나오게 되었다.

＊　　　＊　　　＊

노리스가 이델을 이끈 곳은 바로 이올라가 머무는 선실이었다.

"야호."

반갑게 인사하는 캐넌과 갑옷을 벗고 튜닉 차림으로 정갈히 앉아 있는 이올라가 보였다.

"이쪽에 앉으세요."

이올라가 권한 빈 의자에 이델은 착석했다.

"날 왜 찾은 거지?"

"꽤 단도직입적이군요."

"뭐 대충은 이유를 알 것 같시만 그래도 묻는 게 예의인 것 같아서 말이지."

뒤에 공주님이라는 말을 할 뻔했지만 테일러가 해준 이야기를 떠올리고 이델은 그 말을 도로 삼켰다. 그런 사실을 모르는 이올라는 차분한 어조로 말하였다.

"알고 있다면 굳이 길게 말하지는 않겠습니다. 먼저 저번에 절 구해주신 점 고맙게 생각합니다."

"딱히 감사받으려고 한 일은 아닌데."

그나저나 그 감사를 며칠이 지난 지금에 와서 받다니. 이델은 속으로 쓴웃음을 지었다.

그런 이델의 속마음을 알 턱이 없는 이올라는 하려던 이야기를 계속하였다.

"이제 곧 대륙에 당도하게 됩니다. 하지만 그전에 당신에게 몇 가지 묻고 싶은 게 있습니다."

"내게 뭘 물어보고 싶은 거지? 이야기는 그때 다한 것으로 기억하는데."

"전 아직 당신이 우리에게 모든 이야기를 털어놓았다고 생각하지 않습니다."

이올라의 날카로운 말에 이델은 잠시 눈빛에 이채를 띠었다.

이델은 잠시 생각을 머릿속으로 정리한 후에 입을 뗴었다.

"그럼 내가 뭔가를 숨기고 있다고 생각하나. 혹 나를 다른 사람들이 생각하는 것처럼 스파이라 여기고 있는 건가."

"글쎄요."

이올라는 살짝 흘러내린 옆머리를 귀 뒤로 쓸어 넘기며 애매한 대답을 내뱄다.

처음부터 신뢰하지 않았던 이올라가 지금 자신을 어떻게 생각하고 있을지 이델은 조금 궁금했다.

"전 당신이 마족에게 정보나 팔 사람으로는 보지 않아요. 그러나 아직 숨기는 것이 있다고 생각하면 섣불리 그쪽을 판단할 수 없고 또한 신뢰할 수 없습니다."

"그런가."

저 말이 결코 틀리지 않다는 것은 이델 본인이 더 잘 알고 있다. 그러나 지금 모든 사실을 밝힐 수는 없다. 결국 할 수 있는 말은 이것뿐이었다.

"날 믿지 않아도 좋아. 필요하면 몸을 구속하든 정신을 구속하든 마음대로 해."

"…그럴 마음은 없습니다. 다만 주변 시선도 있으니 앞으로 배에서 내린 후엔 항상 당신 곁에 감시가 붙을 겁니다."

"감시라 하면."

"에헷!"

갑자기 이델의 등에 캐넌이 찰싹 달라붙는다. 캐넌은 고개를 쑥 내밀고 말을 한다.

"내가 감시 역할이야. 잘 부탁해."

"하하."

애완용 고양이를 보는 것 같아 자신도 모르게 실소가 터져 나오고 말았다.

캐넌이 감시 역할로 곁에 붙는다는 것에 대해서 큰 불만은 없다. 오히려 이 정도 조치로 조금이나마 사람들의 경계심이 풀어진다면 다행인 일이다.

"잘 부탁한다."

"헤헷, 나도 잘 부탁해."

캐넌만은 이델을 스스럼없이 대해주었다.

이델은 이참에 묻고 싶었던 것을 질문하고 싶어졌다.

"저기, 그동안 몇 가지 궁금한 게 있어서 그러는데 이야기를 나누지 않겠어."

"…알겠습니다. 단, 발언하기 어려운 부분은 이야기해 줄 수 없다는 점은 미리 알아주시면 좋겠네요.”

“나도 그런 점은 이해하니 질문은 범위 내에서만 할게.”

캐넌을 여전히 등에 매단 상태에서 이델은 그간 궁금한 점을 묻기 시작했다.

“이노센트 라이트. 너희 조직이 현 세계와 싸운다는 것은 알고 있어. 그렇다면 이 조직 말고 마왕과 대적하고 있는 다른 세력은 없는 거야?”

“마왕에게 대항하는 자들이 우리 말고 또 있냐는 물음이군요.”

“응.”

이 암울한 시대를 타파하기 위해 활동 중인 게 이노센트 라이트 하나뿐이라면 매우 암울할 것 같다. 부디 세상 어딘가에 다르게 싸워 나가는 존재들이 있길 바라며 한 질문이었다.

이올라는 잠시 생각에 잠겨 있다가 입을 열었다.

“구체적으로 밝히긴 어렵지만 우리와 협력하는 세력이 있긴 있습니다.”

“정말이야?”

다행이었다. 적어도 외로운 싸움을 하는 것은 아니라는 사실은 희망을 안겨다주었다.

이올라는 계속 말을 이었다.

“그리고 대륙 각지에 숨어 사는 빛의 종족들이 저항을 벌이고 있죠. 물론 제대로 된 영성을 가지고 싸우는 건 엘프 정도지만요.”

"으음."

이미 세대 차에 따라 영성 쇠태가 어떻게 벌어지는지 들은 이델은 절로 침음을 흘렸다. 그러다 문득 하나를 떠올렸다.

"그럼 드래곤들은? 그들은 어떻게 하고 있지?"

이 세계 최강의 생물. 빛도 어둠도 아닌 운명의 카르마가 창조한 드래곤들은 다른 종족과 다르게 세상의 일에 관여하지 않는다. 오직 빛과 어둠의 균형에 신경을 쓰고 그 외에는 자신의 유흥에 흥미를 보이는 존재다.

그런 까닭에 용사와 마왕의 길고 긴 싸움에도 크게 관여하는 일이 없었다.

이들이 자신의 일이 아닌 드래곤이라는 종족에게 부여된 사명에 따라 움직이는 경우는 하나뿐이다. 그것은 바로 빛과 어둠의 균형이 크게 흔들릴 경우였다.

"드래곤들이 명백히 빛과 어둠이 깨진 이 사태를 그냥 좌시하지만은 않았을 텐데. 아무리 마왕이 강하다고 해도 그들이 나선다면……."

"제가 알기론 마왕이 세계 역변을 행하기 직전에 여럿의 드래곤이 이 사태가 초래될 것을 알고 그를 막고자 했다고 들었습니다. 하지만 드래곤들 모두 마왕과 그의 친위군에게 당했습니다."

"뭐라고?"

이델은 이올라의 말에 놀라지 않을 수 없었다.

드래곤이 어떤 존재인지 이델은 누구보다 잘 알고 있다. 실제로 용사로 지내면서 드래곤을 만나보기도 했다.

오러로도 쉽게 상하게 할 수 없는 단단한 비늘로 덮인 거대한 몸체, 인간과는 비교도 안 될 마력에 고대로부터 이어온 마법까지. 드래곤은 그야말로 완전무결한 전투 생명체다.

솔직히 말해 용사인 자신도 드래곤을 상대로 일대일로 싸우라고 한다면 이길 자신이 없을 정도다. 그런 존재를 하나도 아니고 몇이나 해치웠다니 믿기지가 않는다.

"그 뒤로 세계 역변이 벌어졌고 여러 드래곤이 마왕을 상대로 싸웠지만 모두 패했어요. 그리고 지금은 오히려 드래곤이 마왕군에 의해 척살당하고 있어서 살아남은 드래곤이 몇 안 된다고 들었어요."

"그럴 수가."

정말이지 터무니없는 세계다. 자신의 상식이 차례대로 깨져 나가는 것에 이델은 허탈한 기분을 만끽했다.

"그럼 다른 질문은?"

"아니, 됐어. 오늘은 이쯤 해둘게."

원래 하려 했던 질문이 몇 가지 더 있었지만 너무 충격이 컸던지라 이델은 나머지 질문을 포기했다.

"그럼 난 이만 돌아갈게."

"예."

"그런데 얘는 왜 내 등 뒤에서 떨어지지 않는 거지? 그것도 곤히 잠들어서."

"아……."

“아니, 됐다. 어차피 앞으로 쭉 같이 붙어 다닐 사이인데 뭐. 내 선실에 빈 침대가 있으니 거기서 재우도록 하지.”

“알겠습니다.”

이델은 그렇게 이올라의 선실을 떠나갔다.

혼자 남게 된 이올라는 수심에 찬 얼굴로 앉아 있었다. 이내 선실 내 또 하나의 문이 열리더니 그곳에서부터 판이 모습을 드러냈다.

이올라는 뒤의 기척을 느끼고 입을 열었다.

“어떻게 생각하시나요, 판 님.”

“역시 난 그가 다른 의도를 가지고 있지 않다고 보네. 다만……..”

“판 님도 느끼셨나요, 그 위화감을.”

“음.”

위화감이라는 말에 판은 고개를 끄덕였다.

“확실히 그가 했던 그 말은 보통의 사람은 할 수 없는 말이었지.”

“그래요. 그는 역시 우리에게 말하지 않은 무언가가 있어요. 그의 정체가 대체 뭘까요.”

“글쎄다. 어딘가에 우리도 모르는 인간의 저항 조직이 있는 것이 아닐까. 그도 우리에게 우리 말고 저항 조직이 있는지 물어보지 않았느냐.”

“하지만 그렇다면 애초에 왜 사실대로 진실을 밝히지 않은 거죠?”

“그 점은 그렇다만…….”

판은 턱을 괴며 생각했다. 그리고 다른 주장을 꺼냈다.

“순수하게 과거의 책을 통해 지식을 학습했을 가능성도 있겠지.”

“전 세계의 책들은 마족이 거의 태우거나 자신들만 볼 수 있게 했잖아요.”

세계 개변 이전의 책은 종류 불문하고 마족에 의해 소거되었다. 완벽한 마족의 세계를 만들기 위해 내린 마왕의 조치였다.

“그래도 그들의 눈을 피해 숨겨진 책이 있을 수 있지 않느냐.”

“그럴 수도 있겠지만 그래도 전 그럴 것 같지 않다고 느껴져요.”

이올라는 여전히 이델에게 다른 무언가가 있다고 생각하고 있었다. 그런 그녀를 보며 판은 말했다.

“우선은 그를 곁에 두고 지켜보자꾸나. 그러다 보면 언젠가 진실을 들을 수 있는 날이 오게 될 거다.”

“예.”

“그보다 난 다른 게 걱정이구나. 하프만 님의 이야기를 전하면 평의회는 크게 흔들릴 거다.”

“…….”

다른 대원을 지키기 위해 홀로 그 땅에 남은 하프만이 죽임을 당하지 않고 사로잡혔을 가능성이 크다. 이노센트 라이트의 정보를 얻기 위해서 말이다. 때문에 돌아가면 제일 먼저 이 것이 화두에 오를 게 분명했다.

"아무튼 돌아가면 단단히 각오하는 게 좋겠구나."

"…네."

귀환하는 길에서 이리 무거운 가슴을 한 적이 있었던가. 두 사람은 사로잡힌 하프만과 앞으로의 일을 걱정하였다.

*　　　*　　　*

긴 항해가 어느새 끝이 나려 하고 있었다.

"육지가 보인다."

"와아!"

멀리 보이는 땅과 그곳에서부터 날아온 갈매기 떼가 선원과 이노센트 라이트 대원들을 들뜨게 했다.

"곤드로와 대륙인가."

하넬타 대륙에서 일주일을 항해해 도착한 대륙을 보는 이델 의 감회는 남달랐다. 그도 그럴 수밖에 없다. 이델의 고향이 바로 저 대륙 어딘가에 있었다.

'천 년이나 흘렀으면 그곳도 많이 변했겠지.'

이제는 기억으로만 남은 고향을 머릿속으로 떠올리며 이델 은 시간을 잠시 보냈다.

이델과 이노센트 라이트의 사람들이 탄 로이아스의 눈물은 해안선에 근접해 남하를 하였다.

"좋아, 돛을 내려라."

"예, 캡틴."

배는 전에 보았던 것과 비슷한 크기의 해안 동굴로 들어섰다.

촤아아.

입구가 잘 은폐된 동굴 안으로 들어온 배는 정박을 하였다.

"자, 목적지에 도착했습니다."

테일러는 신 난 목소리로 사람들에게 알렸다.

긴 임무를 마치고 돌아온 이노센트 라이트의 대원들은 드디어 배에서 내릴 수 있다는 사실에 기뻐했다.

"설마 여기가 본거지야?"

이곳 동굴 안은 의외로 넓어 안쪽에는 거주구도 있었다. 그랬기에 이런 말을 꺼낸 것인데 곁에 바짝 붙어 함께 배를 내린 캐넌이 말을 정정해 주었다.

"에이, 아냐. 여긴 이 배 사람들이 머무는 곳이고 우리가 사는 곳은 더 한참 가야 돼."

"그래?"

곧 이노센트 라이트 대원들은 한곳에 집결했다.

원래 리더였던 하프만이 없는 지금, 임시로 집단을 이끄는 것은 이올라가 되었다.

아무래도 다른 부대장인 엘크란과 코름 중 어느 한쪽이 임시 대장이 되는 것보다 이러는 편이 훨씬 좋을 것이다.

아무튼 집결과 행군 준비가 끝나고 전원이 동굴 옆 인공적으로 만든 소로를 따라 움직였다. 약 1시간 정도를 해안선을 따라 이동하고는 서쪽으로 향했다.

이델은 이동하면서 지금의 위치가 어디쯤인지 머릿속으로 추론을 해보았다.

'내가 해로를 알 순 없지만 분명한 건 현재 위치가 곤드로와 대륙 동부라는 것이다.'

이것만으로 목적지를 유추하기란 매우 어려운 일이었다. 결국 도착해 봐야 목적지를 알 수 있을 것이다.

이노센트 라이트의 이동은 대단히 신중했다.

어디까지나 이동은 지금은 밤에 해당되는 낮 시간에만 행했고 마족이 잘 오지 않을 코스로만 움직였다. 이것이 안전하게 본거지로 돌아가는 방법이었다. 그러나 모든 게 순조롭기만 한 것은 아니었다.

상대적으로 위험한 지역을 지나야만 하는 만큼 흉악한 몬스터와의 조우를 피할 수 없었던 것이다.

"맨티코어다. 다들 산개!"

재수 없게도 사냥을 나온 맨티코어와 마주치게 된 이노센트 라이트 대원들은 피할 수 없는 싸움을 시작하였다.

"파이어 애로우!"

불꽃의 화살이 하늘을 나는 맨티코어를 노린다. 하지만 맨티코어는 짐승형 몬스터 주제에 머리가 좋아 마법을 썼다.

놈은 바람의 장벽을 펼쳐 마법을 막고 재빠르게 하강해 전갈의 독침과 같은 꼬리를 휘둘러 한 드워프 전사를 공격했다.

다행히 드워프 전사는 들고 있던 라운드 실드로 공격을 막
았지만 뒤로 날아가는 것까지는 피하지 못했다.

탓!

이때, 공중으로 날아오는 이올라가 오러를 날렸다.

오러의 참격이 날아오자 맨티코어는 급히 날개를 펄럭여 그
자리를 피했다.

"가라!"

이 틈을 놓치지 않고 엘크란이 바람의 정령을 움직여 맨티
코어 주변에 강한 난기류를 만들었다.

"마무리를 지어주지."

어느 틈엔가 석궁이라 하기엔 지나치게 큰 휴대형 발리스타
를 설치한 코름은 발사 각도를 조절하고 사람 팔만큼 큰 강철
화살을 쟀다. 그러자 증기를 방출하며 실이 아닌 강철로 된 시
위가 뒤로 강하게 당겨졌다.

투웅!

발사된 화살은 곧바로 맨티코어에게로 날아갔다. 워낙 위력
이 센지라 바람의 정령이 일으킨 난기류도 화살의 궤적을 비
틀지 못했다.

강철의 화살은 그대로 맨티코어의 몸체에 명중했다. 그 효
과는 상상 이상이었다.

"우와."

단 한 발에 피륙으로 변해 땅에 떨어지는 맨티코어의 모습
에 이델은 감탄을 했다. 원래 드워프들이 이런저런 희한한 무

기들을 만들기 잘한다는 것은 알고 있었지만 저 정도의 위력을 내는 병기는 자신이 살던 시대에서 본 적이 없다.

어쨌거나 맨티코어를 잘 처리하고 위기를 넘긴 이노센트 라이트 대원들은 대강 뒷수습을 하고 이동을 하였다.

이 여정은 하넬타 대륙 때보다 훨씬 길었다. 그럴 수밖에 없는 게 이곳 곤드로와 대륙은 하넬타 대륙보다 몇 배나 큰 면적을 가지고 있었다. 그만큼 많은 인간 나라들이 있었고 또 다른 이종족의 영토들이 있었다.

"앗!"

긴 여정을 하던 이델은 처음으로 낯익은 장소를 만나게 된다.

'성봉 루디아. 여기서 저곳을 보게 되다니.'

비록 까마득하게 멀리 있어 윤곽만 볼 수 있지만 이델은 자신이 본 것을 확신하였다.

천 년 전부터 성스러운 산으로 숭배받아 온 루디아에는 아주 먼 고대 때부터 시간의 여신 아루스의 신탁을 받던 신전이 있다.

신탁은 매우 정확하기로 유명했기에 이델도 마왕과의 결전을 앞두고 저곳을 찾은 적이 있었다. 그곳에서 시간의 여신을 모시는 신비한 무녀 라이아를 만났고 자신의 운명을 들을 수 있었다.

'가만, 그때 라이아가 내게 했던 말. 왜 내가 그 말을 잊고 있었지.'

불현듯 떠오른 건 라이아가 마지막에 해주었던 말이다.

"당신의 운명은 여타의 용사들보다 더 가혹할 것이에요. 그대
가 없다면 영원히 찬란한 빛을 찾을 수 없을지도 몰라요. 그러니
부디 마지막까지 희망을 잃지 마세요."

당시에는 이 말을 어디까지나 당대의 마왕을 두고 한 것이
라 믿었다. 그러나 지금 와서는 라이아의 마지막 예언이 그때
의 싸움이 아닌 지금의 상황을 이야기한 게 아닐까, 라는 생각
이 불쑥 든다.
그렇다는 것은 자신이 천 년 후에 깨어난 것도 다 이유가 있
어서가 아닐까. 그렇지 않다면 이미 목적을 달성한 전대 용사
인 자신이 이렇게 이 시대에 깨어난 것이 설명되지 않는다.
'휴! 모르겠다.'
이것이 운명의 신 카르마나 시간의 여신 아루스의 의도에
의해서 저질러진 일인지 아니면 자신을 용사로 간택한 인간의
신 로이아스가 바란 일인지 현재로썬 알 수 없는 노릇이다.
마왕에 의해 현재 신들의 존재가 세상에서 멀어진 이상 그
들의 목소리를 들을 수도 없으니 더욱 알 길이 없다.
"뭘 그렇게 심각하게 생각해."
"아."
내내 걸으면서 이델이 심각하게 생각을 하는 모습을 바로
곁에서 본 캐넌이 말을 던져옴에 겨우 상념에서 깨어난 이델

은 캐넌의 얼굴을 내려다보았다.

이델은 대충 얼버무리기 위한 말을 하였다.

"그냥 이런저런 생각을 하고 있었어."

"헤에, 무슨 생각?"

궁금함을 참지 못하고 질문을 하는 캐넌의 행동에 이델은 피식 웃고는 말했다.

"그냥 앞으로 어떻게 될까, 라는 생각들. 그리고 너희와 친해질 수 있을 방법이 있을까 같은 생각도 했지."

"그런 거라면, 에잇!"

캐넌은 폴짝 뛰더니 그대로 이델의 어깨에 앉았다. 그리고는 손으로 이델의 머리카락을 살짝 잡은 채로 균형을 잡으면서 말했다.

"다른 사람은 몰라도 나는 처음 봤을 때부터 이델이 마음에 들었는데."

"너야 그렇지. 근데 왜 나를 마음에 들어 한 거야?"

"왠지 모르게 너한테는 좋은 냄새가 나거든, 헤헷!"

"나한테서?"

"응."

그 말에 이델은 자신의 체취를 살짝 맡아보고는 웃으면서 말했다.

"나는 잘 모르겠는데. 그보다 좀 내려와 주라."

아무리 몸무게가 가볍다고는 하지만 엄연히 여자아이인 캐넌을 목마 태워 가는 것은 좀 아니었다.

캐넌은 다행히 이델의 말에 순순히 따라주었다. 그녀는 묘인족답게 다시 이델의 몸에서 날렵히 내려 옆에 무사히 착지했다.

이델은 옆에 내려선 캐넌에게 물었다.

"그나저나 얼마나 더 가야 되는 거야?"

"한 일주일 정도?"

"아직도 멀었구나."

"좀 더 분발해. 거기 가면 푹 쉴 수 있을 거야."

"그래."

캐넌의 말에 맞장구를 친 이델은 다시 한 번 성봉 루디아가 있던 방향을 본 후 재차 걸음을 옮겼다.

*　　*　　*

일찍이 빛의 종족 중 하나인 엘프족은 한곳에서 발원된 종족이다. 엘프족의 시작이 이뤄진 그곳은 바로 곤드로와 대륙 남서부에 위치한 거대한 수림(樹林) 팔로스였다.

이델은 그 초입에 들어서고 나서야 자신이 향하는 곳이 어딘지 명확히 알 수가 있었다.

'우리가 가는 곳이 어딘지 이제야 알겠다.'

지금 마족이라 불리는 어둠의 종족들은 물론, 영토 확장에 누구보다 혈안이 되어 있었던 인간들의 나라조차 이곳만큼은 건드리지 않았다.

수만의 엘프가 나라를 이루고 살고 있었기 때문이다.

만약 이 숲을 함부로 건들게 되면 개개인이 뛰어난 정령사이자 궁사인 엘프의 전투력에 거대한 나무 정령인 엔트, 그리고 팔로스에 사는 여러 성스러운 생명체까지 상대해야 한다.

설령 이들을 압도하는 전력을 가지고 숲에 들어간다 해도 침략자들은 결코 엘프들의 성지 엘프하임에 발을 디디지 못한다.

그 이유는 이델도 잘 아는 것이었다.

'세계수의 존재인가.'

엘프의 시초이자 엘프로부터 수호신으로 섬김을 받는 로렐라이가 자신의 정령력을 토대로 성스러운 나무와 거대한 힘을 가진 나무의 정령을 융합해 만든 존재가 바로 이 세계수이다.

세계수는 엘프족을 수호하는 힘을 가져 팔로스의 일정 지역에 엘프에 대한 적의를 가진 존재가 들어오지 못하게 하는 힘을 가졌다고 한다.

'세계수가 가진 힘을 생각한다면 이곳을 은신처로 삼는 것을 이해 못할 것도 아니지. 하지만 내가 들은 지금 마왕의 힘이라면 세계수의 수호도 너끈히 깰 수 있을 텐데.'

게다가 이미 어둠의 종족에게도 알려진 장소인 만큼 저항 활동을 하는 이들에게 유리한 곳이 아니다.

여기를 구태여 선택한 이유가 필시 있을 것이다.

"여기서부터 조심해야 돼. 마왕군이 과거에 뿌려놓은 몬스터들이 많아."

“확실히 그래 보이네.”

캐넌의 말이 아니더라도 주변을 보면 알 수 있다.

숲을 누구보다 아끼는 엘프들이 살던 숲이라고는 보기 어려울 정도로 생기가 없다. 거기다 흉흉한 분위기가 흐르는 것이 언제 어떤 위험이 나올지 모를 것 같았다.

“이동합니다.”

이올라의 말에 따라 숲 안으로 점점 들어갔다.

마왕군이 남긴 몬스터들을 피하면서 이동을 하였다. 가면 갈수록 나무들이 더 빽빽해지고 하늘이 보이지 않게 되었다.

“후!”

대륙에서도 최남단인 데다가 숲 안의 습도도 높아 조금만 걸어도 땀이 줄줄 흐른다.

턱 밑에 고이는 땀을 훔치며 이델은 앞을 보았다.

높낮이가 큰 길과 그런 길을 가로막는 개천들. 아직도 갈 길은 멀고 험난했다.

순간 마왕군이 바로 이런 지형 때문에 포기한 게 아닐까, 라는 생각이 들기도 했다. 하지만 곧 보게 된 광경으로 그런 생각을 접게 된다.

“이럴 수가……”

처참하게 쓰러진 거대한 나무들. 그 나무들의 가장자리에는 흡사 사람의 얼굴 같은 형체가 희미하게 새겨져 있었다. 이 나무들은 바로 숲의 수호자라 할 수 있는 엔트였다.

처참하게 쓰러진 그들의 모습을 보니 비로소 이곳에서도 큰 싸움이 있었다는 게 실감이 난다.

"이제 조금만 더 가면 돼."

캐넌의 재촉에 이델은 쓰러진 엔트에게서 눈을 떼고 걸음을 다시 옮겼다.

점점 더 숲의 깊숙한 곳으로 진입하면서 안개가 자욱하게 끼었다.

이때, 이델은 민감하게 느낄 수 있었다.

'이 안개, 일반적인 안개가 아니다.'

안개에서 묘한 힘이 느껴진다. 마력은 결코 아니었다. 아마도 짐작컨대 정령력일 가능성이 높았다.

선두에 선 이올라는 안개를 보고 뭔가를 꺼내 들었다. 그것은 원형의 거울이었다. 밖으로 꺼내진 거울은 곧 빛을 내기 시작했다. 그리고 그 빛은 앞을 향해 일직선으로 뻗어 갔다.

"가죠."

이올라는 빛이 나는 방향으로 걸었다. 그 뒤를 쫓아 다들 걸음을 옮겼다. 그렇게 얼마나 갔을까. 지독하게도 깔려 있던 안개 때문에 걸음조차 힘들었던 길이 조금씩 편해지기 시작했다. 안개가 옅어지면서 점차 아까와 다른 숲을 볼 수 있게 되었다.

기기묘묘한 꽃과 풀들, 그리고 생기를 가진 나무들이 보인다. 이제야 엘프의 숲다운 모습이었다.

쿵. 쿵.

멀지 않은 곳에서 소리가 들린다.

이델은 순간 긴장하며 검에 손을 가져갔다. 하지만 소리의 정체를 알고 곧 긴장을 풀었다.

'엔트로군.'

다섯의 엔트가 뿌리를 이용해 느릿느릿 걸어오는 모습에 다들 안심을 했다.

곧 엔트들을 지나 드디어 엘프하임에 입성하게 된다.

'이곳이 엘프들의 도시라고? 거짓말이지?'

눈앞에 펼쳐진 풍경에 이델은 약간 당황했다.

이곳은 아니지만 엘프들의 주거지를 가본 적이 있다. 나무의 정령과 소통해 커다란 나무로 하여금 자연적으로 안을 비우도록 해 그 안에 살림을 차릴 수 있게 하는 게 엘프만의 방식이었다.

근데 이곳의 풍경은 그런 통상적인 엘프들의 마을과 달랐다.

인간 도시에서 볼 수 있는 돌과 나무로 지은 집이 있고 천막들의 군집, 그리고 덤불과 짚으로 지은 집도 눈에 들어온다. 각양각색의 거주구가 있는 모습이 도저히 엘프들만의 도시라고는 믿어지지 않는다.

"와아!"

이노센트 라이트의 대원들이 길을 걸어오자 아이들이 뛰어나온다.

엘프는 물론이고 인간 아이와 드워프 아이, 그리고 수인족과 조인족도 보인다. 거기다 같은 또래라 보기 힘든 2미터 넘

는 키를 가진 거인족 아이도 자신의 친구들을 어깨에 태우고
길 가까이로 나와 대원들을 구경했다.

이렇게까지 다양한 종족이 모일 줄 예상 못한 이델은 시선
을 정신없이 옮겼다.

"이올라 님이시다!"

"오오, 공주님."

길에 나온 인간 중 일부는 이올라를 보고 기쁨을 감추지 못
했다. 그 모습은 이델에게 인상 깊게 들어왔다.

"비켜요, 비켜."

"지나가게 길을 열어줍시다."

뒤늦게 온 무장한 인원들에 의해 몰려든 인파가 좌우로 갈
라졌다. 그제야 대원들은 겨우 앞으로 이동할 수 있었다. 이렇
게 힘들여서 당도한 곳은 세계수가 있는 곳이었다.

여기서 이델은 믿기지 않는 광경을 볼 수 있었다.

"세계수가 두 그루?"

거의 불타 반도 남지 않은 세계수 옆으로 비록 작지만 또 하
나의 세계수가 서 있는 것을 볼 수 있었다.

"세계수에 대해서도 알고 있나?"

뒤에서 들린 목소리에 이델은 흠칫하며 뒤를 돌아보았다.

"판 님."

"이곳에 온 것은 처음인데 자넨 세계수를 아는 것 같군."

"그건……."

이델은 자신의 말실수에 아차 싶었다.

판은 머뭇거리는 이델의 모습을 보고는 슬쩍 웃었다.

"자네가 말하기 곤란하다면 길게 묻지 않겠네."

"예."

"그보다 이곳에 온 소감이 어떤가?"

"솔직히… 놀랐습니다. 이렇게 다양한 종족이 같이 모여 살 것이라고 생각하지 않았거든요."

"하하, 그런가. 사실 여긴 수백 년 전까지만 해도 엘프들의 땅이었지. 하지만 지금은 모든 빛의 종족들, 그리고 자네와 같은 인간족에게 마지막 보루의 땅이 되고 말았네."

판의 대답에 이델은 말을 했다.

"저기 괜찮다면 그 이야기를 좀 자세히 해주시면 안 되겠습니까."

"궁금한가."

"네."

판은 고개를 한 번 끄덕인 후 이야기를 시작했다.

＊　　＊　　＊

구 엘프하임, 지금은 시온이라 이름 붙여진 땅에서 이델은 첫날밤을 맞이했다.

좀처럼 잠을 이루지 못한 이델은 창가에 기대 앉아 밖을 보았다. 이곳에 사는 반딧불들이 내는 빛이 어둠 사이에서 보인다.

하늘하늘 날아다니는 반딧불을 보며 이델은 복잡한 심경을 감추지 못했다.

"마족에 의해 멸망한 빛의 종족들과 인간족을 지탱하는 유일한 곳이 바로 이곳이라니."

세계 개변으로 세대가 지나갈수록 영성을 잃어가는 저주를 받은 빛의 종족과 인간족은 파멸로의 미래만 가질 뿐이었다. 하지만 마지막 희망의 불씨는 있었다.

그 불씨는 바로 세계수였다.

세계수가 자리 잡은 이 땅은 마왕의 권능이 침입하지 못했던 것이다. 그 말은 곧 이곳에서만큼은 선조들이 지녔던 힘을 후손들이 고스란히 물려받을 수 있단 뜻이 되었다.

하여 세계 곳곳에서 궁지에 몰려 있던 다양한 종족이 이 땅에 모여들었다.

"당시 세계수를 없애기 위해 수십만의 마왕군이 마왕의 직접 지휘에 따라 쳐들어왔지. 그들을 상대하기 위해 이곳에 모인 이들은 결사적으로 싸워야 했네."

판은 그때의 싸움을 대략 말로 전달해 주었다.

치열한 공방 속에 숱한 생명이 죽어갔다고 한다. 이미 세계는 마왕과 마족의 손을 들어주고 있었기에 싸움은 무척 불리했고 연합군은 점차 밀려나기만 했다.

이미 용사는 마왕의 손에 참살당하고 실력자들도 거의 다 죽은 상황이었기에 막강한 마왕의 힘을 막기란 거의 불가능이었다.

급기야 마왕은 세계수의 영역을 힘으로 비집고 들어오게 된다.

"그때 기존의 엘프하임은 처참히 파괴되었고 그곳에 있던 셀 수 없이 많은 이가 목숨을 잃었다네."

마왕은 자신의 힘으로 세계수를 파괴해 버렸다.

마지막 희망의 불씨가 그렇게 없어졌고 모두가 절망하였다. 그러나 이때, 구세주가 나타난다.

"엘프 퀸 세레티나. 그녀는 자신의 목숨을 바쳐 로렐라이가 했듯이 또 하나의 세계수를 만들었다네. 이때, 마왕은 세계수가 내뿜은 신성한 파동에 타격을 입고 말았고 결국 후퇴를 했지."

이후, 마왕군은 몇 차례나 이곳을 함락하려고 했다. 하지만 새로운 세계수의 힘이 그들을 막아내었고, 지금은 갇힌 신세나 다름없게 되었지만 마왕이 만든 세계에 영향받지 않고 종족을 유지할 수 있게 되었다고 판은 이야기해 주었다.

이 모든 이야기를 듣고 이델은 왜 이노센트 라이트가 이곳을 거점으로 삼는지, 그리고 마족이 왜 이곳을 알고도 방치해 두는 건지 이해할 수 있게 되었다.

만약 이곳도 없어졌다면 진작 이 세계는 마왕과 마족의 것이 됐을 것이다.

"이곳마저도 없어지면 더 이상 물러설 곳이 없는 처지라니. 내가 생각했던 것 이상으로 상황이 안 좋아."

이래 가지곤 마왕을 쓰러뜨리고 다시 세계를 원래대로 할 수 있을까 걱정이 된다.

"이런 미래를 내가 구할 수 있을까."

힘을 잃은 지금 특히 더 불안한 마음이 들게 된다. 그렇지만 주저앉아 있을 생각은 없다. 용사로서 운명이 끝나지 않았다면 마왕을 쓰러뜨리는 역할은 아직 자신에게 있기 때문이다.

"차분해지자, 이델. 우선 잃어버린 힘을 되찾는 데 최선을 다하는 거야."

비로소 안전한 곳에 왔으니 이제부터 최대한 빨리 힘을 되찾을 방법을 강구해 볼 것이다. 아울러 이노센트 라이트와의 관계를 좀 더 밀접하게 만들 필요가 있었다.

"쉽진 않겠지만 앞으로 노력을 해봐야겠지."

이델은 그리 말하고 털썩 침대에 누웠다.

내일은 이올라와 같이 평의회라는 곳에 가야 한다고 들었다. 캐넌에게 따로 알아본 바에 따르면 평의회는 현재 이곳의 백만 가까이 되는 인구가 안정적으로 살 수 있도록 여러 가지 정책을 결정하는 집단이라고 한다.

활동 도중 구출해 온 자들은 일괄적으로 이민국이라는 곳에서 절차를 밟고 입주가 결정되는데 어째서인지 이델은 그쪽보다 먼저 평의회에 얼굴을 내밀게 된 것이다.

여기에 대해 이델은 뭔가 눈치챈 게 있었다.

"아무래도 내 정체가 미심쩍어서 그런 것이겠지."

평의회에 가도 신분을 밝힐 생각은 없다. 지금 밝힌다고 해도 믿어줄 이가 없을 게 분명했다.

“그래도 언제까지 기억상실 운운할 수도 없게 되었어.”

자신이 이곳까지 오면서 보인 몇 가지 모습을 생각하면 좀 더 그럴 듯한 이야기가 필요할 것 같다. 이델은 내일 평의회라는 자리에서 해야 할 이야기를 머릿속으로 떠올리며 쉬이 잠을 이루지 못했다.

결국 뜬눈으로 하룻밤을 보낸 이델은 비척거리며 방을 나왔다.

“……”

밖에 나와 보니 간소한 복장을 한 이올라가 기다리고 있었다.

잠시 말없이 이델을 보던 이올라는 한참을 있다가 툭 던지듯 말했다.

“가시죠.”

“어, 어.”

직접 그녀가 나와서 데려갈 줄은 몰랐다. 이델은 앞서 걷는 이올라의 뒷모습을 어색하게 지켜보다 걸음을 옮겼다.

두 사람이 향한 곳은 세계수 바로 밑에 자리한 곳이었다. 돌로 기둥을 쌓고 그 위에 평평한 돌을 걸쳐놓는 식으로 원형을 만들어놓은 것을 볼 수 있었다. 돌의 크기로 보아 힘이 장사인 거인족이 직접 만든 것 같았다.

아무튼 거인족도 문제없이 들어갈 수 있는 입구를 지나 원형 내부로 들어가니 그곳에는 이미 7인의 위원이 드워프가 만든 게 분명한 크고 작은 돌로 된 의자에 앉아 있었다.

그들은 각 종족을 대표하는 대표자였다. 그리고 동시에 평의회를 이끌어가는 의원이기도 했다.

이올라는 자신을 보는 일곱의 의원을 향해 간결하게 말을 하였다.

"이올라 델 에멘시아, 임무를 마치고 복귀하였습니다."

"수고했소, 이올라 경."

그녀의 말에 수고한다는 말을 던진 건 화려한 황금관을 머리에 쓴 한 오십 대 중반의 인간 남성이었다.

"아닙니다, 파울로 님."

"그보다 하프만 대장이 마족에게 사로잡힌 게 사실이오?"

이 질문을 한 것은 남들보다 열 배 넘게 큰 의자에 앉은 붉은 수염을 가진 거인족이었다.

여기에 이올라는 침착하게 대답했다.

"하프만 님은 우리를 지키기 위해 마지막까지 싸우시다 남겨졌습니다. 장렬히 전사하셨을 것이라 생각하지만 각 지역의 로드들이 요즘 우리 이노센트 라이트가 각지에 만들어놓은 아지트를 찾는 데 주력하고 있다는 점을 생각하면 그분을 사로잡아 심문을 하고 있을 가능성도 있다고 봅니다."

"으음."

이야기를 전부 들은 거인족은 침음을 흘렸다.

여기서 유일하게 의자에 앉지 않은 켄타우루스 의원이 걱정스런 어조로 말을 꺼냈다.

"만약 그가 발설을 한다면 어렵게 만들어놓은 하넬타 대륙의 각 지부가 위험해질 것이오.”

“어허! 우리 거인족을 뭐로 보고 그런 걱정을 하는 건가. 그
는 자신의 목숨이 다할 때까지 결코 동족을 배반하는 말을 하
지 않을 거네!”

누가 성미 급한 거인족 아니랄까 봐 거인족 의원은 돌로 된
팔 받침대를 강하게 내려쳤다.

“진정하시오, 카디악 의원.”

중재를 하고 나선 것은 조인족 의원이었다. 독수리의 머리
에 인간의 몸을 가진 그는 좌우를 한 번씩 훑어보고는 다시금
말하였다.

“우리가 지금 중요하게 다뤄야 할 문제는 이후의 대책이
오.”

“파란 의원의 말이 옳소.”

인간 의원 파울로가 중재에 나서자 카디악이라 불린 거인족
의원은 팔짱을 끼며 진정하는 기미를 보였다.

이때, 중간 자리에 앉아 있던 엘프 의원이 입을 열었다.

“우선 그 이야기는 차후에 이어가기로 하지요.”

엘프 의원은 이델을 똑바로 쳐다보았다. 노화가 더딘 엘프
임에도 불구하고 얼굴에 주름이 잡힌 게 보였다. 적어도 엘프
의 한계 수명인 천 살에 거의 다다른 것을 알 수 있었다.

“그대, 인간이여.”

“저 말입니까.”

“자네의 이야기는 저기 있는 이올라 경을 통해 들었네.”

“그렇습니까?”

“그 이야기에서 몇 가지 관심이 있는 부분이 있어 자네를 불렀다네. 괜찮다면 대답해 줄 수 있겠나?”

“전 상관없습니다.”

이 장소에 불려온 이유를 알게 된 이델은 살짝 긴장하며 몸을 꼿꼿이 세우고 눈빛에 힘을 줬다.

그런 이델을 보며 엘프 의원은 천천히 입을 떼어 말을 시작했다.

“먼저 자네의 이름을 듣고 싶네.”

“이델이라고 합니다.”

천 년이나 지난 지금 자신의 정체를 아는 자는 아무도 없다. 그래서 이델은 조금의 거리낌도 없이 자신의 이름을 밝혔다. 헌데 의외의 말이 들려왔다.

“이델?”

엘프 의원은 이델의 이름을 읊조리며 미간을 좁혔다.

‘뭐지?’

자신의 이름을 심상치 않게 생각하는 엘프 의원의 태도에 이델은 살짝 긴장했다.

“아니, 단순히 우연이겠지.”

작게 혼잣말을 한 엘프 의원은 다시 이델을 쳐다보며 질문을 하였다.

그 질문들은 모두 이곳에 오면서 이올라나 판에게 들었던 것이었다. 정체를 감춰야 하지만 동시에 이들에게 신뢰를 받아야 하는 처지이기에 이델은 성심성의껏 질문에 응답했다.

"흠."

이델이 밝힌 사실들과 이올라가 한 보고는 의원들을 깊게 생각하게끔 하였다.

솔직히 말해 구 마왕성에서 홀로 특별한 감시 속에 호송되던 것부터가 이델의 정체에 대한 의심을 갖게 하기 충분했다. 그러나 그것만 가지고 이델의 처우를 결정지을 수는 없었다.

의원들 간 의견이 갈리고 이야기는 자연스레 길어졌다.

'후, 피곤하다.'

두 시간에 걸친 토의에 이델도 점차 지쳐갔다.

"여러분."

파울로가 모든 의원을 향해 말한다.

"모두가 심려하는 바는 잘 알겠습니다. 하지만 일단 한 번 우리의 도움을 받고 이곳까지 온 사람을 그냥 내칠 수는 없습니다."

"말씀은 알겠습니다만, 불안 요소가 있는 것은 확실하오. 특히 당신들 인간족의 경우엔……."

엘프 의원의 말에 파울로는 평온한 어조로 다시 말하였다.

"우려하는 바는 알고 있습니다. 그에 대해서는 인간족의 대표인 제가 책임을 지겠습니다."

"그렇다고 한다면야."

"음."

파울로의 말에 일부 의원들은 납득하는 태도를 보였다. 여기서 파울로는 쐐기를 박는 말을 하였다.

"부디 한 명의 동포라도 더 구하고자 하는 내 심정을 다른 의원들도 이해해 주었으면 하오."

이 말이 결국 이델의 운명을 결정짓게 된다.

5장

안주의 땅

아침이 밝아온다.

짚으로 된 지붕의 틈 사이로 스며드는 햇살에 이델은 눈을 살짝 찡그리며 뜬다.

"하암."

꿀맛과도 같은 단잠을 잔 이델은 상체를 일으켰다.

이토록 마음 편하게 자본 게 대체 얼마 만인가. 기지개를 힘껏 켜며 이델은 상쾌한 기분을 몸소 맛보았다.

"아, 좋구나."

도로 눕고 싶다는 마음이 들지만 그럴 수 없다는 것은 이델 스스로가 잘 알고 있었다.

"언제까지 게으름을 피울 순 없지."

이곳에 온 지도 어언 일주일이 지났다.

그동안은 쌓인 노독을 푸느라 아무것도 하지 않았지만 이젠 뭔가를 시작해야 했다.

"하지만 그전에……."

이델은 벌떡 일어나 집을 나섰다.

집이라고 하기에는 민망한 조그마한 움막을 나와 이델이 향한 곳은 바로 아침 식사를 나눠주는 공공 식당이었다.

"자자, 줄을 맞춰 서요."

이곳에서는 모든 음식을 배급제로 나눠주도록 되어 있다. 이럴 수밖에 없는 것은 한정된 공간에서 식량을 충분히 생산할 수 없어서였다.

"나무 열매로 만든 죽과 생전 처음 보는 풀로 만든 샐러드인가."

일주일간 먹은 음식 메뉴가 어떻게 다 거기서 거기다.

"쩝! 뭐 이런 것에 투덜댈 입장은 아니지."

저기 저쪽에 있는 수인족도 똑같은 메뉴로 먹고 있는 게 보인다. 고기를 주로 먹고 사는 늑대 수인도 불평불만 없이 먹는데 이쪽도 그냥 군소리하지 않고 먹어야 하지 않겠는가.

"히잉, 이거 먹기 싫어."

"쉿! 음식 가지고 투정부리면 안 돼."

비쩍 마른 인간 아이와 그 아이를 달래는 아이의 어머니가 보인다. 그들이 들고 있는 그릇에는 현저히 적은 양의 음식이 담겨 있다.

늘 위험 속에 살아가는 이곳에서 우선순위는 싸울 수 있는 전사이다. 그렇기에 음식 또한 그들에게 먼저 돌아가는 것이다.

"야호!"

모자에게 시선을 주던 그때, 뒤에서 반가워하는 목소리와 함께 등에 달라붙는 이가 있었다.

"캐넌."

"헤헷!"

이 묘인족 소녀는 지금도 내 감시 담당이다. 거의 집밖에서는 함께 생활한다고 해도 무관할 정도다.

"뭐해?"

친근하게 묻는 말에 이델은 반쯤 비운 그릇을 보이며 대꾸했다.

"식사 중. 근데 캐넌은 밥 안 먹는 거야?"

"우웅. 난 그런 풀보단 고기가 좋아. 그러니 난 됐어."

"고기가 없잖아."

"구하기 어렵긴 해도 못 구할 정도는 아냐. 우리 수인족 사냥꾼은 개별적으로 마물이나 멀리 사는 짐승을 사냥해 고기를 구해오거든."

"정말이야?"

"응. 하지만 이건 비밀이야. 엘프들이 우리가 고기를 구해오는 것을 싫어하거든."

"알았어."

지내는 동안 안 것인데 이곳에서 지내는 여러 종족은 의기 투합을 하기는 했지만 그렇다고 서로 원만하게 지내고 있지는 않다.

특히, 이곳의 원래 주인인 엘프들은 다른 종족의 거주를 꽤 못마땅하게 여기고 있는 것 같다.

이는 어쩔 수 없는 일인지도 모르겠다. 서로 문화가 다른 종족이 애당초 한공간에서 길고 긴 시간을 지낸다는 것은 쉽지만은 않은 일인 것이다.

그래서일까. 각 종족은 저마다 각각의 영역을 정하고 그곳에서만 생활하는 게 이곳의 암묵적인 룰이 되어 있었다.

"그런데 오늘은 뭐할 거야? 또 주변을 돌아다녀 보게?"

"음, 오늘은 아냐."

일주일간 하릴없이 캐넌과 같이 다른 종족의 영역도 기웃대 보고 이곳에 대해 은근슬쩍 알아보며 느긋이 시간을 보냈지만 오늘부터는 그럴 생각이 없다.

"나도 이노센트 라이트의 대원이 되고 싶어."

"진짜?"

이델의 말에 캐넌은 깜짝 놀라 했다. 그녀가 놀라는 것도 당연했다. 이노센트 라이트라는 조직 자체는 이곳에서 유일하게 외부로 나갈 수 있는 무력 집단이다.

자세한 것은 파악할 수 없었지만 약 십만 정도의 무장 병력이 이 도시에 모여 있는 것을 그간 돌아다니며 본 시설을 통해 추측할 수가 있었다. 전체 인구의 10%가 군인이어야 할 만큼

절실하다는 것이다.

그중, 이노센트 라이트의 대원이 될 수 있는 것은 매우 혹독한 훈련을 마친 최정예뿐이라는 것도 캐넌을 통해 알 수 있었다.

"진심으로 한 말이야?"

"당연 진심이지. 다만 지금 당장 될 수 없다는 것은 알고 있어."

"난 또. 뭐 노력하다 보면 언젠가는 이델 너도 대원이 될 수 있을 거야."

캐넌은 으스대며 말했다. 그런 그녀가 귀여워 보였기에 이델은 피식 웃어넘겼다. 그러다 갑자기 말을 꺼냈다.

"말 나온 김에 한 가지만 묻자. 혹 이곳에 대마법사 수준의 마법사기 있을까."

"마법사?"

"어."

캐넌에게 이것을 물은 것은 상실한 마력을 찾기 위함이다. 자신의 정보를 노출하는 길이지만 어서 예전의 힘을 되찾으려면 무리를 해야 했다.

이델이 이렇듯 마법사를 찾자 캐넌은 고민하는 듯한 표정을 지었다. 그러다 곧 다시 표정을 바꾸며 말했다.

"강한 마법사를 찾는 거지?"

"그런 셈이지."

"그렇다면 한 명 알고 있는 사람이 있어. 나랑 같이 가자."

“그래.”

캐넌이 알고 있다는 마법사가 누군지 모르지만 일단 이델은 따라가 보기로 했다. 두 사람은 곧 세계수를 중심으로 나눠진 구역 중 남쪽 구역에 도착했다.

이곳은 소인족의 영역이었다. 그런 까닭에 이곳의 집은 무척이나 작았다.

“인간이다.”

“묘인족 언니도 있어.”

“와아, 크다.”

팔뚝보다 좀 더 큰 신장의 소인족 아이들이 이델과 캐넌을 발견하곤 호기심을 드러내며 가까이 다가왔다. 이 작고 활달하다 못해 어디로 튈 줄 모르는 천방지축의 소인족 아이들을 밟지 않기 위해 이델은 조심 또 조심을 해야 했다.

“여기야.”

캐넌이 가르킨 곳은 야외에 마련된 교실이었다. 작은 칠판이 나무에 걸려 있고 손수 만든 것으로 보이는 의자와 책상이 눈에 들어왔다.

“호, 캐넌 아닌가.”

“파로 아저씨.”

삼각뿔의 빨간 모자를 쓴 수염 기른 소인족이 캐넌을 반갑게 쳐다보고 있다. 얼핏 나이가 많아 보이지만 수염만 아니라면 청년이라고 해도 믿을 수 있을 것 같아 보였다.

“이번에 돌아온 것이냐.”

“응.”

“하하, 무사해서 다행이다. 그런데 여기 인간 청년은 누구야.”

“내 친구인 이델이라고 해. 마법사에게 볼일이 있다고 해서 데리고 왔어.”

캐넌의 말에 파로라 이름 불린 소인족은 선 상태의 이델을 목이 꺾어져라 올려다보았다.

“호오.”

파로는 이델을 쭉 보더니 상기된 표정을 지어 보인다. 그리고 말했다.

“믿을 수 없군. 인간이 이 정도의 마나 베슬을 지니고 있다니 말이야.”

“…….”

“자네 마법사였었나?”

파로의 대답에 이델은 자신의 현재 처지를 고려한 대답을 내놓았다.

“잘은 모르겠습니다. 다만 최근 어렴풋이 제가 마법에 관련되어 있었다는 기억이 떠올라 혹시나 하는 마음으로 마법사인 당신을 찾은 것입니다.”

“자네 일인데 자네가 기억을 잘 못한다니 솔직히 이해가 안 가는데.”

“실은 제게 지난 과거의 기억이 별로 없습니다.”

자신이 지금 기억상실에 있다는 설정을 잊지 않고 이델은 적절히 이야기를 하였다. 그리고 질문을 했다.

"제 상태가 정확히 어떻습니까."

"이런 말을 하긴 뭐하지만 자네의 마나 베슬은 심각하게 훼손되어 있네. 마력이 제어가 되지 않고 폭주하거나 아니면 감당할 수 없을 정도로 마력을 끌어 낸 바람에 마나 베슬이 망가졌을 가능성도 있겠지."

역시 마법사라 그런지 단번에 문제점을 찾아낸다. 정확히 짚고 넘어가자면 마나 베슬이 망가진 이유는 후자이다. 마왕이 발현한 궁극의 마법을 막기 위해 무리해 마법을 전개했던 게 후유증을 만든 것이다.

"아마 짐작컨대 자네의 기억상실도 어쩌면 여기서 왔을지 모르겠군."

"아, 네."

뒤에 이어진 말에 이델은 어색하게 대답했다. 지금 해결해야 할 문제는 사실이지도 않은 기억상실이 아니다. 해서 재빠르게 질문을 하였다.

"이 망가진 마나 베슬을 회복시킬 방법은 없겠습니까?"

"고칠 방도라 하면?"

"다시 마력을 모으고 싶습니다."

"그래야 할 이유라도 있나?"

"설명하긴 어렵지만 왠지 그러지 않으면 안 된다는 생각이 들기 때문에 그렇습니다."

이델의 말에 파로는 자신의 턱수염을 작디작은 손가락으로

만지작만지작하며 생각에 잠겼다. 여기까지 유도했는데 실망
스런 대답이 나오지 않을까, 이델은 살짝 속으로 떨었다.

"그토록 간절하다면 방법이 아예 없지는 않지."

파로의 말에 이델은 순간 흥분된 마음을 참을 수 없었다.

"가장 알려진 방법은 약을 이용해 몸과 정신을 회복시켜 가
며 조금씩 마나로 마나 베슬을 수복하는 방법이 있지."

끄덕.

이델은 말 대신 고개를 한 번 끄덕였다.

사실 이 방법은 이델이 전부터 생각했던 회복 방법이기도
했다. 비록 시간이 오래 걸리고 또 값비싼 재료들을 사용해야
한다는 문제점이 있지만 가장 확실하게 회복을 할 수 있는 방
법이었다.

"하지만 이 방법은 쓰지를 못해."

"왜입니까?"

순식간에 기대치를 확 내리는 말에 이델은 조급하게 질문을
한다. 이에 파로는 쓴 미소와 함께 대답하였다.

"안타깝지만 지금으로썬 힘드네. 회복에 필요한 약을 조달
할 수가 없어."

"그런!"

약을 구할 수 없다니. 솔직히 힘들 것이라는 예상은 여기 오
기 전에 하긴 했었다. 하지만 이곳이 엘프들의 땅임을 알고 나
서는 적잖게 안심했었다. 거기다가 약초를 구하는 데 한 일가
견이 있는 소인족도 살고 있으니 생각보다 일찍 원하는 바를

이룰 수 있다고 생각한 것이다. 그런데 그 예상이 빗나가고 말았으니 눈앞이 깜깜해지지 않을 수 없다.

"예전이었다면 가능했겠지. 하지만 지금은 대부분의 약초밭을 식량을 생산하기 위한 농장으로 바꾼 바람에 충분한 약재를 구할 수 없게 되었거든."

"그런……."

참으로 맥 빠지는 말이 아닐 수 없었다. 유일하게 알고 있던 방법이 이렇게 막혀 버린다면 마력을 찾는 길은 요원하게 되고 마는 것일까.

수심에 찬 이델을 보며 캐넌은 걱정 다분한 시선을 보낸다.

"하지만… 아주 방법이 없는 것은 아니지."

"그게 무슨 말입니까."

마력을 되찾는 게 어렵다고 생각했다. 그런데 그렇지 않을 수 있다는 가능성을 주는 의외의 말에 이델은 관심을 안 가질 수가 없었다.

"어떤 방법인지 말씀해 주세요."

기존의 방법이 불가능해졌지만 새로운 돌파구가 생기게 된 이델은 파로와 좀 더 이야기를 나눠보기로 했다.

"우리 소인족은 마나 베슬에 마력을 담지 않고 마법을 쓰지."

파로의 말대로 소인족은 다른 종족과 달리 마력을 마나 베슬에 수용하지 않는다. 이것은 그들의 체격이 작은 탓에 덩달아 마력을 담을 수 있는 마나 베슬이 현저히 작을 수밖에 없어서 그만큼 마력이 크게 소모되는 마법을 구사하기가 어렵기 때문이었다.

해서 소인족은 자신들만의 방법을 찾아야만 했다.

"우리는 따로 마나 베슬을 만들지 않고 몸 전체를 마력과 적합하게 하지."

그 부분에 대해서는 이델도 알고 있다. 하지만 아는 척을 할 수 없어 애써 모르는 척 표정을 유지해야 했다.

"그것과 제 치료랑 무슨 관계가 있는 겁니까."

"아 그래, 그래. 이야기의 본질에서 벗어났군. 핵심을 말하자면 자네도 우리 소인족의 방식대로 마나 베슬이 아닌 몸 전체에 마력을 쌓아보는 게 어떻겠나."

"몸 전체에 말입니까?"

그게 가능한 일일까. 잠시 이델은 마법사로서 사고를 하여 이 방법을 검토해 봤다.

'과연 가능한 일일까.'

망가진 마나 베슬을 대신해 신체 곳곳에 마력을 축적할 수 있다면 그보다 좋을 것은 없다. 하지만 이런 사례가 있다는 예는 들어본 적이 없다.

애초에 마나 베슬을 굳이 두는 이유가 안정적으로 몸 안에서 마력을 통제하기 위함 아닌가. 만약 소인족의 방식으로 마력을 다룬다면 마력 전체 저장 용량이 커질지 모르겠지만 그만큼 제어하기가 어렵고 또 마력 폭주가 생길 경우 목숨을 위협하는 경우가 생길 가능성이 컸다.

게다가 염려되는 부분은 또 있었다.

"전 마력만 가진 게 아닙니다. 믿기 어렵겠지만 저는 생명력을 토대로 오러를 다룰 수도 있습니다."

"그게 정말인가?"

"매우 미약한 수준입니다만, 이렇듯 힘을 낼 수 있습니다."

이델은 말을 하면서 손에 옅게 오러를 드러나게 했다. 그 모습을 본 파로와 캐넌은 놀란 눈빛을 감추지 못했다.

"자네 오러 유저였었나."

"예."

이 힘까지 내보인 것은 그만큼 절박함이 크기 때문이었다. 또한, 감시 역할로 곁에 있는 캐넌이 자신의 행동 일체와 하는 말을 모두 위에 전달하고 있다는 사실은 이미 알고 있기에 지금 이곳에서의 일을 통해 자신의 가치를 전한다는 목적도 함께 있었다.

"마력과 오러가 딱히 반발하지는 않는다지만 몸 하나에 두 가지의 힘이 공존하면 부담이 가지 않을지……."

"그럴 가능성도 있겠지."

파로는 대수롭지 않게 말한다. 그리고는 기대에 찬 눈빛을 취하며 말했다.

"위험성은 있겠지. 하지만 한번 시도해 볼 만하다고 난 생각하네만."

"하, 하하."

누가 소인족 아니랄까 봐, 위험은 안중에도 없고 관심 있는 일에 지대한 호기심을 내보이는 파로를 보며 이델은 머쓱하게 웃을 따름이다.

어쨌거나 선택의 길은 없어 보인다.

이델은 여기서 결정을 내려야만 했다.

"한번 해보죠."

"하하! 그렇게 말할 줄 알았네."

이리하여 이델은 마력을 얻기 위해 한 번도 시도하지 않은 방법으로 처음부터 다시 마력을 쌓게 된다.

＊　　　＊　　　＊

"알겠소. 보고하느라 수고했어."

"아니에요, 언니."

캐넌은 이델이 짐작한 대로 이올라에게 파로와 이델이 나눴던 대화 모두를 전달하였다.

이후 캐넌이 나가고 이올라는 많은 생각을 하였다.

"역시……."

처음 봤을 때부터 범상치 않은 존재라고 생각했다. 그리고 그 짐작은 틀리지 않았다. 오러를 다룰 수 있다는 것은 알았지만 설마 마력까지 가졌다는 사실은 생각지도 못한 일이었다.

"대체 그는… 어떤 자인 것일까."

이제는 이델에 대한 생각에 확신을 가지기 힘들게 되었다.

단순한 첩자라고 하기에는 이델이 보이는 모습이 너무나 특별하다. 게다가 세계수의 보호도 없는 외부 세계에서 태어나고 자란 자가 어떻게 오러를 각성하고 마법을 배울 수 있었는지 상식적으로 이해가 되지 않는다.

당장이라도 모든 진실을 알고 싶지만 기억상실을 명분으로 자신의 이력을 밝히지 않는 이델에게 대답을 얻기란 힘들 것임을 이올라 본인이 더 잘 알고 있었다.

정말로 알고 싶다면 이델의 신병을 구속하고 강제로라도 정보를 캐낼 수 있다. 실제로 대놓고 드러내지 않지만 이노센트 라이트 내부에는 그런 암부의 일을 전문으로 하는 집단도 있다.

"후우."

이올라는 한 손으로 자신의 얼굴을 덮으며 한숨을 내쉬었다. 방금 자신이 한 생각에 대한 혐오감이 순간 가슴속에서 치솟았던 것이다.

"인간족의 존망을 지켜야 할 내가 같은 인간을 불신해야 하다니."

이올라는 자조적인 말을 함과 동시에 목에 건 펜던트를 만졌다. 뭔가 소중한 물건인 듯 만지는 손길이 꽤 애틋하였다.

똑똑.

노크 소리가 나고 이올라는 고개를 들었다. 어느 사이엔가 이올라의 얼굴은 차가운 무표정으로 변해 있었다.

"들어오세요."

이올라의 응답에 문을 열고 들어온 이는 갈색의 제복을 입은 인간 남성이었다.

"대장님, 곧 회의 시간입니다."

"알겠어요."

이올라는 앉은 자리에서 일어나 복도로 나섰다. 현재 그녀가 있는 건물은 이노센트 라이트의 본부였다.

"이올라 대장님 오셨습니다."

문을 지키던 대원이 이올라의 입장을 알린다. 건물 내에 자리한 원형의 공간 안에는 이미 많은 이가 와 있었다.

"다들 모인 것 같군."

연단에 선 한 남자가 좌중을 보며 말을 한다.

부드러운 인상과 온화해 보이는 눈빛을 가진 갈색머리의 사십 대 인간 남성이었다. 그의 이름은 군터 바이슨. 이노센트 라이트가 보유한 일곱 오러 유저 중 한 명이면서 동시에 반 마왕군 전선 사령관인 인물이었다.

그의 말 한마디에 자리에 모인 여러 종족의 실력자들은 그를 주시했다. 그 시선 속에 군터는 입을 열었다.

"그대들을 모이라고 한 것은 하프만의 일 때문이다."

하프만의 이름이 거론되자 우려와 걱정의 목소리가 여기저기서 흘러나왔다. 그런 소요를 잠시 지켜보던 군터는 어느 정도 소리가 잠잠해지자 멈췄던 말을 다시 하였다.

"이미 그의 상황에 대해서는 평의회에 통보가 되었다."

"그를 구출하는 것입니까?"

질문을 한 이는 적색의 단발을 세 가닥으로 땋고 있는 여성이었다. 그녀는 인간 체구이지만 실은 거인족이었다.

지금은 잠시 회의에 참가하기 위해 축소 마법을 자신의 몸에 걸어둔 상태였다.

"당장 그를 구출합시다!"

"그를 구해내야 하오."

회의에 참가한 거인족이 한목소리로 하프만을 구하자는 주장을 편다. 원래부터 다혈질인 거인족이 목소리를 높이자 엘프와 조인족, 그리고 일부 인간의 눈살이 찌푸려졌다.

상황이 이렇게 되자 군터가 나서게 된다.

"조용, 조용!"

"……."

"지금은 대책을 모색하자고 모인 자리가 아니다."

"그렇다면 벌써 손을 쓰셨다는 말입니까, 군터 님."

군터의 말에 질문을 한 자는 연녹색의 로브를 두른 엘프 남성이었다. 그의 이름은 나타니엘. 현재 네 명밖에 없는 대마법사 중 한 명이었다.

여기에 대해 군터는 말을 하였다.

"현재 첩보 부대를 움직여 그가 어떤 상황에 처했는지 알아보고 있다."

"그럼 정보가 입수되면 바로 구출 작전에 들어가는 것입니까."

"평의회에서는 돌아가는 상황들을 좀 더 지켜보았다가 일을 진행시키길 원하고 있다. 나 또한 섣불리 행동하여 대원들의 안위를 위협하고 싶지 않다."

군터의 말에 거인족은 발끈해했다.

쾅!

가볍게 내지른 주먹에 천장을 지탱하는 두꺼운 기둥에 금이 생긴다. 아무리 외형을 작게 만들어도 거인은 거인, 커다란 덩치에서 나오는 힘은 무시 못할 수준이었다.

"그럼 그를 죽게 내버려 두자는 거야? 난 그럴 수 없어."

"알레나, 진정하시오."

아까 말을 하였던 여성 거인족의 이름을 부르며 군터는 그녀를 진정시키고자 했다.

"아직 결정은 내려지지 않았다. 평의회가 최종적으로 결정지을 문제이긴 하지만 나 자신은 하프만을 포기할 마음이 없다."

군터의 말에는 진심이 담겨 있었다. 그의 말에 이 자리에 모인 대부분이 무거운 침묵을 지켰다. 사실 하프만이 희생되는 일을 그대로 놔두고 싶은 이는 이 중 아무도 없었다. 하지만 그 한 명을 구하려다 자칫 애꿎은 대원들이 대거 희생될까, 그것을 걱정해 그를 구하고자 말을 못한 것이었다.

분위기가 무거워지자 군터는 분위기를 환기시키기 위해 다시금 말을 하였다.

"어찌되었든 하프만의 일은 정보가 들어오면 다시 논하기로 하지. 그리고 하넬타 대륙 공작 부대는 임시로 이올라가 맡도록 한다.”

여기서 침체된 분위기를 깨는 날선 목소리가 들려왔다.

“어째서 그녀가 지휘관을 맡는 것입니까.”

“엘크란.”

군터의 결정에 반대 의견을 내놓은 엘크란은 무심히 앉아 있는 이올라를 잠시 곁눈질한 뒤 다시 말했다.

“그녀가 특별한 존재라는 것은 인정합니다. 하지만 중요한 역할을 맡기에는 아무래도 나이가 너무 적습니다. 그러니 부디 결정을 재고해 주시길 바랍니다.”

“재고라… 어째서 그래야 하는가. 이올라는 그동안 삼십여 차례의 임무를 모두 완수해 냈네. 그리고 나이도 그리 문제될 것 없다고 보네만. 엘프에게 이십 대의 나이는 갓난아기와도 같아 보이겠지만 인간 입장에선 충분히 자립이 가능하고 또 가장 왕성하게 활동할 수 있는 나이네. 그러니 나이로 이올라 의 자격을 운운하는 것은 가당치 않다고 생각하네만.”

“크으.”

군터의 일목요연한 말에 엘크란은 뭐 씹은 표정을 지으며 입을 다물었다. 잠시 그 모습을 본 군터는 이내 시선을 돌려 이올라 쪽을 보았다.

“역할을 받아들여 주겠나, 이올라 경.”

“…알겠습니다.”

딱히 기뻐하는 기색도 없이 이올라는 무감각하게 응답했다. 그저 명령이니깐. 그래서 순순히 따르는 것 같은 모습이었다.

"다른 의견이 있는 자 있나."

"……."

"없는 것 같군. 그럼 다음 안건으로 넘어가지."

군터는 아직 많이 남은 안건들을 처리하기 위해 빠른 진행을 했다. 이 회의를 통해 향후 이노센트 라이트의 행동 방침이 결정되어졌다.

＊　　　＊　　　＊

"끄으응."

"몸 전체로 의식을 집중시켜. 그리고 몸을 그릇이라고 생각해."

자신의 어깨에 올라타 잔소리를 하는 파로를 볼 겨를도 없이 이델은 혼신의 힘을 다해 집중력을 끌어 올려 주변의 마나를 마력으로 치환하고 시킨 대로 몸 곳곳에 마력을 저장하고자 노력했다.

이것은 마나 베슬에 마력을 저장할 때보다 몇 배의 집중력을 요구하였다. 과거, 마법사로서 상당한 경지에 올랐던 이델이지만 이 작업은 그에게 있어서도 순탄치만은 않은 일이었다.

얼마나 시간이 흘렀을까.

"헉! 헉!"

진땀을 흘리며 이델은 가부좌를 풀고 숨을 헐떡였다.

"쯧쯧! 겨우 그 정도를 못 참다니. 인간은 별로 끈기가 없군."

"소인족인 당신에게 그런 말은 듣고 싶지 않습니다만."

세상에서 가장 끈기 없기로 잘 알려진 소인족에게 듣고 싶지는 않다. 그리고 애당초 체구가 현저히 작은 덕에 약간의 정신 집중으로도 쉽게 마력을 모을 수 있는 소인족과 달리 이쪽은 죽어라 집중해야 겨우 마력을 몸에 안정화시킬 수 있는 처지이다.

파로의 말에 토를 달 정도로 회복이 된 이델은 조심스레 자신의 몸 안에 깃든 마력을 감지해 보고자 했다. 온몸 전체를 검진해 보니 왼쪽 팔 쪽에 미약하게나마 마력이 감지된다.

"하아, 겨우 성공인가."

만 11일 만에 성공하였다. 스스로 자축할 일이지만 지금은 힘들어 그럴 수조차 없다.

'그래도 마력을 되찾게 된 게 어디냐.'

마력을 회복할 수 있다는 기쁨 말고도 한 가지 더 희망이 있다. 그것은 지금의 방식이 후일 크게 도움이 될 것이라는 사실이었다.

'이 방법대로 온몸에 마력을 채운다면 그 수준이 얼마나 될까.'

마법사에게 제일 중요한 건 바로 마력이다.

강력한 마법일수록 필요로 하는 마력이 상대적으로 커지기 때문이다. 마력의 양은 마나 베슬의 크기에 따라 결정된다. 마나 베슬은 선천적으로 마력에 자질이 있어야 만들 수 있고 꾸준한 자기 수련을 해야만 조금씩 크기를 키울 수 있다.

과거의 이델도 정통적인 방법으로 마나 베슬을 키웠고 그 안에 마력을 쌓았다. 그 결과, 대마법사만큼은 아니지만 인간으로선 상당한 수준으로 마력을 모을 수 있었다. 하지만 지금의 방법으로 마력을 쌓는다면 어떨까.

파로는 소인족 마법사 중에서도 손꼽을 정도로 뛰어난 마법사이다. 비록 마법 운용 능력 면에서는 그 수준이 매우 높지 못해 대마법사의 칭호는 못 받았지만 마력만 놓고 본다면 대마법사에 꿀리지 않는다.

체구가 인간보다 현저히 작은 소인족이 이 정도이다. 만약 인간인 자신이 온몸 전체에 마력을 채운다면 그 수준이 어느 정도일까. 어림짐작만 해도 아찔해진다.

생각해 보면 소인족 파로에게 도움을 구한 게 천운이었던 것 같다. 왜냐면 알고 있던 방법으로 마나 베슬을 회복했고 또 예전의 수순으로 마력을 쌓았다면 결국 예전 수준밖에 될 수 없었을 것이기 때문이다.

'현재의 마왕이 운명마저 깨고 용사를 죽였다면 과거의 내 힘 수준으로는 그를 꺾지 못한다. 그러니 과거 수준을 뛰어넘어야 돼.'

이델은 자신 몸 전체를 하나의 마력 덩어리로 만들 각오로 마력 쌓기를 하였다. 그리고 또 한편으로는 생명력을 꾸준히 회복시켜 오러의 힘을 차츰 되찾는 것도 잊지 않았다.

　다행히 이곳은 세계수의 정기가 자리한 곳, 그만큼 생명력의 회복은 빨랐다.
　이델은 이렇게 힘을 되찾는 데 시간을 아낌없이 투자하였다. 그렇게 나날이 노력해 조금씩 힘을 길러냈다.
　쉬익! 팟!
　검광이 번뜩이며 검이 휘둘러진다.
　검에 몸을 맡기고 이델은 전신전력으로 자신이 익힌 검술을 펼쳤다. 흐트러짐 없는 움직임을 보이며 30여 분간을 그렇게 검을 휘두른 후 그제야 휴식을 취했다.
　"슬슬 예전의 느낌이 살아나는 것 같은데."
　이곳에 온 지 한 달째 되는 시점에서 검 한 자루를 구해 검술 훈련을 시작한 지도 벌써 보름이다. 육체 재활이 끝났다고는 하나 한동안 검을 잡지 않아서 예전의 기술을 뜻대로 펼치는 일이 쉽지 않았다. 하지만 계속된 반복 훈련을 통해 조금씩 몸에 익혔던 검술을 충실히 재현해 낼 수가 있었다.
　"좋아. 오늘은 이쯤 할까."
　기분 좋게 몸을 푼 이델은 훈련장을 벗어났다.
　원래라면 항상 캐넌이 곁에 있어야 하지만 그녀는 지금 이곳에 없다.
　이델의 감시가 약 2주 전에 풀리게 된 것이다.
　이것은 이곳에 머무는 동안 이델이 별다른 이상 행동을 하지 않았다는 점과 또한 오러 유저라는 사실이 뒤늦게 알려진 점 덕분이었다.

오러 유저가 단 일곱 명밖에 없는 상황에 한 명의 오러 유저
가 더 생긴다는 것은 엄청난 전력 상승이 아닐 수 없기에 평의
회 측은 감시를 풀고 이델에게 호의를 보이기 시작했다.

덕분에 이델은 좁디좁은 오두막이 아닌 방이 두 칸이나 있
는 집으로 옮겨갈 수 있었고 식사 역시 일반 주민이 먹는 볼품
없는 음식이 아닌 제대로 된 식사를 할 수 있게 되었다.

뭐 이런 배려가 나쁘지는 않지만 그래도 때늦은 호의가 마
냥 고맙지만은 않은 이델이었다.

"그나저나 캐넌은 잘 지내고 있을까."

2주 전에 임무를 받고 캐넌은 하넬타 대륙으로 떠났다. 항
상 곁에서 귀찮을 정도로 살갑게 굴던 그녀가 없으니 약간은
허전함이 느껴진다.

"무사히 돌아오기를 빌어야지 뭐."

이델은 그리 중얼거리며 계속 걸음을 옮겼다. 그가 향한 곳
은 인간족이 지내는 북쪽 구역에서도 중심부였다.

"모두들 기도합시다."

"예, 수녀님."

나무를 깎아 만든 중후한 남성의 상을 앞에 두고 상의 전면
에 흰 십자가가 크게 그려진 푸른색의 법복을 입은 젊은 여성
이 아이들을 데리고 기도를 하는 모습을 이델은 묵묵히 지켜
보았다.

'라이네.'

지금 이델의 머릿속에 한 명의 이름이 맴돌고 있다.

라이네 필 데오리스. 인간의 신 로이아스를 섬기는 대 무녀로 용사 파티의 일원이었다. 누구보다 신성력이 탁월했을 뿐만 아니라 따스한 성품으로 싸움에 지친 이들에게 희망을 안겨준 그녀를 떠올리니 마음이 울컥해진다.

'그때, 그녀를 지키지 못한 게 아직도 마음에 쓰이는 거냐.'

이델은 자조적으로 자신에게 말을 하였다.

한때 절친한 친구였던 마왕을 벨 때도 그러했지만 한 명씩 쓰러져 갔던 동료들의 죽음은 아직도 이델의 마음을 싸하게 만든다. 하지만 그중에서도 가장 가슴에 상처로 남은 것은 바로 라이네의 죽음이다.

마왕의 심복들을 차례차례 쓰러뜨리는 과정에서 라이네는 강력한 마법의 독에 걸렸다. 그 독은 신성력을 쓰면 쓸수록 몸을 해치는 것이었다.

그 사실을 알고 이델은 그녀를 전선에서 빼려 했다. 하지만 라이네는 남기를 자청했다. 그리고 자신의 생명을 남의 생명을 살리는 대가로 소모해 갔다.

말렸어야 했다. 하지만 그녀가 없다면 마왕을 쓰러뜨릴 수 없다는 사실을 알았기에 용사로서 라이네에게 힘을 쓰게끔 강요해야만 했다. 그리고 치명적인 부상을 입은 자신을 살리기 위해 더 이상 신체를 유지할 수 없을 정도로 독에 중독된 상태에서 라이네는 마지막 신성력을 발휘하였다.

돌이켜 생각해 보면 그녀를 죽인 건 자신인 것 같다. 이델은 아랫입술을 깨물며 자신을 자책하려 했다. 그러나 다행히 우울한 생각에 들기 전에 그의 상념을 깨준 사람이 있었다.

"이델 님."

"아, 아아."

이델을 부른 건 아까 아이들과 기도를 하였던 수녀였다.

예쁘지는 않지만 그래도 푸근하고 소탈한 모습을 가진 젊은 수녀는 빙긋 웃으며 이델에게 말을 건넸다.

"오늘도 기도를 하러 오셨나요."

"뭐 그렇죠."

이델이 일부러 인간의 신 로이아스를 모시는 신전에 온 데는 그만한 이유가 있다.

사실 이델은 독실한 로이아스의 신자가 아니다. 아주 어린 시절에는 마을의 수도사에게 교육 삼아 가르침을 받긴 했지만 마을이 시리지고 홀로 띠돌게 된 시점부터는 전혀 신과 섭점 없이 살아왔다.

그러던 이델에게 뜻밖에도 용사의 운명이 주어지면서 처음으로 신인 로이아스와 대화를 나누게 되고 또 그에게서 힘을 부여받았다. 본래 신성력을 더 강화하기 위해서는 그만큼 신에 대한 신앙을 가져야 하지만 이델은 그럴 필요도 없이 대신관과 버금가는 신성력을 가지게 된 셈이다.

그랬기에 딱히 기도라는 것은 한 적도 없었는데 이제는 상황이 다르다.

"모든 인간의 아버지시여. 그대의 아들이 당신의 목소리를 듣고자 청합니다."

이델은 기도를 통해 로이아스와의 소통을 취하고자 했다. 하지만 아무리 시간이 흘러도 응답은 없었다. 결국 이번에도 아무 소득 없이 기도를 끝마치고 말았다.

이델이 눈을 뜨고 자세를 풀자 곁에서 지켜보던 수녀가 말을 걸어왔다.

"형제님."

"안나 수녀님."

"오늘도 열심이시네요."

"하하, 뭐 그렇죠."

이델의 사정을 알지 못하는 안나 수녀는 그의 신앙심이 남들보다 깊다고 생각한다.

"정말이지 다른 분들도 이델 형제님처럼 독실하다면 좋으련만. 그분의 말씀이 안 들린다고 해도, 그분의 권능이 행해지지 못한다 해도 우리 인간 모두가 그분의 아이라는 것을 자각했으면 좋겠는데 말이죠."

"하, 하하."

안나 수녀의 말에 이델은 멋쩍은 웃음소리를 낼 따름이다.

확실히 안나 수녀의 말대로 인간들의 신앙은 천 년이 지난 지금에 와서 많이 퇴보한 상태이다. 신들은 마왕에 의해 강제로 이 세계에서 추방되어 영향력을 거의 주지 못하는 상황이다. 거기서 수많은 신도를 잃고 말았으니 그만큼 신들의 힘이 쇠약해질 수밖에 없다.

그래서일까. 현재 신관이라 불리는 이들 중 신성력을 제대로 구사할 줄 아는 이는 극히 드물다. 그나마 제대로 된 신성력을 쓰는 신관이 있다면 이 세계를 창조한 아르마를 모시는 신관 정도이다.

"오늘은 이만 가보겠습니다."

"네, 다음에 또 오세요."

안나 수녀의 말에 이델은 잔잔한 미소를 띠우며 고개를 살짝 까닥였다.

결국 오늘도 큰 수확은 없었다. 그래도 아주 헛짓거리를 한 것은 아니다. 기도를 통해 미진한 신성력이 소소히 누적되어 가고 있음을 느낄 수 있었다. 뭐 굳이 그러지 않아도 신성력이 모였다만 그래도 기도를 하고 안 하고의 차이가 분명 존재했다.

"그럼 슬슬 다시 마력을 모아볼까."

하루 전체에서 잠자는 시간을 빼면 거의 대부분을 수련에 쏟는 이델이었다. 검술 훈련과 기도 시간을 가졌으니 이제 마력을 쌓는 수련을 하려고 마음먹은 것이다.

하지만 이때! 한 무리의 인원들이 급하게 뛰어가는 모습이 보였다.

"무슨 일이지?"

한눈에도 심각해 보인다. 여기서 지내면서 저런 경우를 몇 번 보았다.

"좋은 기회다."

갑자기 눈빛을 빛내며 이델은 씨익 미소 지었다. 그리고는 달려가는 자들의 뒤를 쫓았다.

*　　*　　*

"빌어먹을, 또 결계를 넘어오다니."

"더 이상 못 접근하게 저지한다. 가랏, 운디네."

엘프의 부름을 받들고 현실 세계에 나타난 물의 정령 운디네가 물방울을 허공에 뿌리며 앞으로 향한다.

"쿠왕!"

운디네의 모습을 본 마물 케르베로스는 세 개의 머리 중 하나로 운디네를 그대로 씹어버렸다. 하지만 그것은 실수였다. 운디네를 구성하는 물 성분이 급속도로 팽창하면서 머리 하나를 그대로 날려 버린 것이다.

"좋았어!"

그 모습을 본 수비대는 환호성을 질렀다. 그러나 안심도 잠시였다.

화르르륵.

남은 두 개의 머리가 한꺼번에 내뿜은 불꽃이 운디네를 그대로 기화시켜 버린 것이다.

이때, 뒤에 있던 다른 마물이 수비대를 덮쳤다.

콰득.

"컥!"

"엘윈!"

한 명의 엘프가 처참히 발에 깔려 짓뭉개졌다. 그를 그렇게 만든 마물은 바로 육중한 체구를 가진 사이클롭스였다. 거인족의 사생아에서 비롯되었다는 전설이 있는 이 외눈박이 거인은 손에 든 나무 몽둥이로 좌우를 빗질하듯 휩쓸었다.

그 여파에 다수의 수비대원이 뒤로 나뒹굴었다.

"지원은 아직 멀었나."

"플레임 랜스!"

한 수비대원이 절망적인 말을 하는 순간에 맞춰 지원으로 온 마법사가 기막히게 마법을 날려 사이클롭스의 가슴을 명중시켰다. 마법의 충격에 사이클롭스는 크게 주춤거렸다. 하지만 치명적인 부상은 입지 않은 것 같았다.

"오오!"

지원의 도착에 힘겨운 싸움을 하던 수비대원들은 한시름을 덜 수 있었다.

마물의 수는 단 둘뿐이었지만 둘 다 보통 놈들이 아니라는 게 문제였다. 이에 지원으로 도착한 30여 명의 지휘관은 둘을 따로 분리하고 하나씩 상대하는 쪽을 선택했다.

"1분대는 경계 병력과 합류해 사이클롭스를 견제한다. 2분대, 3분대는 나와 케르베로스를 맡는다. 로이드, 마법으로 우선 사이클롭스부터 잡도록 해."

"알겠습니다."

알고 보니 1개 소대를 이끄는 소대장이었던 지휘관은 명민하게 부하들을 통솔해 두 마물을 상대해 나갔다.

"생각보다 대처가 좋은데. 하긴 아득히 먼 시간 전부터 이런 싸움을 반복적으로 해왔을 테니 이런 대처가 가능한 것이겠지."

몰래 뒤따라와 싸움을 구경하던 이델은 그리 중얼거렸다.

이곳까지 온 것은 그동안 부족하다 여긴 실전을 하기 위함이었다. 비록 감시가 풀렸다고는 하나 평의회의 허가 없이는 외부로 나가는 게 철저히 금지되어 있기에 부득이 이런 기회를 노릴 수밖에 없었다.

"놈의 간격으로 들어가지 마."

"제길."

사이클롭스를 상대하는 인원들은 간격을 유지하려 혼신을 다했다. 이 와중에 로이드라 이름 불린 인간 마법사가 마법을 준비하고 있었다.

"콜드 프리징!"

빙한계 마법이 사이클롭스를 덮친다. 발아래서부터 만들어진 얼음이 점점 세력을 펼치며 사이클롭스의 하반신을 구속했다.

"좋아, 지금이다."

기다렸다는 듯이 사이클롭스 등 뒤에서 몇 명이 달려들어 등짝을 난도질한다.

"우어어어!"

사이클롭스는 고통을 느끼며 두 팔을 허우적댔다. 그러나 하반신이 구속된 지금 등 뒤에서 공격하는 이들을 막지 못했다.

“저쪽은 도울 필요도 없겠군.”

사이클롭스 쪽을 보던 이델은 케르베로스와 싸우는 수비대 쪽을 보았다.

화르르륵.

“우왓!”

하마터면 화염에 휩쓸릴 뻔했던 이가 다급히 옷에 붙은 불씨를 털어내고자 했다. 그런 그를 향해 운디네를 소환한 정령사가 물을 뒤집어씌워 주었다.

머리를 하나 잃었다고는 하나 케르베로스의 기세는 자못 강하였다. 덕분에 이쪽은 현상 유지만 하는 처지였다.

“사이클롭스 쪽이 정리되기를 기다리는 모양이군. 하지만 그럴 필요는 없지.”

자신이 나설 때를 안 이델은 허리에 찬 검을 뽑아 들었다. 그리고 등지고 있던 나무에서 나와 케르베로스가 있는 곳으로 차근히 걸어갔다.

“후우.”

화염을 연신 뿜어내는 케르베로스를 보며 이델은 나직이 숨이 골라 쉬었다. 그러는 그의 걸음은 차츰 차츰 빨라져 갔다.

탓.

순간 가속한 이델의 몸이 눈 깜짝할 사이에 케르베로스의 앞까지 가 있었다.

“엇?”

“누구야.”

　케르베로스와 대치하던 이들이 깜짝 놀라며 내는 말소리가 뒤에서 들렸지만 이델은 일절 그것을 무시하며 케르베로스 앞에서 공중으로 도약했다. 순간 몸이 붕 떠오르고 눈 아래에 케르베로스의 등짝이 보였다.

　이 순간을 이델은 놓치지 않았다.

　"핫!"

　기합과 함께 힘껏 뻗은 검이 정확히 척추가 자리한 등 중심부를 찌르고 들어간다. 여기서 이델은 한순간 생명력을 오러로 끌어내어 검에 집중시켰다.

　푸확!

　오러가 검 끝에 집약되면서 상처 부위가 마치 화산이 폭발하듯 크게 터져갔다. 이 직후에 이델은 무사히 케르베로스 뒤에 안착했다.

　'나쁘지 않아.'

　순간적으로 판단해 내지른 일격치고는 상당히 좋은 결과다. 이델은 천천히 쓰러지는 케르베로스의 거체를 지켜보았다. 좀 전의 일격이 척추를 끊고 심장까지 박살 낸 것이다.

　"이제 남은 건……."

　이왕 이렇게 된 거 사이클롭스까지 마저 끝내려 한다. 이델은 기세를 몰아 사이클롭스가 있는 쪽으로 달렸다.

　마침 사이클롭스는 자신의 하체를 붙잡고 있던 얼음을 깨고 광폭하게 날뛰고 있던 참이었다.

　"간다."

이번에는 마력을 끌어내 본다. 손발 양 끝 쪽에 각각 모여 있던 마력이 한점에 모이는 게 느껴진다. 이델은 그 마력을 활성화하며 주문을 외웠다.

"창공을 가르는 바람의 칼날이여, 가라."

이델이 완성한 주문은 바람의 칼날을 만들어내는 마법이었다. 공격 마법으로는 비교적 초급에 속하지만 현재로썬 이 정도도 겨우 완성할 수 있는 수준이다.

쇄액!

날아간 바람의 칼날은 부메랑처럼 회전하더니 정확히 사이클롭스의 목덜미에 적중했다. 마력이 모자라 위력은 크게 낼 수 없지만 정교한 마력 컨트롤로 가장 취약한 약점을 노린 것이다.

"쿠어!"

목덜미가 시큰거리는 통증을 느낀 사이클롭스는 한 손으로 목 뒤를 붙잡았다. 그 모습을 본 이델은 지체없이 간격 안으로 뛰어들었다.

이델의 접근에 놀란 사이클롭스는 지체 없이 한 팔로 나무 몽둥이를 휘둘렀다. 그렇지만 이런 읽기 쉬운 공격에 농락당할 이델이 아니었다.

가볍게 몸을 틀어서 공격을 피한 이델은 단번에 위로 껑충 뛰어올랐다. 제자리 점프였지만 오러의 힘을 빌린 신체 능력으로 단숨에 7m까지 뛰어오른 그는 좌에서 우로 검을 크게 가로지른 후 다시 땅에 착지했다.

"크아아아!"

"이크!"

하나뿐인 눈알이 검에 베여 앞을 못 보게 된 사이클롭스는 길길이 날뛰었다. 쿵쾅거리는 사이클롭스의 발을 피해 이델은 뒤로 빠져나왔다.

"눈은 완전히 보냈고, 이제 남은 건 발꿈치 쪽인가."

사이클롭스 같은 대형 마물이나 오우거 같은 놈들이라면 용사 시절 물릴 정도로 상대해 봤다. 때문에 약점 또한 잘 알고 있어 이델은 침착하게 다음 대응을 하였다.

스팟!

검이 연달아 휘둘러지고 발꿈치 뒤의 살이 크게 베어졌다. 그러자 사이클롭스의 육중한 몸을 다리가 감당하지 못하였고 결국 바닥에 크게 넘어지게 되었다.

넘어진 사이클롭스의 심장을 단번에 찌르는 것으로 전투는 끝이 났다.

"후, 나쁘지 않은 싸움이었다."

두 마리의 마물을 상대하는 데 걸린 시간은 1분을 약간 넘은 것 같다. 뭐 기대치보다 높다고는 할 수 없지만 그래도 이 정도면 용사 수련 초창기 때의 자신과 수준이 얼추 비슷해진 것이다.

이델은 여유 있는 자세로 검을 거둔 후 주변을 돌아보았다. 다들 자신을 보며 멍을 때리고 있었다.

"이런."

오랜만에 흥이 나서 좀 세게 날뛴 게 실수였던 것 같다.

놀람과 경악으로 자신을 보는 시선을 느낀 이델은 멋쩍어하며 뒷머리를 긁을 따름이었다.

*　　　*　　　*

이델이 활약했다는 소문은 매우 발 빠르게 시온 전체에 퍼져 나갔다. 안 그래도 이델의 능력에 주목하고 있던 수비대나 이노센트 라이트에서 특히 더 소문에 민감하게 반응하였다. 사실 이델의 경력이 매우 불투명했기에 스카웃 제안을 하지 않았던 그들은 더 이상 이델의 전력을 그대로 놔둘 수 없다고 판단하고 서로 사람을 보내게 된다.

"안녕하십니까, 이델 님. 전 수비대의 인사 참모인 모리슨이라고 합니다."

멋들어진 정장을 차려입은 소인족 인사의 방문에 이델은 잠시 당황하였다.

"절 찾다니 무슨 일이십니까."

"이번에 이델 님께서 마물을 토벌하는 데 큰 역할을 하셨다고 들었습니다. 해서 이번 기회에 우리 수비대의 기동 타격대에 들어와 주셨으면 좋겠습니다."

"하, 이것참."

이델은 곤란한 듯 표정을 내비쳤다.

지금 이 소인족이 말한 기동 타격대가 뭔지는 알고 있다. 약

10만에 달하는 시온 수비대 병력 중에서도 최정예가 속하는 집단으로, 수비적인 부분에 치우친 수비대 내에서 유일하게 공격적인 임무를 수행하는 조직이다. 그런 만큼 정예로만 인원은 편성하는데 그중에는 오러 유저가 두 명이 있고 대마법사도 두 사람이나 있다고 들었다.

일단 저기에 속한다면 지금 받고 있는 대접의 몇 배에 달하는 대접을 받으며 지낼 수 있을 것이다. 그러나 그것은 이델이 원하는 바가 아니다.

"죄송하지만 조건을 거절하겠습니다. 전 이노센트 라이트에 들어가고자 합니다."

"하아, 그렇습니까."

이델의 대답에 소인족은 한숨 어린 말을 내뱉었다. 그는 더 이상 강요는 하지 않았다. 어디까지나 이쪽의 결정을 존중한다는 제스처였다.

덕분에 쉽게 제안을 거절할 수 있었던 이델은 바로 다음 날에 이노센트 라이트의 인사를 만나게 된다. 그런데 그쪽에서 온 인물은 예사 인물이 아니었다.

"안녕하신가. 난 군터 바이슨이라고 하네."

"당신이?"

사람이 오리라는 것은 예상하고 있었지만 이건 전혀 뜻밖이다. 설마 이노센트 라이트의 총대장인 군터 바이슨이 직접 자신을 찾아올 줄이야. 은연중에 느껴져 오는 기백은 분명 오러 유저의 것이라 부정하고 싶어도 그럴 수가 없다.

"놀랍군요. 설마 당신이 직접 날 찾아올 것이라고는 생각하지 못했습니다."

"후훗, 그런가."

군터를 손님으로 맞은 이델은 찬장에서 술잔과 술병을 꺼냈다. 본래 술을 즐기는 편은 아니지만 상대가 상대이니 고이 모셔둔 술을 꺼낸 것이다.

"이건… 드워프가 만든 맥주군."

"그렇습니다."

"용케도 이 귀한 것을 얻어냈군. 제조량이 얼마 안 되어 드워프들도 아껴먹는 것인데 말이야."

"얼마 전에 드워프들을 도울 일이 있어서 한 병 얻을 수 있었죠."

드워프들이 사는 구역에 검을 구하러 갔다가 우연찮게 일에 말려든 결과로 받은 맥주를 대접한 이델은 군터를 빤히 보았다.

과연 이노센트 라이트의 총대장이라고 해야 하나, 좌중을 사로잡을 수 있을 분위기가 군터에게서 느껴진다.

이때, 군터가 말했다.

"긴 이야기는 별로 좋아하지 않으니 단도직입적으로 말하지. 난 자네의 재능을 우리 이노센트 라이트에서 쓰고 싶네."

"흐음."

꽤나 직설적인 말에 이델은 흥미를 살짝 드러내려다 억눌렀다. 초반부터 무작정 저쪽의 생각에 끌려가 줄 생각은 없었기 때문이다.

잠시 생각하다 이델은 말하였다.

"저야 그 제안이 나쁘지 않습니다. 허나 괜찮겠습니까? 저의 출신 자체가 불투명한데 말입니다."

"확실히 그대라는 존재가 수수께끼라는 점을 조직 내에서 껄끄럽게 생각하는 이가 있는 것은 사실이오. 그러나 그렇다고 해서 귀한 인재를 써먹지 않을 수 없는 게 우리의 형편이오."

"그 정도로 힘듭니까?"

"내 입으로 말하기엔 뭐하지만 현재 우리의 저항 활동은 꽤 난관에 부딪치고 있네."

이 뒤로 군터는 이노센트 라이트가 지난 시간 어떻게 활동했는지 이야기해 주었다.

이노센트 라이트는 약 40년 전에 처음 발족되었다.

그동안 숨죽이며 살아야만 했던 빛의 종족과 인간족의 처지에서는, 재기의 발판을 가진다든지 복수를 한다는 것은 꿈에도 생각하지 못했다. 그러면서 조금씩 침체되는 삶에 눌려 그저 무기력하게 하루하루를 살아갈 뿐이었다.

이런 현실에서 지금의 상황을 벗어나야만 종말을 막을 수 있다고 나선 이가 있었다. 그는 바로 초대 이노센트 라이트 총대장인 인간족의 알렉산더였다.

이 알렉산더라는 남자는 일개 병사였지만 꾸준한 노력 끝에 마침내 백 년 가깝게 인간족에서는 나오지 않았던 오러 유저가 된 남자였다. 그의 열정은 곧 주변에 전파되었고 그와 뜻을 함께하는 이들이 생겼다.

"마왕과 현재 마족이라 불리는 어둠의 종족을 타파하고 세상을 구한다. 사실 이런 거창한 명분은 초대 때는 없었다네. 그저 이곳을 조금이라도 마음 편히 살 수 있는 곳으로 만들겠다는 뜻으로 시작했었지."

"……."

"알렉산더 님의 의지는 그 후 40년을 이어져 왔네. 비록 알렉산더 님이 싸우다 전사하고 초대의 멤버들 역시 시간이 흐름에 따라 스러져 갔어도 말이네. 그리고 그들의 희생으로 우리는 몇 가지 새로운 희망을 얻을 수 있었지."

이야기를 하는 군터의 표정과 말투 모두 평온하기만 하다. 하지만 이델은 이야기에 담긴 무거움을 느끼며 진지하게 경청했다.

"무엇보다 우리가 활동하는 것만으로도 이곳 사람들이 희망을 버리지 않을 수 있다는 게 우리를 계속 존속시키는 가장 큰 원동력이 되지."

"그렇군요."

"이런 까닭에 우리는 언제 끝날지 모르는 싸움을 계속해야만 한다네. 또 그래서 언제나 실력 있는 이들을 필요로 하고 있지."

"……."

여기까지 들었는데 더 무슨 할 말이 있을까. 이노센트 라이

트가 마지막 남은 희망의 불빛이라 하는데 더는 망설일 이유
가 없다.

이델은 군터를 똑바로 보며 입을 열었다.

"사실은… 처음부터 이노센트 라이트에 입단하고 싶었습니
다. 그렇지만 당신들의 진정한 목적이 뭔지 알고 싶어 일부러
입을 다물고 있었죠."

"그 이야긴 내 말이 자네에게 확신을 주었단 뜻인가."

"예. 전 이노센트 라이트에 입단하고 싶습니다. 그래서 앞
으로 잘못된 모든 것을 되돌려 놓고자 합니다."

이델의 강한 의지가 담긴 말에 군터는 잠깐 이델의 눈빛을
보았다. 서로의 눈빛이 마주친다.

"훗."

군터는 가볍게 웃는다. 그리고 씨익 미소를 짓는다.

"지금까지 여러 이들을 만나봤지만 자네처럼 포부가 큰 친
구는 처음이네."

"전 반드시 지킬 말이 아니면 함부로 꺼내지 않습니다."

"하하."

이델의 이어진 말에 군터가 이내 호탕하게 웃었다. 그리고
는 아직 반 가까이 남아 있던 맥주잔을 들었다.

"자네의 입단을 축하하네."

"네."

이델 또한 맥주잔을 들었다. 곧 두 사람의 잔이 서로 부딪치
고 각자의 입으로 향하였다.

          *   *   *

 다음 날.

 이델은 약간 취기를 느끼며 이노센트 라이트의 본부로 걸어가고 있었다.

 아직 어제의 일이 실감 나지 않지만 드디어 목표를 향한 첫 단추를 무사히 끼운 사실에 이델은 은근 기분이 좋았다. 그리고 또 한편으로 앞으로의 계획도 생각하였다.

 '우선은 임무들을 수행하면서 현재 마왕과 그 전력을 파악해 간다. 그리고 그 망할 오크 마법사가 가져간 성검의 행방도 찾아내야 돼.'

 다른 무구들은 그 힘이 다해 무용지물이 되어 상관없지만 성검만은 다르다.

 이델이 사용한 성검은 당시의 드워프들과 각 신의 대신관들이 혼신의 힘을 다해 만든 물건이다. 대마법사들이 각종 마법까지 부여했기에 일개 검 정도가 아닌 전술 병기급 무기가 될 수 있었다.

 비록 깃든 힘은 자신을 천 년이나 지키기 위해 소진되었다고는 하나 지금 현실에서 똑같은 수준의 성검을 만들지 못한다는 것을 알게 된 이상 검을 꼭 회수해야만 한다.

 '힘을 모두 되찾는다 하더라도 성검 정도의 무기가 없으면 마왕을 이기긴 힘드니깐.'

계획의 궁극은 역시 마왕 토벌이다. 실행 여부는 현재로썬 매우 불투명하지만 말이다.

"다 왔군."

이런저런 생각을 하다 보니 어느 사이엔가 이노센트 라이트의 본부 앞까지 도착할 수 있었다. 이델은 건물을 좌우로 한 번 훑어본 후에 건물 안으로 들어갔다.

"분명 안내인이 있을 거라고 했는데."

"거기, 자네가 이델 카스트로가 맞나?"

불현듯 들린 목소리에 이델은 고개를 돌렸다. 바라본 방향에는 불타는 듯 새빨간 붉은 머리를 가진 젊은 인간 남성이 있었다.

"당신은?"

"아아. 오늘 자네가 뒤쫓아 다녀야 할 안내자가 바로 나다. 편하게 애쉬라고 불러라."

처음부터 반말을 하는 애쉬를 보며 이델은 안면 근육을 실룩였다.

'천 년의 시간은 논외로 치고 겉만 봐도 나랑 나이가 비슷해 보이는데 처음부터 반말을 해? 어이가 없군.'

그렇다고 여기서 내색을 하긴 그렇다. 어쨌든 저자가 이노센트 라이트에는 먼저 들어왔으니 말이다.

"이쪽으로 와."

애쉬의 말에 내키지 않아 하면서도 이델은 뒤를 따라갔다.

"여기에 정복이 있어. 보통은 내부 활동 때나 입기 때문에 잘 입지는 않지만 그래도 챙겨두라고."

"그러지."

뚱한 목소리로 대꾸한 이델은 사이즈가 맞는 제복을 찾았다.

비록 수수한 디자인이지만 편한 신축성에 옷감도 좋아 이델은 이 옷을 꽤나 마음 들어 했다.

한번 옷을 갈아입어 보는데 애쉬가 돌연 질문을 해왔다.

"듣자 하니 오러 유저에 마법사라며?"

"…그래."

"헤! 굉장하네. 외부에서 왔는데 어떻게 그런 힘을 얻은 거야?"

"……."

이런 질문은 질릴 정도로 받아온 터라 이델은 그냥 무시해 버렸다. 그러자 질문을 한 애쉬는 슬쩍 뻘쭘해했다.

곧 제복으로 갈아입은 이델은 밖으로 나왔다. 다음으로 향한 곳은 군터의 집무실이었다.

똑똑.

"들어오게."

안에서 중후한 군터의 목소리가 들렸다. 곧 애쉬가 문을 열었고 먼저 이델이 안으로 들어갔다.

"오, 어서 오게."

책상 앞에 앉아 서류를 보고 있던 군터가 자리에서 일어났다. 한 차례 악수를 나누고 두 사람은 손님 접대용 소파에 앉왔다.

"제복이 잘 맞는 것 같군."

"말씀 감사합니다."

가벼운 말 한두 마디를 건넨 뒤 군터는 바로 이델의 처우에 대한 말을 꺼냈다.

"우리 이노센트 라이트는 어디까지나 능력만으로 대장을 뽑지 않네. 적진이나 다름없는 바깥세상에서 무사히 임무를 달성할 수 있는 뛰어난 판단력과 리더로서의 자질을 우선시하네."

그 말에 이델은 조금도 이견이 없었다.

"또한 아직 자네의 출신 성분을 미심쩍어 하는 이들이 조직 내에 있다네."

"뭐, 그렇겠죠."

여기에 대해서는 불만을 가지려야 가질 수도 없는 노릇이다. 어차피 말단도 각오했던 바이기에 외부 활동만 할 수 있다면 어떤 역할이든 할 것이었다.

"하지만 난 자네의 능력을 가벼이 취급하고 싶지가 않네. 해서 일단은 타 대장 밑에서 가벼운 임무 몇 가지를 수행하게 할 생각이네."

"나쁘지 않은 생각이신 것 같습니다. 사실 저도 처음부터 무리한 역할을 맡는 게 부담이라고 생각했었습니다."

"그런가. 어쨌든 내 뜻을 이해해 줘서 고맙네."

"아닙니다."

겸양을 보이며 이델은 대답했다. 이에 군터는 앉은 자리에서 일어났다.

그 모습을 본 이델도 덩달아 자리에서 일어났다.

"잠깐 나와 같이 가겠나."

"그러죠."

군터의 말에 이델은 순순히 답했다.

이후 군터를 이델은 한참을 걸었다. 그렇게 걸어 도착한 곳은 건물 뒤에 마련된 연무장이었다.

"여기에는 왜?"

"아직 난 자네의 실력을 타인의 입을 통해서만 들어 알고 있네. 이노센트 라이트를 이끄는 자로서 부하의 실력이 어느 정도인지 검증해 볼 필요가 있기에 자네를 여기로 이끈 것이네."

"하하, 그런 것이었습니까?"

뜻밖의 일을 경험하게 되었지만 이델은 오히려 반가워했다. 사실 그도 군터의 실력이 어느 정도인지 알고 싶었던 참이었다.

"기꺼이 받아들이죠."

이리되어 이델과 군터는 바로 이 자리서 검을 겨누게 되었다.

안전을 위한 보호구와 날을 완전히 무디게 한 연습용 검을 든 두 사람은 약 삼십 보를 간격으로 두고 서로를 마주 보았다.

"자네의 검술 기대하겠네."

“너무 기대하시는 거 아닙니까. 이러니 괜히 부담이 되는군
요.”

“그런가.”

군터의 되물음에 이델은 씩 웃었다.

사실 말은 이렇게 했지만 속내는 달랐다.

‘용사로서, 또 검사로서 자존심이 있지.’

전체적인 능력치로는 지금의 자신이 군터보다 훨씬 떨어진
다는 것을 알고 있다. 하지만 그렇다고 해서 미리 안 된다고
생각할 이유는 없다.

일단 한번 부딪쳐 보자는 마음가짐으로 이델은 자세를 갖추
면서 옆으로 걸음을 옮겼다.

신중히 움직이는 이델을 쫓아 군터는 몸을 조금씩 이동시켰
다.

‘틈이 안 보이는군.’

오러 유저로서 각각 자신의 몸을 중심으로 일정 영역에 감
각권을 구축할 수 있는 이델은 상대의 감각권이 상당히 넓다
는 것을 알 수 있었다.

‘쉽지 않겠어.’

이 순간, 무수한 시뮬레이션이 이델의 머릿속에서 펼쳐졌
다.

어디서부터 어떻게 공격을 시작하면 다음은 어떤 식으로 공
방이 이뤄지는지 수십 개의 시뮬레이션이 찰나의 시간 동안에
만들어지고 또 지워졌다.

검사지만 마법사이기도 한 이델은 우수한 사고 능력을 발판으로 이렇게 사전에 상대와의 싸움에서 먼저 우위를 가지는 방법을 가지고 있었다.

일순 이델의 눈빛이 반짝인다. 이는 그의 머릿속에서 이뤄지던 시뮬레이션이 종료되었음을 알리는 신호였다.

탓!

이델은 한순간 가속해 군터의 감각권 내로 뛰어들었다. 이에 맞춰 군터는 위에서 아래로 검을 내리질렀다.

"음?"

정면에서 오던 이델이 순간 사라졌다. 이때, 군터의 감각이 경고를 해왔다.

카앙!

갑자기 우측에서 검이 튀어나왔음에도 군터는 한 치도 물러섬 없이 공격을 받아냈다.

비스듬하게 상체를 낮게 숙이고 들어와 허점을 찌른 공격이 실패했음에도 이델은 아랑곳하지 않고 검을 연속으로 뿌렸다.

창! 창!

경쾌한 소리가 연무장 사방으로 울려 퍼진다.

"하앗!"

기합과 함께 이델은 더욱 검술의 속도를 높였다. 순간 흐릿하게 검의 잔영이 만들어지고 이델의 검은 군터를 압박하였다. 그러나 군터는 눈을 믿지 않고 자신의 감각에만 의존해 검의 잔영 사이에 숨은 검의 실체를 정확히 파악해 냈다.

"큭!"

강렬한 충격과 함께 검이 되돌아온다. 이델은 뒤로 몇 걸음 물러나면서 자세를 바로잡았다. 손목에서 얼얼한 느낌이 전해져 왔다.

'크, 예상했던 바지만 보통 실력이 아니군.'

게다가 검술 또한 낯설다. 천 년이라는 세월이 흘렀으니 당연히 무수한 검술이 새로 생겼을 것이다. 처음 접하는 군터의 검술도 부담이었다.

'그렇지만 예측은 크게 빗나가지 않았다.'

머릿속에 그린 시뮬레이션대로 움직인다면 한 번쯤은 찬스가 생길 것도 같다. 이리 생각하고 이델은 다시 군터에게 달려들었다.

그 뒤로 수십 합의 검격이 오고 갔다. 나름 이델은 최선을 다해 검을 휘둘렀다. 애초에 이 정도 공방은 예상했던 바였다.

이델은 최대한 집중하며 자신이 예측한 패턴대로 검을 휘둘러 군터를 유도해 갔다.

쉬익!

바람을 가르는 소리와 함께 군터의 검이 왼쪽 귀 옆 가까이로 지나간다. 바로 이 순간, 이델은 그토록 기다리던 때를 잡았다고 판단했다.

이델의 검은 검을 따라 뻗은 군터의 오른팔을 노리고 날아들었다. 물론 군터는 그런 공격을 읽고 재빨리 팔을 빼냈다.

'그게 내가 노리던 바였다!'

이델은 스텝을 바꾸고 검의 궤적을 급격히 틀었다.

"이런."

연이은 공격이 있으리라고는 간파 못한 군터는 순간 아차 싶었다. 피하고자 했지만 대응이 약간 늦고 말아버렸다.

"하아, 하아. 어떻습니까, 지금 공격."

"…좋은 공격이었네."

살짝 베인 옷깃을 내려다본 군터는 그리 말했다. 그 말에 이델은 거칠어진 숨소리를 고르고 재차 말했다.

"그럼 이번에는 좀 더 강하게 가겠습니다."

"좋네."

이델은 군터의 대답을 듣고는 미소 지었다. 그리고는 곧바로 표정을 진지하게 바꾸며 자세를 잡았다.

"하아앗."

이델은 나지막하게 소리를 내며 체내의 오러를 최대한 활성화했다.

현재 상태에서 끌어낼 수 있는 오러는 전성기의 10% 정도이다. 군터가 전력으로 오러를 발한다면 승산은 전혀 없겠지만 이델이 봤을 때 그가 그럴 가능성은 현저히 적었다. 어디까지나 이 검투는 이쪽의 실력 평가를 위해서 하는 것이니 말이다.

"가랏!"

이델은 검을 아래로 하고 땅을 힘껏 그었다. 그러자 하늘빛의 오러가 참격이 되어 군터에게로 날아갔다.

"오러를 끌어낸 건가. 그렇다면……!"

군터도 지체 없이 오러를 끌어내어 발에 그것을 집중시켰다. 그리고 강하게 땅을 차는 것으로 오러의 파동이 주변으로 퍼지게 했다.

콰콰가각!

날아간 오러의 참격은 대지를 따라 퍼져 나간 오러의 파동과 충돌했다. 거기서 진격이 멈춘 오러의 참격은 빛의 파편이 되어 흐트러졌다.

“음?”

공격을 막은 군터는 이델이 서 있던 장소를 보곤 미간을 좁혔다. 분명 방금까지 있던 이델의 모습이 거기에 없던 것이다.

군터는 순간 시야를 넓혀 이델을 찾고자 했다. 하지만 어디서도 그의 모습은 보이지 않았다.

군터는 본능적으로 감각을 집중하였다. 그리고 오른쪽으로 맹렬히 검을 휘둘렀다.

차앙!

허공을 갈랐어야 할 터인 검이 중간에 가로막힌다. 그리고 모습을 감췄던 이델이 서서히 드러났다.

“마법인가.”

“그렇습니다.”

군터의 검에서 전해지는 중압감을 견디며 이델은 말했다.

좀 전, 이델은 오러의 참격으로 잠깐 동안 군터의 주의를 분산시키고 투명화 주문으로 자신의 모습을 감췄다. 그리고 지척까지 접근해 허를 찌르려 했다.

'역시 기척까지 완전히 없애야 하는데 지금으로써는 그게 불가능하니 결국 걸려 버리는군.'

이델은 속으로 이리 생각하며 자신의 검을 찍어 누르는 군터의 검을 힘껏 떨쳐냈다.

군터는 검을 비스듬히 내린 상태에서 말했다.

"내 잊고 있었군. 자네가 마법도 쓸 줄 안다는 사실을 말이야."

"어디까지 실력 평가이니 가진 능력을 모두 꺼내 보여야 하지 않겠습니까."

군터의 말에 너스레 떨듯 대꾸하긴 했지만 이델은 사실 쓰린 속을 달래고 있었다.

'검사로서만 싸워서 인정받고 싶었는데. 역시 아직 무리구나.'

기왕 이렇게 된 거 용사 이델의 전투법을 한번 제대로 보여줄까. 이델은 속으로 그리 생각해 보았다. 만약 그렇게 한다면 지금의 상태라도 군터를 상대로 제법 싸울 수 있을 것이었다.

'아냐. 지금은 자중하자.'

잠시 딴생각을 품었던 이델은 곧바로 생각을 바꿨다.

감정에 따라 힘을 과시하는 것은 별로 좋지 않다, 라는 가르침을 검술 스승이 해준 적이 있다. 여기 이 자리는 자신의 실력을 검증받는 자리이지 목숨을 걸고 싸우는 전장이 아니다.

"후우."

고조된 마음을 풀고 이델은 말을 하였다.

"계속하시겠습니까?"

"아니. 이 정도면 충분한 것 같네."

군터는 웃으면서 대답했다.

두 사람은 검을 내린 상태에서 서로에게 다가갔다. 그리고 손을 내밀어 악수를 하였다.

"모처럼 즐거운 대련이었네."

"한 수 잘 배웠습니다."

"앞으로도 더 정진해서 우리의 큰 힘이 되어주게."

"예."

군터의 말에 이델은 힘을 주어 대답했다.

이로써 이델은 명실상부한 이노센트 라이트의 일원으로 거듭날 수 있게 된다.

*　　*　　*

곤드로와 대륙 중앙은 본디 인간들이 세운 여러 국가가 자리했었다. 수천 년에 걸쳐 쌓아올린 문명을 통해 나름 살기 좋은 도시들을 세워 나가며 건실히 번영했던 그들 국가의 모습은 이제 잔재로만 남겨져 있다.

현재 인간들이 살던 터전에는 마족이라 불리게 된 어둠의 종족들이 산다. 이들은 300여 년의 시간을 걸쳐 비록 아직 어설프긴 하지만 그들 고유의 문화를 대입해 도시를 세워 나갔다.

그중 최초로 지어졌고 현대에 이르러서는 가장 규모가 큰 도시가 바로 다르나로스이다. 명실공이 마왕이 세운 통일 암흑 제국의 제 1도시라 할 수 있으며 800만에 달하는 신민이 있는 곳이기도 하다.

"호오."

퇴색함을 전혀 찾아볼 수 없는 수려한 형태의 검을 들고 있는 다크 스피리트 남성은 검신을 손으로 어루만지며 관심을 보인다.

그런 그의 등 뒤에는 화려한 수가 놓인 자색 로브를 두른 이가 있었다.

"확인해 본 결과, 총 14가지의 마법이 검에 각인되어 있고 그 마법들은 소유자의 마력을 최소로 소모시켜 발동되는 것을 확인했습니다. 성능만 놓고 본다면 1급 마법기 수준에 약간 못 미친다고 보시면 됩니다."

"과연 그럴까?"

"예?"

상관의 알 수 없는 자문에 자색의 로브를 걸친 이는 의아해했다. 그러자 검신을 만지던 다크 스피리트 남성은 쓱 뒤를 돌아보았다.

잘생긴 중년의 외모를 한 그는 날카롭게 벼린 칼과도 같은 인상을 가지고 있었다.

그의 이름은 라스타 벨크로다.

한때 마왕의 심복으로 세계 정복에 앞장섰던 그는 다크 스피리트 일족 중에서도 가장 강력한 정령사이자 대마법사로, 마왕 직속 여섯 특수 부대 중 하나인 키마이라 마법 병단을 이 끄는 병단장이 된 인물이다.

그런 그가 지금 손에 쥔 검은 바로 전대 마왕이 썼던 마왕성 폐허에서 발굴해 낸 이델의 성검이었다.

"이 검은 단순히 마법 술식만 새겨져 있지 않다."

"그게 무슨 말씀이십니까, 라스타 님."

부하가 의문을 제시하자 라스타는 날카로운 눈매를 드러내며 재차 말했다.

"마법 자체는 부가적인 능력에 지나지 않을 뿐, 이 검의 진정한 힘은 다른 것에서 비롯된다는 말이다. 알아듣겠나, 카루나."

"죄, 죄송합니다."

질책 어린 말에 카루나라고 이름 불린 이는 황급히 사죄의 말을 하였다.

그러면서 쓰고 있던 후드가 벗겨졌는데 거기서 여성 트롤의 얼굴이 드러나게 되었다.

위로 솟은 송곳니와 유난히 긴 팔다리 때문에 조금 무섭게 보이긴 해도 그나마 남자 트롤보다는 유하게 생긴 여성 트롤 카루나는 라스타의 직계 제자 중 한 명이었다.

제자의 무지에 잠시 불편함을 보였던 라스타는 혀를 한 번 찬 후 입을 뗐다.

"이 검은 성검이다."

"성검 말입니까."

놀란 듯 눈을 크게 뜨며 카루나는 재차 되물었다.

"그래, 그렇다."

"그럴 리가 없습니다. 저희가 조사했을 때는 아무런 기운도 발생하지 않는 것으로 결과가 나왔습니다."

"그랬을 테지. 내가 보았을 땐 어떤 경유로 검에 깃들어 있어야 할 방대한 신성력이 사라진 것으로 추산된다."

"그럴 수가."

"이걸 보낸 게 누구라고 그랬지?"

"베르돔이라고 합니다."

"흠, 모르는 이름이군."

사실 베르돔은 키마이라 마법 병단에서도 말단 중에 말단이었다. 그랬기에 라스타는 그의 이름을 전혀 기억 못했다. 또 몰라도 상관없는 일이었다. 현재 그가 궁금한 것은 따로 있었기 때문이다.

"너희가 올린 보고서에 따르면 검과 함께 한 인간이 꺼내졌다고 하던데."

"아, 예. 보고에 따르면 한 젊은 인간 남자가 검과 함께 지하 깊은 곳에서 꺼내졌다고 합니다."

"그자는 어떻게 되었지."

"실은 그게……."

여기서 카루나는 말을 망설였다. 그 모습에 라스타는 실눈을 취했다. 그러자 갑자기 가만히 있던 카루나가 숨을 헐떡대기 시작했다.

"난 말을 기다리는 것을 싫어한다."

"죄, 죄송… 합니다."

카루나가 절박한 얼굴로 사죄를 하자 그제야 라스타는 보이지 않는 주박의 마법을 풀어주었다.

잠시 고통에 괴로워한 후에 카루나는 겨우 말을 이어할 수 있었다.

"그자는 베르돔이 직접 호송하여 이곳으로 데려오기로 했었는데 중간에 자신들을 이노센트 라이트라 지칭하는 노에 집단의 습격을 받아 베르돔을 비롯해 호송 인원이 거의 전멸해 버렸습니다."

"그래서?"

"해서 크달을 보내 그들을 쫓게 했지만 소기의 목적은 달성하지 못했습니다."

카루나의 말에 라스타는 눈살을 찌푸렸다.

"그래서 그의 소재를 모른다는 건가."

"예, 예!"

"쯧."

마뜩찮은 답변에 라스타는 다시금 혀를 찼다. 그 모습에 카루나는 황급히 다시 말문을 열었다.

"하지만 아주 방법이 없는 것은 아닙니다. 그자의 용모를 아는 자가 아직 있습니다."

"그래?"

"예."

아주 찾을 방법이 없지는 않다는 말에 라스타는 잠시 생각하는 모습을 보였다. 무슨 생각을 하는지는 알 수가 없었다. 그리고는 한참 만에 입을 열었다.

"잘 들어라. 이번 일에 대한 것은 절대 외부로 흘러 나가서는 안 된다."

"예, 알겠습니다."

"그리고 크달에게 전달해라. 계속해서 남자의 행방을 쫓으라고."

라스타의 지령에 카루나는 조심스레 반문을 하였다.

"그는 이노센트 라이트와 함께 사라졌습니다. 알다시피 놈들은……."

"알고 있다."

약간은 불쾌하다는 듯이 라스타는 카루나의 말을 잘라 버렸다. 이에 카루나는 송구하다는 표정을 지은 후에 고개를 숙여 보였다.

그 모습을 쳐다보기도 싫다는 듯이 고개를 돌린 라스타는 등 뒤의 카루나에게 재차 말했다.

"아마 내 짐작이 틀리지 않다고 한다면 그자는 머지않아 세상에 모습을 드러낼 것이다. 그때가 되면 놈을 반드시 잡아들여라. 반드시 산 채로 말이다."

"그리 지시하겠습니다."

카루나는 그리 대답하고는 방을 나섰다.

　혼자가 된 라스타는 손에 든 성검을 눈으로 훑어내듯 바라보았다. 그러면서 나지막하게 말을 내뱉었다.
　"이 검의 주인을 얼른 만나보고 싶군, 후후훗."

6장
첫 임무

시온에 이델이 도착해 지낸 지도 꼬박 두 달이 흘렀다.

이제 갓 이노센트 라이트의 정식 대원이 된 이델은 한동안 이노센트 라이트에 대한 전반전인 지식을 습득하고 그들의 전술을 배우는 데 주력했다.

"오러 유저 다섯과 대마법사가 둘인가."

이델은 자신이 알아낸 이노센트 라이트 능력자의 수를 혼잣말로 중얼거렸다. 이 정도 숫자라면 과거 어지간한 인간 국가의 전력과 비슷하다. 하지만 이 수준으론 턱없이 부족하다.

'이 전력으로만 마왕과 마왕군을 상대한다는 것은 사실상 불가능하다고 봐야 한다.'

그래도 이노센트 라이트가 추구하는 마왕과 마왕이 결집시킨 세력을 지속적으로 약화시키는 공작을 하기엔 충분한 전력이다.

"그나저나 난 언제쯤이면 임무에 포함될까."

약 천 명 정도로 구성된 이노센트 라이트에는 부대의 역할에 따라 다르긴 하지만 대체로 30~80명 사이의 소규모 부대가 여럿 있다.

아직 이델은 어느 부대에도 배속되지 않은 상태로 대기 중이다.

"뭐 지금은 조급하게 생각할 때가 아니지."

한가로운 지금이야말로 착실히 마력을 쌓고 오러를 회복할 절호의 때이다. 앞으로 어떤 적과 마주칠지 모르니 미리미리 힘을 쌓아두는 것도 중요하다.

그러나 그렇게 기껏 마음먹은 일을 할 수 없게 되어버렸다. 바로 그토록 기다렸던 첫 임무를 받게 된 것이다.

"앞으로 자네가 임시로 배속될 부대의 대장이네."

"……"

"여어, 잘 부탁해."

하필이면 이 남자의 부대라니. 이델은 전에 한 번 만난 적이 있는 애쉬를 보며 속으로 남몰래 한숨을 내쉬었다. 하지만 그것도 잠시였다. 상대가 마뜩찮다고 거절할 입장이 아니고 또 어쨌거나 함께 싸울 동료인 만큼 처음 대면 때 가졌던 껄끄러움을 오래 가질 순 없었다.

"잘 부탁합니다."

마음을 억누르고 이델이 손을 내밀자 애쉬는 한쪽 입가를 말며 손을 마주잡았다.

그 모습을 본 군터는 각지를 낀 상태에서 말을 하였다.

"그럼 부디 무사히 돌아오게."

"네."

"예."

어떤 임무를 맡게 되었는지는 아직 알지 못한 상태에서 이델은 애쉬와 함께 본부 건물을 나섰다.

"임무를 맡아 밖으로 나가는 것은 처음이지?"

"그렇죠, 애쉬 대장님."

애쉬에게 존댓말을 쓴다는 게 쉽진 않았지만 상대의 직분을 생각해 이델은 애써 존칭까지 써가며 정중히 말했다.

이에 애쉬는 파안대소를 하며 말했다.

"그런 존칭이나 존댓말은 필요 없어. 난 그런 딱딱함을 별로 좋아하지 않거든. 그러니 편한 대로 말 놔."

"아, 그래?"

애쉬의 말이 끝나기 무섭게 이델은 편하게 말을 놔버렸다.

"좋아. 그럼 먼저 필요한 물품부터 수령하러 가지."

"물품?"

이델은 애쉬의 말을 이해하지 못했다. 제일 처음 가게 된 곳은 이노센트 라이트 전용 창고였다.

"우리 부대의 특성상 마족의 마을에 침투해야 할 일이 많아. 그렇기 때문에 거기에 맞춘, 거기에 맞는 복장과 물품을 준비해야 되지."

"그럼 이번 임무는 침투에 관한 임무인 건가."

"눈치가 빠른데. 자, 이걸 받아."

애쉬가 건넨 것은 무척이나 추레한 낡은 옷들이었다.

"이것은……."

"지금 말고 임무를 수행할 때 입도록 해."

얼떨결에 옷을 받은 이델은 다음으로 두 가지의 물품을 더 받았다.

"이 신호탄들은 적과의 불가피한 전투 시 여러 신호를 알릴 수 있는 물건이야."

"이것에 관한 거라면 이미 숙지해 두고 있어."

"그럼 더 설명하지 않아도 되겠네. 그리고 이것은 마족에게 붙잡혔을 때 사용하는 거야."

"자결용 독약이라는 건가."

검은 환단을 받아 든 이델이 묻자 애쉬는 미미하게 고개를 끄덕였다. 정보가 새어 나가지 않도록 스스로 목숨을 끊으라고 준 독약을 이델은 복잡한 눈빛으로 쳐다보았다.

이윽고 필요한 물품까지 받아 든 이델은 애쉬의 부대원들이 있는 곳에 도착했다.

애쉬가 이끄는 부대의 인원은 총 서른두 명이었다.

특이하게도 이 부대는 두 명의 엘프와 세 명의 수인족, 그리고 한 명의 소인족을 뺀다면 나머지는 전부 인간족이었다.

"당분간 우리와 함께 행동하게 될 이델 카스트로다."

“만나서 반갑소.”

이델의 말에 일부만 반응을 보일 뿐, 나머지는 시큰둥, 내지는 무관심한 태도를 보였다. 뭐 처음부터 환대를 받을 거라곤 생각 안 했지만 그래도 이런 식의 반응이 나올 줄은 몰랐던 이델은 약간 당황하였다.

그 모습에 애쉬는 겸연쩍어하며 말했다.

“이해하라고. 내 부하 놈들은 대부분 외부에서 온 각성자거든.”

“외부에서 왔다고?”

“그래. 너처럼 구출되어 이곳에 온 친구들이지. 워낙에 험한 인생을 산 탓에 다들 감정 표현이 서툴러. 그러니 네가 이해해 줘.”

“어, 응.”

각성자인가. 이델은 자신이 만나본 각성자들을 떠올려 보았다.

현재까지 봐온 각성자들은 거의 대부분이 저런 식의 모습을 보였었다. 지옥과도 같은 삶을 살아온 이들이니 어떻게 보면 저렇게 변한 게 당연할지도 모른다.

이델은 살짝 측은하게 인간 각성자들을 보았다.

“자, 그럼 출발한다.”

애쉬의 말에 대기하던 부대원들이 모두 몸을 일으켰다.

부대가 향한 곳은 결계와의 경계 지역이었다. 이델은 당연히 결계를 지나 이동할 것이라 생각하였다. 하지만 애쉬가 한 거목 아래로 일원을 이끄는 것을 보고 자신의 생각이 틀렸다는 것을 알게 되었다.

"이곳은?"

"들어올 때는 추격자를 생각해 그대로 숲을 가로질러 오지만 나갈 때는 그럴 필요가 없지."

애쉬는 그리 말하며 아래로 뚫린 동굴 입구를 자랑스레 보여주었다. 이런 외부로 빠져나가는 비밀 통로가 있다면 이동은 무척 수월할 것이었다.

필시 드워프들이 만들었을 비밀 통로는 상당히 깊숙한 땅속까지 들어가야만 도착할 수 있었다. 상당히 경사가 심한 흙 계단을 내려와 지하 통로를 본 이델은 절로 혀를 차지 않을 수 없었다.

"무슨 비밀 통로를 이리 거창하게 만들었담."

"드워프의 고집이 반영된 결과지."

"하긴."

옹고집과도 같은 드워프의 고집은 인간들도 잘 아는 바이다. 그나저나 거인도 지나갈 만한 높은 천정에 곳곳에 뚫린 바람구멍, 그리고 매끈하게 닦인 바닥까지. 이 정도면 옛 드워프의 왕국이 자랑하던 지하 가도와 버금갈 정도다.

또한, 곳곳마다 빛을 발하는 라이트 스톤을 부착해 쉴 휴식처까지 준비해 둬 며칠이나 땅속으로만 다녀야 하는 고된 행군을 좀 더 편하게 할 수 있었다.

얼마나 걷고 또 걸었을까. 드디어 통로의 끝이 드러났다.

“하하, 드디어.”

기쁜 마음으로 위로 올라갔다. 그런데 위에 도달하고 보니 커다란 바위가 출구를 막고 있었다.

철컹.

선두에 있던 애쉬가 쇠사슬 끝에 달린 고리를 잡아당기자 바위가 옆으로 밀리기 시작했다.

“호오.”

마법적인 장치를 한다면 마법에 의해 들킬 가능성이 크니 드워프식 기계 장치로 출입구를 조작하도록 한 모양이다. 그것에 이델이 감탄하는 사이, 바위는 완전히 옆으로 치워졌다.

“딱 시간이 맞았군.”

바깥에 나와 보니 세상은 약간 구름 낀 수준의 명암이었다. 지금은 인간 기준으로 낮의 시간이었던 것이다. 아마도 마물과 마족이 잘 활동하지 않는 지금 시간을 노려 나올 수 있게끔 여정을 잡아놨던 모양이다. 밖으로 마지막 한 명이 나오자 열린 입구가 다시 닫혔다.

‘여기는.’

보아하니 팔로스는 완전히 벗어난 것 같다. 하지만 지하로만 이동해서 그런지 정확히 어느 방향으로 나왔는지는 가늠이 되지 않는다.

“이동한다.”

애쉬는 목적지를 알리지 않고 이동을 지시했다.

임무가 어떤 지역에서 이뤄지는지 알려주지 않는 것은 아마도 기밀을 유지하기 위함일 것이다.

이동은 전에 그랬던 것처럼 철저히 눈에 띄지 않는 지형을 따라 이뤄졌다. 꽤 빡빡한 여정이라 자고 먹는 시간도 부족했다. 그래도 어느 정도 오러의 힘을 되찾은 이델은 다른 자들보다 팔팔하게 이 여행을 할 수 있었다. 그리고 한동안의 고생 끝에 드디어 목적지를 눈에 두게 되었다.

"저곳이 이번 임무의 장소다."

애쉬는 산마루에서 보이는 한 도시를 가리켰다. 그의 옆에서 이델은 함께 도시를 내려다보았다.

마족의 도시에서 과연 어떤 임무를 하게 될까. 사뭇 기대가 되는 바였다.

*　　*　　*

이델 일행이 임무를 수행하기 위해 들어가야 할 도시는 쉬미르드라는 도시로 곤드로와 대륙의 서부와 남부를 잇는, 과거 인간과 드워프가 합작해 만든 육로의 중간에 자리한 중계 도시이다.

그런 까닭에 유동 인구가 많고 또 소식과 물자가 수시로 오고간다.

"우리의 임무는 간단하다. 내부의 협력자와 접촉해 그로부터 새로운 정보들을 전달받는 것. 그것을 수행하면 된다."

애쉬는 임무에 대해 알려주었다.

저 도시에는 수만에 달하는 마족도 살고 있지만 노예로서 살고 있는 종족도 다수 있다. 그들 중에는 사고가 어느 정도 깨어 있는 각성자가 있고 그중에 이노센트 라이트에 협력하는 이들이 있다.

그들은 위험을 무릅쓰고 마족 사이의 정보를 수집해 이노센트 라이트에게 전달하는 임무를 맡고 있는데 이번에 애쉬의 부대가 그들에게서 정보를 받아오게 된 것이다.

"도시에 잠입하는 것은 나와 이델, 커스트, 론이 한다. 다마, 너는 먼저 도시로 들어가 상황을 알리도록."

"예, 대장."

부대에서 유일한 소인족인 다마는 결의 어린 표정을 보인 뒤 쏜살같이 도시 쪽으로 달렸다. 비록 작은 몸이지만 뛰는 속도만큼은 어지간한 인간보다 빠른 소인족답게 그의 모습은 금방 시야에서 사라져 버렸다.

"그럼 아루엘, 자네가 나머지를 통제해 여기서 대기하도록."

"네."

뛰어난 정령사이자 궁수인 아루엘은 이 부대의 부대장이었다.

곧 선별된 4인은 옷을 갈아입었다. 덜렁 허름한 옷을 입고 그 안에 단검 한 자루만 품을 수가 있었다.

"이델은 이번이 처음이니 이 이야기를 잘 듣도록 해. 지금부터 우리가 가야 할 곳은 마족이 득실거리는 도시다. 그런 만큼 행동을 최대한 조심해야 돼."

"알았어."

"마족과는 눈이 마주치지 않게 고개를 들지 않도록 하고 우
리 뒤만 무조건 따라붙도록 해."

"으음."

지금으로써는 하나부터 열까지 애쉬의 말을 따라야만 한다.
첫 임무에서 자기로 인해 불의의 일이 생겨선 안 된다는 중압
감이 이델의 어깨를 묵직하게 눌렀다.

"자, 가보자고."

애쉬를 필두로 4인은 도시 근처로 조심스럽게 이동했다. 도
시 입구까지 가게 된 이들은 눈에 띄지 않는 곳에 몸을 숨겼
다.

이델은 눈으로 잠시 도시를 살펴보았다. 그리곤 한 가지 의
문을 가졌다.

"저기 말이야."

"응, 왜?"

이델이 말을 걸어오자 입구 쪽을 보던 애쉬가 고개를 돌린
다.

"저 도시 말이야. 어째서 성벽을 세워둔 거지? 지금 마족에
게는 불필요하지 않나."

애초에 도시나 마을에 안전한 방벽을 세워놓는 것은 자신들
의 재산과 목숨을 노리는 마물이나 어둠의 종족, 혹은 타국의
침공을 막기 위해서다. 그런데 세계를 통일한 데다가 위협의

요소인 당사자들이 이제 그 안에 사는데 왜 성벽을 필요로 했는지 이해가 잘 안 갔다.

"글쎄. 나도 그런 것은 생각 못 해봤는데. 그냥 도시를 짓다 보니 타성적으로 방벽도 같이 지어버린 거겠지."

"이유가 그것뿐?"

"뭐 그리고 노예 종족의 탈출을 막는다거나 탈출해 야생 상태가 된 노예 종족이 공격하는 것을 막으려는 목적도 있겠지. 사실 놈들 속을 내가 어떻게 알겠어."

"그렇긴 하지."

궁금증을 완전히 해소한 것은 아니지만 그래도 더 생각할 문제는 아니었기에 이델은 이에 관한 생각은 그만 접고 임무에만 집중하고자 정신을 다잡았다.

"나온다."

애쉬의 말에 이델을 포함한 다른 2인도 낮게 몸을 숙이고 도시 입구 쪽을 보았다. 그곳에서는 한 무리의 노예 집단이 걸어 나오고 있었다.

그들은 도시 인근의 농장으로 향하는 노예였다.

"준비해."

애쉬의 말에 모두 고개를 끄덕인다. 저 노예들 속에 무사히 섞여 들어가기 위해 우선 노예를 감시하는 감시자들의 눈을 피해야 했다.

쉭! 쉭!

혓바닥을 빠르게 날름거리며 걸음을 옮기는 리자드맨이 노예들을 노란 눈동자로 감시한다. 쉽게 접근이 어려울 것 같았다. 하지만 다행히도 저쪽이 먼저 이델 일행이 숨은 방향으로 다가와 주었다.

최대한 기척을 숨기고 기다렸다. 이들이 기다리는 장소는 바로 노예들이 걸어가는 길옆의 수풀 안이었다.

드디어 노예 집단이 바로 옆을 지나갔다. 이에 애쉬가 먼저 재빠르게 대열 안으로 파고들었다. 그리고 곧 다른 두 명도 같은 길을 향하였다.

'좋아, 그럼 나도.'

감시의 시선이 다른 곳에 미친다는 사실을 확인한 후 이델도 최대한 소리 없이 노예 사이로 들어갔다. 다행히 누구도 눈치챈 자가 없는 듯했다.

'휴.'

마음속으로 나지막하게 한숨을 쉰 이델은 바로 좌우를 보았다.

"……."

"……."

각각 30대, 40대로 보이는 추레한 외모의 인간 남성들은 방금 전에 갑자기 뛰어들어 온 이델을 보고도 별로 놀라지 않는 모습을 보였다. 아니, 그보단 무신경하게 그냥 지나쳤다고 봐야 옳을 것이었다.

이미 예전에 각성자가 아닌 인간들이 어떻게 변모했는지 눈으로 직접 보았던 이델이지만 그래도 짐승처럼 구는 동족을 가까이서 다시 보니 참담한 마음이 들었다.

"뭣들 하나. 꾸물꾸물 대지 말고 어서 움직여."

선두에 선 리자드맨이 채찍을 휘두르며 노예들에게 소리친다.

이노센트 라이트에 입단한 뒤부터 틈틈이 마족어를 공부한 이델이지만 단기간 만에 성취를 거둔다는 게 쉽지 않아 저 말 대부분을 알아듣지 못했다.

그 바람에 이델은 다들 빨리 걷는데 혼자 늦게 걸어 결국 뒤의 사람과 부딪치고 말았다.

그제야 사태 파악을 한 이델은 걸음을 빠르게 옮겼다. 그리고 마음속으로 생각했다.

'쩝! 다음에는 통역 마법이라도 걸린 마법 도구를 만들어서 나와야겠어.'

마력은 아직 미진한 수준이지만 그래도 마법의 지식은 고스란히 머릿속에 있다. 그중에는 마법을 장신구 같은 것에다가 걸 수 있는 부여 마법 계통에 대한 지식도 포함되어 있었다. 재료를 구할 수 있고 마력만 좀 더 모은다면 어찌어찌 원하는 마법 도구를 만들 수 있을 것이었다.

어쨌든 지금은 알아들을 수 없으니 눈치껏 행동해야 할 것 같다. 이델은 조금씩 떨어진 다른 동료의 모습을 눈으로 확인한 뒤 사전에 모의했던 대로 노예로서의 모습을 흉내 내며 걸음을 떼었다.

　　　　　*　　　　　*　　　　　*

　"자! 어서 일해라!"

　방대한 땅을 갈아엎고 씨앗을 뿌리는 일 자체는 과거 이델이 알고 있던 농사법과 똑같았다. 다만 그때와 다른 게 있다면 노예로서 혹사당하는 인간과 그들을 감시하는 리자드맨, 코볼트들이 눈을 부라리며 있다는 것뿐이다.

　퍽! 퍽!

　쟁기를 들고 이델도 다른 노예들처럼 땅을 팠다. 그러면서 곁눈질로 수시로 주변 동태를 살폈다.

　조금만 움직임이 느려질라치면 어김없이 채찍이 노예들의 등에 내리쳐진다. 그때마다 참혹할 정도로 고통스러워하는 노예의 모습을 볼 수 있었다.

　'크윽!'

　보는 것만으로 심장의 피가 거꾸로 솟는 것 같다. 지금 만약 인내심을 최대한으로 끌어내지 않았다면, 그리고 임무를 우선시하지 않았다면 당장이라도 여기 있는 마족을 전부 쳐죽이고 노예가 된 이들을 구했을 거다.

　분한 기분을 억지로 누르며 이델은 신경질적으로 쟁기를 땅에 꽂았다.

　이런 노동은 10시간 이상 계속되었다. 중간에 감자 두 알로 겨우 배를 달랠 수 있었다. 이러한 호된 노동은 어느 정도 오러로 몸을 지탱할 수 있는 이델조차 지치게끔 만들었다.

‘여기의 사람들은 이게 일상이겠지.’

제대로 먹지도 못하면서 묵묵히 일을 하는 사람들의 모습은 절로 마음을 숙연하게 했다. 이윽고 길고 긴 작업 시간이 끝나고 노예들은 다시 한곳에 모여 왔던 길을 돌아가게 되었다.

도시 입구를 지나 도시 외곽에 마련된 허름한 창고처럼 보이는 곳으로 노예들은 인솔되었다.

“들어가라, 이 버러지들아.”

윽박지르는 말에 노예들은 줄줄이 건물 안으로 들었다.

“윽!”

건물 안에 막 들어간 이델은 순간 감당할 수 없는 악취에 코를 막아야 했다.

여러 개의 작은 통로가 있고 그 양옆으로 칸칸이 쌓아올린 나무 판이 있다. 좁디좁은 창으로는 제대로 공기도 들어오지 않는 데다가 바닥에는 더러운 배설물이 즐비했다.

‘이건 마치… 가축 사육장과 같지 않은가.’

생각 이상으로 참혹한 환경에 이델은 할 말을 잃었다. 이때, 그의 어깨를 툭 치는 손이 있었다. 손의 주인은 애쉬였다. 감시의 시선이 없어지자 모두 이델이 있는 쪽으로 온 것이다.

애쉬는 놀란 눈으로 건물 안을 보던 이델을 향해 말을 건넸다.

“이런 것은 처음 보나? 그러면 눈으로 잘 익혀두도록 해. 지금도 세상에는 이토록 고통받는 동포가 수도 없이 많다는 것을.”

"으음. 그래, 그래야지."

애쉬의 말에 이델은 고개를 끄덕이며 말했다. 그리곤 다짐
했다. 언제고 반드시 이들을 이런 환경에서 벗어나게끔 해주
겠다는 다짐이었다.

"다들 무사히 온 모양이네."

높은 곳에서 들린 목소리에 이델과 다른 이들은 고개를 위
로 들었다.

"다마."

"오느라 고생 많았어. 살펴본 결과 딱히 이상은 없었어."

먼저 잠입해 온 다마가 전달한 보고에 애쉬는 만족스레 미
소를 띠었다.

"오셨군요."

힘없는 남성의 목소리가 들린다. 새하얀 백발처럼 보이는
은발을 가진 마른 체구의 남성이 말한 것이었다.

"그대가 협력자인가."

"그렇습니다."

"반갑네. 난 이노센트 라이트의 대장 중 한 명인 애쉬라고
하네."

"전 그냥 올이라고 불러주십시오."

5세대에게서 태어난 올은 간단한 의사소통 정도나 할 줄 아
는 부모에게서 제대로 이름조차 지어 받지 못했다. 그랬기에
자신의 이름은 자신이 직접 지어야 했다. 각성자인 그는 자신
이 각성자라는 사실을 숨기고 30여 년을 살아왔다. 그런 와중

에 이노센트 라이트의 첩보 대원을 만나게 되었고 그 뒤 정보 원으로서 일을 하게 되었다.

"여기 제가 1년 가까이 모은 정보들입니다."

올은 조심스럽게 옷 안에서 몇 장의 종이를 꺼내 보였다.

정보원이 되고부터는 스스로 각성자라는 사실을 밝히고 좀 더 마족에게 가까이 간 올은 은밀히 마족 사이에서 정보를 캐 내왔다. 그 성과가 바로 저 종이에 적혀 있는 것이다.

"수고했네."

"아닙니다. 마땅히 해야 할 일을 했을 뿐입니다."

애쉬는 조심스럽게 종이를 품 안에 갈무리했다. 이걸로 임 무 목표는 달성한 셈이었다.

이때, 올이 말을 하였다.

"그런데 전 언제쯤이면 그곳에 갈 수 있습니까?"

"음? 그게 무슨 말인가."

"전 더 이상 이곳에서의 생활을 견딜 수 없습니다. 그러니 저를 데려가 주십시오."

올의 말에 애쉬는 난감함을 드러냈다.

"자네 마음을 이해 못하는 바가 아니네. 하지만 지금 이곳에 서 자네가 구해주는 정보들은 우리에게 아주 유용하게 쓰이고 있어. 그런 만큼 자네가 여기에 좀 더 남아줘서 이 일을 해냈 으면 한다."

"…당신들은 편한 대로 생각하는군요."

들릴 듯 말듯한 올의 말은 애쉬에게 잘 전해지지 않았다.

찌릿.

'뭐지, 이 기척들은.'

뒤에서 두 사람의 대화를 듣던 이델은 순간 바깥에서 수상한 기척들을 감지했다.

이때였다. 갑자기 문이 거세게 열렸다.

콰앙!

"모두 꼼짝 마라!"

갑자기 고함을 지르며 안으로 들어온 자들은 무장한 리자드맨과 코볼트들이었다.

"설마?"

애쉬는 놀란 눈으로 올을 쳐다보았다.

시선을 받은 올은 음침한 눈빛으로 말을 하였다.

"당신들은 언제나 날 써먹기만 할 뿐이다. 이런 구질구질한 곳에 놔둔 채로 말이지. 해서 난 이곳에서 벗어날 수 있는 가장 쉬운 방법을 찾은 것뿐이야."

"올, 너……."

믿었던 협력자의 배신은 애쉬에게 적잖은 충격을 심어주었다.

한편, 이델은 입구를 가로막은 마족을 보며 쓴 표정을 지으며 혼잣말을 하였다.

"첫 임무부터 이렇게 꼬이다니."

쉬운 임무라 생각했던 일이 단번에 최악의 일이 되어버렸다.

"모두 포박해라!"

　대장으로 보이는 리자드맨이 소리치자 주변에 있던 마족 병
사들이 움직였다. 보통의 노예들은 겁을 잔뜩 집어먹고 구석
으로 숨었다.

　"이렇게 되면 탈출하는 수밖에 없다."

　이델은 그리 말하곤 단검을 꺼내 들었다.

　그런 이델을 향해 리자드맨 하나가 달려들었다. 시미터라
불리는 검이 날아오는 것을 피하고 이델은 곧장 단검으로 목
을 노렸다.

　텅!

　"방패인가."

　왼손에 든 방패로 목을 보호한 리자드맨은 이델을 방패로
강타하려 했다. 그러나 이델은 뒤로 몸을 날린 후였다.

　채앵!

　"어떻게든 탈출한다. 다마, 먼저 가서 상황을 알려."

　"네."

　애쉬의 말에 몸을 숨기고 있던 다마가 빠르게 움직였다.

　"잡아."

　다마를 잡기 위해 마족 병사들은 손을 아래로 뻗었다. 하지
만 다리 사이로 요리조리 피해 달려가는 소인족을 잡는다는
것은 불가능한 일이었다.

　"타핫!"

　아까의 공격이 실패한 후로 이델은 적극적으로 공격에 임했다.

　이델은 손에 쥔 단검을 현란하게 움직여 우선 상대의 눈을

현혹시켰다. 그리고는 내질러지는 상대의 팔목 안을 한 번 그어버리고 그 뒤로 상대의 동선을 따라 몸을 움직이며 노릴 수 있는 부위를 연달아 찔렀다. 그러자 리자드맨은 비명을 지르며 자세를 풀었고 그 틈을 노려 정확히 목을 그을 수 있었다.

"후우."

한 마리의 리자드맨을 쓰러뜨리고 나이프를 역수로 잡은 이델은 속으로 생각하였다.

'나이프 파이팅은 나하고는 잘 안 맞지만 그래도 조금 배워두길 잘했던 것 같네.'

함께 마왕과 싸웠던 동료 중에는 암살자 출신도 있었다. 그는 다양한 암기를 활용해 변칙적인 공격을 하는 게 특기였는데 그 기술 중에는 지금과 같은 나이프 파이팅도 있었다.

이델이 이렇게 한 마리를 쓰러뜨리는 사이, 다른 셋도 벌써 다섯 마리나 쓰러뜨렸다.

'나도 뒤질 수는 없지.'

이델은 속으로 투지를 드러내며 쓰러진 리자드맨의 시미터를 들었다. 원래 쓰던 검보다 좀 더 무게가 나갔지만 한 팔로 들 정도는 되었다.

입구를 막은 놈의 수는 약 스물 정도 되었다.

'예상보다 적군. 아마도 이쪽이 무장이 빈약하고 수도 적다고 얕본 것이겠지.'

그렇다면 그 얕본 것을 후회하게 해주지. 이델은 속으로 가벼이 웃고는 애쉬와 일행에게 말을 전달했다.

"내가 돌파구를 열 테니 모두들 내 뒤를 바싹 따라와."

"네가? 그래, 알았다."

애쉬는 고개를 끄덕이며 대답했다.

앞을 보며 이델은 온몸을 고양시켰다. 그러자 전신에서 활력이 샘솟기 시작했다.

"자, 간다."

말을 하는 것과 동시에 이델의 몸이 섬전같이 마족 병사들에게 향하였다.

"막, 막아랏!"

갑작스런 돌격에 놀란 리자드맨 대장이 부하들에게 호령을 내린다. 이에 마족 병사들은 창과 칼로 이델을 막고지 했다.

"소용없다!"

이미 벌써 적들 가운데로 파고들어 간 이델은 사방으로 시미터를 휘둘렀다. 파공음과 함께 핏물이 여기저기서 뿜어져 나왔다.

"카아!"

"흥."

방패를 앞세워 달려드는 리자드맨을 보고 콧방귀를 뀐 이델은 그대로 사선으로 검을 휘둘렀다. 이때, 시미터에서는 옅은 하늘빛을 볼 수 있었다.

오러와 함께한 참격은 그대로 강철이 된 라운드 실드를 반으로 쪼개고 덤으로 그 사용자를 베어냈다.

생각지도 못한 강자의 등장에 기껏 함정을 파고 기다렸던 마족 병사들은 그렇게 일방적으로 살육당했다.

＊　　＊　　＊

타다닥.

한 마리의 코볼트가 부리나케 도망친다. 그 모습을 본 이델은 그동안 한 번도 쓰지 않은 마법을 사용했다.

"매직 미사일!"

가장 기초 중의 기초에 해당되는 공격 마법인 매직 미사일이 빠르게 날아가 코볼트의 뒤통수를 강타한다. 어느 정도 마력을 더 담아 날린 것이라 코볼트의 머리통이 통째로 박살 나는 것을 볼 수 있었다. 일단 매복한 놈들은 모두 해치우고 증원군을 부르러 가지 못하게 했으니 조금이지만 시간을 번 셈이다.

"수고했어, 이델."

"천만에."

애쉬는 이델에게 고마움을 표시한 다음 안쪽에 있는 울을 보았다.

울은 의외로 담담한 모습으로 그 자리에 그대로 있었다. 그런 그를 보며 애쉬는 물었다.

"왜 우리를 배신한 거지?"

"…아까 말한 대로 난 더 이상 이런 삶을 살기 싫소. 그래서 마족과 거래한 것이오."

"그런가."

"구태여 변명은 하지 않겠소. 배반자인 나를 처단하고 싶으면 어서 그리 하시오."

울의 태도에 애쉬는 잠시간 침묵하였다.

대장인 애쉬가 결정해야 될 문제이다. 이리 생각한 이델은 그의 판단에 모든 것을 맡기기로 했다.

이윽고 애쉬는 울에게 한 걸음씩 걸어갔다. 그러면서 말을 꺼냈다.

"마지막 할 말은 있나."

"딱히 그런 게 있겠소. 다만 고통 없이 보내주시오. 그동안 당신들을 위해 수고한 보상으로 그 정도 청원을 해도 되지 않겠소."

"…그리하지."

애쉬는 말한 직후에 단검을 들고 그대로 울의 품으로 뛰어들었다.

"커억!"

가슴 정중앙에 단검이 꽂인 울은 입에서 피를 토해냈다. 그리고는 서서히 바닥에 쓰러져 갔다. 바닥에 주저앉는 울의 모습을 보는 애쉬의 표정은 무척이나 어두워 보였다.

이때, 아직 숨이 끊어지지 않은 울이 피가 나오는 입을 움직이며 나지막하게 말을 하였다.

"차라리 이따위 생각 같은 것을 하지 못했다면… 그래서 다른 자들처럼 짐승같이 아무 생각 없이 살았다면 괴로워하지…
않고 살 수 있었을까?"

"……"

"하, 하하……."

자조적인 웃음을 끝으로 울은 마침내 숨을 거두고 말았다.

죽음을 맞은 울의 모습을 보는 이델의 심정은 복잡하기만
했다. 그러나 그런 기분에 사로잡힐 여유는 없었다. 이쪽으로
한 무리의 군대가 오고 있는 게 확인됐기 때문이었다.

"어서 가자."

"…그래, 그래야지."

애쉬는 울의 시선에서 좀처럼 떨어지지 않는 시선을 떼고
입구 밖으로 나왔다.

벌써 도시의 경비 부대는 꽤 가까운 곳까지 와 있었다.

"생각보다 대처가 빠른 놈들이군."

"성문 쪽으로 가려면 저들을 뚫고서 가야 돼. 이델, 할 수 있
겠어?"

"할 수 있어, 라고 대답하고 싶지만 저들 전부를 뚫으려면
시간이 걸릴 거야. 적 증원이 오기 전에 빠져나갈 수 있을지
없을지는 장담 못해."

이델의 대답에 애쉬는 잠시 생각을 했다. 그 생각하는 시간
은 겨우 몇 초에 불과했다.

"그렇다면 방법을 바꾸자. 여기 샛길로 빠져나가서 우회해
성문 쪽으로 가자."

그 말에 모두 고개를 끄덕였다.

곧 네 사내는 옆쪽의 샛길로 들어가 전속력으로 뛰었다. 다행히 지금은 마족의 취침 시간이라 돌아다니는 마족은 찾아볼 수가 없었다.

"우측으로."

선두에서 달리는 애쉬는 성문의 방향을 가늠하며 갈림길에서 바로바로 이동 방향을 지시했다. 지금으로써는 대장으로의 애쉬가 가진 역량을 믿고 따라갈 수밖에 없었기에 이델은 군말 없이 그 지시에 따라 움직였다.

"오, 저기 보인다."

언덕길 하나를 오르니 성문이 보이기 시작했다. 이대로 쭉 내려간다면 될 일이었다.

쉬이잉!

"이런, 모두 피해!"

갑자기 들린 소리에 이델이 모두에게 경고를 하였다. 그 순간 커다란 섬광이 주변을 집어삼켰다. 그리고 큰 폭발이 일어났는데 그 충격파에 이델은 저만치 날아가 벽에 부딪쳤다.

"크윽."

등에서 느껴지는 강한 통증에 신음을 흘리며 이델은 쓰러졌다가 반쯤 몸을 일으켰다. 순간적으로 오러를 전개해 몸을 보호했으니 망정이지 하마터면 크게 다칠 뻔했다.

"이런 미친."

주변에 민가가 즐비한데 주저 없이 공격 마법을 쓰다니. 무식할 정도로 과격한 마족의 대응에 이델은 치가 떨렸다.

"크윽."

바로 근처에서 신음이 들린다. 고개를 돌리니 벽에 부딪쳐 쓰러져 있는 애쉬가 보였다.

"애쉬 대장."

이델은 서둘러 애쉬의 상태를 살폈다. 몸 여기저기 상처가 있었고 정신도 약간 흐릿하다는 것을 알 수 있었다.

'다른 두 사람은?'

이델은 급히 커스트와 론을 찾았다. 그 두 사람은 각각 좀 떨어진 곳에 쓰러져 있었는데 미동도 느껴지지 않았다. 아무래도 죽은 것 같았다.

"제길."

졸지에 두 명의 동료를 잃은 이델은 분한 마음을 억누르지 못했다. 그러면서 한편으로는 주변에서 느껴지는 마력의 파동을 쫓았다.

"거기냐!"

이델은 매직 미사일 주문을 한 민가의 지붕 쪽으로 쏜살같이 날렸다. 그러자 투명한 광막 같은 것에 빛의 탄환이 막히는 것을 볼 수 있었다.

"쉭! 쉭! 인간, 마법사였나."

모습을 드러낸 것은 감색 로브를 걸친 리자드맨이었다.

놈은 푸른 수정이 박힌 지팡이를 들고 이델을 내려다보았다.

“하긴 그래 봤자 내 손바닥 안에 있을 뿐이지. 인간의 저급한 마법이 얼마나 내 마법을 상대할 수 있을지 한번 실험해 볼까.”

“마력 파동?”

이델은 리자드맨 마법사의 말을 알아듣지는 못했지만 놈이 하려는 행위를 마력 패턴을 통해 눈치챘다.

“바람의 가호여 나를 수호하라. 에어 쉴드.”

이델은 다급히 쓸 수 있는 방어의 주문을 썼다. 마력에 의해 응집된 바람이 전방에 모이기 시작할 쯤에 상대의 마법이 펼쳐졌다.

“파이어 볼.”

순식간에 사람 머리통만 한 화염구가 만들어져 전방에서 날아왔다.

콰콱!

화염구는 응집된 바람과 부딪쳐 중간에서 폭발했다. 이때, 폭발하며 퍼져 나간 화염은 바람의 흐름에 따라 이델과 애쉬가 있는 곳을 뺀 사방으로 흘러 나갔다.

‘미리 마력 패턴을 예측해 대비하는 마법을 전개한 게 다행이었다.’

다른 방어의 마법도 있지만 이델이 구태여 바람의 방어 마법을 쓴 것은 바로 이런 효과를 노려서이다.

“쉬이이익!”

자신의 마법이 보기 좋게 깨지자 리자드맨 마법사는 꽤나

분했는지 헛바닥으로 소리를 내었다. 그 모습을 본 이델은 이 상황을 타개할 방법을 머릿속으로 찾았다.

'여기서 시간을 끌면 다른 놈들까지 달라붙는다. 최선은 저 리자드맨 마법사를 최대한 신속히 처리하고 애쉬를 데리고 탈출하는 것이다.'

그리 생각을 마치고 행동하려는데 리자드맨 마법사가 선공을 취해왔다.

"죽어랏, 인간!"

다수의 섬광을 발사하는 마법을 날렸는데 까다롭게도 유도 기능이 붙어 있는 마법인지라 피한다고 회피가 가능하지가 않았다.

"그렇다면!"

피할 수 없다면 정면에서 부딪친다. 이델은 이런 각오로 들고 있는 시미터에 오러를 전개한 뒤 접근해 오는 섬광들을 일일이 받아 쳐냈다.

오러에 부딪친 섬광들은 그대로 빛의 파편으로 흩뿌려졌다. 이에 리자드맨 마법사는 경악을 금치 못했다. 그런 상대를 안중에도 두지 않고 이델은 그대로 땅을 박차 위로 뛰어 올랐다.

단 한 번의 도약으로 지붕까지 도달한 이델은 한순간의 망설임도 없이 검을 휘둘렀다.

"커억."

단 한 번의 검격에 리자드맨 마법사는 외마디 비명과 함께 지붕 아래로 추락하였다. 그 모습에 이델은 속으로 안도의 한숨을 내쉬었다.

'간당간당할 거라 생각했는데.'

지금까지 회복된 생명력으로 짜낸 오러로는 솔직히 한 번에 지붕까지 도약하는 일이 쉽지가 않다. 그래서 다소 위험을 감수하고 행동했던 것인데 아슬아슬하게 성공한 것이다.

"어쨌거나 이제 빠져나가야……."

말을 잇던 이델은 멀지 않은 길에서 보이는 횃불들의 행렬에 눈을 찡그렸다.

"벌써 주변을 포위하기 시작했나."

이러면 탈출이 점점 더 어려워지게 된다는 것을 잘 아는 이델은 서둘러 애쉬를 챙겨 달아나기 위해 지붕에서 지상으로 다시금 뛰어내렸다.

"정신을 차려 봐."

"으, 으으."

이델이 부축하며 말을 걸어보았지만 애쉬는 신음만 흘릴 뿐 정신을 차리지 못하였다. 이래 가지고는 함께 탈출하기가 어려웠다.

"할 수 없지."

아깝지만 그간 모아온 신성력을 써야 할 것 같다. 이델은 아낌없이 신성력을 쏟아내어 회복 마법을 펼쳤다.

우우웅.

손에서 빛이 뿜어지면서 고루 애쉬의 몸을 감쌌다. 몸의 상

처뿐만 아니라 정신까지도 치유하는 신성 마법을 고루 쓴 이
델은 얼마 되지도 않는 신성력이 금방 사그라지는 것을 느낄
수 있었다.

"으, 으음."

회복 마법의 효과 덕일까. 드디어 애쉬가 정신을 차리기 시
작했다.

"정신이 완전히 들 때까지 마냥 이러고 있을 순 없지."

일단은 장소를 옮겨야 하기에 이델은 정신을 서서히 차리는
애쉬를 어깨에 걸치고 아까 보았던 횃불 행렬이 없던 길로 접
어들었다.

*　　　*　　　*

"제길."

구석진 골목에 몸을 숨긴 이델은 저 먼 발치에서 들리는 무
리 지어 뛰는 소리에 눈을 찡그렸다. 이미 도시 전체가 발칵
뒤집힌 상황이 되어 도시 내의 마족 병사가 모두 움직인 것 같
았다.

"이래 가지고는 오늘 안에 빠져나간다는 계획은 불가능하
겠는데."

"여, 여기는."

뒤쪽에서 희미하게 목소리가 들린다. 이델은 급히 몸을 돌
려 뒤를 보았다.

"이제 정신이 들어?"

"이델?"

애쉬는 아픈지 머리를 한쪽 손으로 짚으며 몸을 일으켰다. 그런 후에 말을 꺼냈다.

"어떻게 된 거지?"

"마법사에게 제대로 당했어. 다른 둘은 죽고 마법사는 내가 끝장냈지. 그리고 지금은 도시 사방을 뒤져대는 적을 피해 몸을 숨기고 있는 중이지."

이델은 거두절미하고 간단명료하게 상황을 전달하였다. 물론 애쉬는 이 말을 못 알아듣지 않았다.

"…그런가."

"이제부터 어쩌지. 이미 성문 쪽을 포함해 대부분의 길이 마족 병사들로 쫙 깔려 있어."

"그렇다 해도 여길 빠져나가야 돼. 놈들의 활동 시간이 되면 더욱 수색이 치열해질 수도 있어."

"칫! 강행 돌파가 가능할까."

"너 혼자라면 가능할지 몰라."

애쉬의 말에 이델은 놀라 물었다.

"그게 무슨 말이야?"

"내 상태론 빠져나갈 때 짐만 돼. 그러니 차라리 날 두고 너 혼자서 탈출을……."

"쓸데없는 소리하지 마."

애쉬의 말을 일축하며 이델은 말했다.

동료를 버린다는 것은 도저히 생각할 수도 없다. 용사로 있으면서 이미 숱한 동료, 친구를 잃어왔다. 그 아픔을 너무나 잘 알기에 절대 그렇게 하지 않을 것이다.

"어디 숨을 장소를 찾아보자."

이델은 그리 말하며 애쉬를 데리고 자리를 벗어났다.

골목을 따라 은밀히 움직여 여기저기 길목 구석구석을 돌아다니는 마족 병사들을 피해 다녔다. 하지만 그 바람에 점점 도시 안쪽으로 몰려 들어갈 수밖에 없었다. 게다가 여기서 더 문제가 생기고 말았다.

"앗! 여기 인간이 도망간다."

바깥의 소동에 창문이나 집 문을 열고 나온 일반 마족 주민들이 이델과 애쉬를 발견하곤 소리를 지른 것이다. 그들의 투철한 신고 정신 덕분에 두 사람은 다시금 위기에 처하게 된다.

"이쪽이다!"

우르르 몰려오는 소리가 바로 뒤에서 들린다. 그들을 피해 더 좁은 길로 접어들어 이동했지만 운이 나빴다.

"오, 저기다."

"케켓!"

뒷골목의 선술집에서 용병으로 보이는 마족이 나오다 이델과 마주쳤다.

"인간 도망자라니, 재미있군."

"잡으면 포상금이 나오려나."

뭐라 떠들어대는지 알 순 없지만 무기를 뽑는 것으로 미루어 안 봐도 적이었다.

"안 그래도 바쁜데."

약 열 명 남짓이 무기를 뽑고 덤벼왔다.

카앙!

이델은 달려드는 오크 전사의 검을 튕겨내고 잇따라 오는 코볼트 둘을 단숨에 베었다. 그다음 적은 시체처럼 파리한 혈색에 붉은 눈을 가진 어둠의 종족 중 하나인 뱀파이어였다.

'뱀파이어인가.'

인간과 닮았지만 타 종족의 피를 즐기며 빛에 약한 특성을 가진 뱀파이어는 다른 종족을 현혹해 지배할 수 있고 마법에도 재능이 있는 꽤 위험한 존재였다. 그런 만큼 이델은 신중히 놈을 상대했다.

놈이 가시가 박힌 채찍을 휘둘러 온다. 여기에 이델뿐만 아니라 애쉬도 몸을 날려 채찍을 피해냈다.

애쉬는 잠시 휘청거렸지만 곧 몸을 일으키더니 품에 소지한 단검을 꺼내 앞에서 달려드는 리자드맨에게 투척하였다. 그렇게 놈을 쓰러뜨리곤 큰 목소리로 말하였다.

"내 걱정 말고 놈들을 처리해!"

"그래!"

애쉬가 운신이 가능해질 정도가 되었음을 확인한 이델은 방어에 치우진 움직임을 단번에 뒤바꿨다.

"이놈!"

세차게 날아드는 채찍을 살짝 옆으로 피하면서 이델은 간격을 좁혔다.

빠른 움직임으로 다가서는 이델을 향해 뱀파이어 전사는 연신 채찍을 휘둘렀다. 바람을 찢어발기는 소리가 귀를 울렸지만 그것만으로는 전진을 멈추게 할 수 없었다.

"너희는 목을 베지 않곤 죽지 않았지."

"힉."

겁에 질린 표정을 담은 머리가 허공을 빙그르르 돈다.

"뭐야, 인간 주제에 강하잖아."

"컥."

말과 비명이 교차로 들린다. 피를 흘리며 쓰러진 마족을 잠깐 돌아본 이델은 애쉬 쪽을 보았다.

"깔보고 있어, 퉤!"

세 마리의 마족을 쓰러뜨린 애쉬가 숨을 헐떡이며 서 있는 것을 볼 수 있었다.

"이제 좀 괜찮아?"

"그럭저럭. 젠장! 대장으로서 너를 볼 면목이 없다."

"아니 난 별로……."

"솔직히 말해 지금 내 상태론 제대로 못 싸워. 하지만 최소한 너의 짐은 되지 않도록 할게."

"그래야지."

이델은 씩 웃었고 애쉬 또한 미소로 화답했다.

"저기다."

"벌써 쫓아왔나."

"이쪽으로 가자."

애쉬의 말에 이델은 따라 움직였다. 막 골목에 접어드는데 다른 길에서 달려오는 무수한 마족 병사를 볼 수 있었다.

"에잇."

이델은 뛰던 것을 멈추고 마력을 집중했다. 마력이 대지에 스며들더니 암벽이 위로 솟구쳤다. 흙의 암벽이 길을 막은 것을 확인한 후 다시금 뛰는데 뒤에서 폭음을 들려왔다.

"단 몇 분도 못 버티다니. 마법사가 다시 동원되었나."

하지만 마력은 느껴지지 않았다. 의문을 머릿속에 떠올리는데 심상치 않은 소리가 점점 가까워졌다.

쿵. 쿵.

'뭐지, 이 소리는?

뭔가가 다가온다는 것은 확신했다. 뛰는 가운데서도 이델은 불안감을 지우지 못했고 뒤를 돌아보았다.

쾅!

갑자기 멀쩡한 집 벽을 박살 내며 하나의 거체가 드러났다.

"구어어어!"

무려 10미터에 달하는 신장을 가진 거대한 황소가 네 발이 아닌 두 발로 굳건히 서 있다. 그 모습을 본 이델은 상대의 정체에 한마디 안 할 수 없었다.

"미노타우르스!"

건물에 처박혔던 미노타우르스는 몸을 추스르고는 거리를

다시 질주했다.

"미친놈들. 자기네 도시 안에다가 마족을 풀어놔?"

"우측으로 빠지자."

애쉬의 말에 이델은 고개를 끄덕이곤 그를 따라 움직였다. 미노타우르스는 쿵쾅거리며 바로 뒤를 쫓았다.

"여기 있다."

"비켜, 방해다."

앞에서 불쑥 튀어나온 적을 베며 이델과 애쉬는 그대로 돌파해 나갔다. 그런 둘의 뒷모습을 살아남은 마족 병사들이 분한 눈길로 쳐다보았다.

"큭! 저놈들이."

"잠깐 이쪽에… 우와아악!"

돌진하는 미노타우르스를 미처 보지 못한 마족 병사들은 그대로 거체에 치여 피륙이 된 채 길바닥에 처박혔다.

"마법으로 제어되는 건가."

"아니, 마물을 전문적으로 조련하는 마수사가 명령을 내린 거다. 어쨌거나 놈을 뿌리쳐야만 돼."

"그렇다면 이쪽으로 가자."

길로 도망친다면 엄청난 속도를 내는 미노타우르스를 뿌리칠 수 없다. 해서 이델은 다른 길을 선택했다.

벌컹.

"뭐, 뭐야."

"캬아!"

부모로 보이는 코볼트와 십여 마리의 어린 코볼트가 있는 집 안으로 창문을 통해 들어온 이델은 겁에 잔뜩 질린 코볼트 가족을 보곤 이와 같이 말했다.

"잠시 좀 실례하지."

"서두르자고."

가장 코볼트가 벽에 진열된 검을 드는 것을 보며 애쉬는 이델의 등을 떠밀었다.

"여차!"

반대편에 있던 창문을 통해 밖으로 나가고 곧장 다음 건물 안으로 뛰어들어 갔다.

"놈이 포기했나?"

"그러면 좋겠지만. 그건 아닌 것 같네."

애쉬는 못 들었는지 모르지만 이델은 들을 수가 있었다. 미노타우르스가 무식하게 건물 벽을 부숴대며 점점 가까이 오고 있는 것을.

급박한 상황에서 이델은 냉정하게 생각했다.

'보이지도 않는 상황에서 우릴 추격하는 것은 분명 마법사의 개입이 있어서다.'

마법사의 존재를 확신한 이델은 아크로바틱에 가까운 움직임을 내는 와중에도 마법을 완성하였다.

파칭!

강력한 마력의 파동이 인근을 휩쓴다. 그러자 허공에 떠 있는 투명한 마법의 눈이 드러났다.

“거기냐.”

이델은 한 치의 주저 없이 빛의 광탄을 날려 그것을 파괴했다.

쾅!

멀지 않은 곳에서 건물 부서지는 들린다. 하지만 그다음부터 소리가 들리지 않았다. 아마도 마법사와 연계해 미노타우르스를 부리던 마수사가 혼란에 빠진 게 분명했다.

“지금이 기회인 것 같은데.”

“동감이다.”

이 틈을 타 다시 한 번 도시 탈출을 기도해 보는 두 사람이었다.

*　　　*　　　*

우여곡절 끝에 다시 처음 들어왔던 입구 근처까지 이델과 애쉬는 도달했다.

“역시나 이쪽은 이미 철통 경비군.”

“다른 대원들은 아마 제 2소산지로 이동했을 거다. 그들의 도움은 기대하기 힘들어.”

“그렇겠지 역시.”

저 성문을 돌파하는 것도 단 둘이서 해야 할 처지였다. 지금까지는 그럭저럭 함께 행동해 준 애쉬지만 그의 상태를 볼 때 지금과 같은 페이스로 행동을 해줄 수 있는 시간은 그다지 오래 남지 않아 보였다.

여기서 이델의 눈에 흥미를 가질 만한 것이 보였다.

"저 축사는 뭐지?"

"아마 마족이 타는 랩터들이 있는 축사일 거야."

"랩터?"

처음 듣는 이름이다. 이델이 아는 한 그런 이름의 가축은 없었다.

"두 발로 달리는 흉포한 도마뱀이야. 300여 년 전의 전쟁 당시에 마왕이 직접 개량해 만든 놈들인데 매우 빠른 데다가 직접 공격까지 해오는 아주 짜증나는 놈들이지."

"그런 놈들이란 말이지."

듣자 하니 꽤 위험한 놈들임이 분명한 것 같다. 하지만 잘만 하면 탈출할 때 요긴하게 쓸 수 있을 것 같다는 생각을 이델은 언뜻 하게 되었다.

생각을 마친 이델은 자신의 계획을 애쉬에게 들려주었다.

"탈출할 방법이 떠올랐어."

"그게 뭐지?"

"매혹 마법으로 그 랩터라는 놈들을 잠시 길들여 그것을 타고 탈출하는 것, 어때?"

"랩터를 타고 탈출이라… 나쁘지 않은 생각이긴 한데 성문과 축사가 너무 가까워. 분명 가까이 다가가기 전에 들킬 거다."

이 대답에 이델은 고개를 좌우로 흔들고는 말했다.

"속공으로 놈들을 혼란시킨 후 다른 곳에서 몰려드는 놈보다 먼저 빠져나가면 돼."

"도박과도 같은데."

"어떻게 할까?"

"…뭘 어쩌겠어. 해봐야지, 한번."

마지막 말과 덧붙여서 씩 웃은 애쉬는 검을 들어 보였다. 그 모습에 이델 또한 미소로 화답했다.

"고요한 밤의 안식 속에 고이 잠들라, 슬립!"

비상 상황으로 인해 바싹 긴장한 상태로 경비를 서던 마족 병사 서넛이 갑자기 픽하고 쓰러진다. 그것을 본 다른 마족 병사들이 소리를 지른다.

"마법이다!"

"도망친 노예 놈들인가."

곧 마족 병사들은 무기를 들고 주변을 두리번댔다.

"이쪽이다."

목소리가 들린 곳은 먼 곳이었다. 마족 병사들은 일제히 그 방향을 보았다. 거기서 볼 수 있었던 것은 흙먼지를 일으키며 달려오는 무언가였다.

드르르르륵!

짐을 싣고 다닐 수 있게 만든 두 개의 바퀴가 달린 수레가 굉음을 내며 마족 병사들을 향해 맹렬하게 돌진해 온다. 그것을 끄는 것은 이델이었다.

"막, 막아라."

대장으로 보이는 리자드맨의 말에 활을 든 마족 병사들이 화살을 수레를 향해 날렸다.

"차핫!"

이델은 화살이 날아오자 오러로 육체의 힘을 더욱 증폭시켜 수레를 질주시켰다. 그러다 한순간에 손을 놓았다.

"피, 피해!"

수레가 자신들 쪽으로 달려오자 마족 병사들은 기겁하며 좌우로 흩어졌다.

콰아앙!

수레는 벽에 부딪치면서 산산조각이 났다.

"하아아앗!"

이델은 단숨에 마족 병사들 사이로 파고들어 검광을 연거푸 뿜어냈다.

"카아!"

마족 병사들은 곧 태세를 갖추고 반격을 해왔다. 그러나 그들의 공격은 이델에게 닿지 못했다. 날아드는 공격을 적절히 피하면서 주변의 마족 병사들을 모두 베어냈다.

더 이상 달려드는 적이 없자 이델은 서둘러 축사로 들어갔다.

"키에에엑!"

축사로 들어가니 기분 나쁘게 우는 소리가 들린다. 그리고 뭔가 연신 부딪치는 소리도 들려왔다.

"이놈들이 랩터인가."

머리 뒤로 깃털 같은 게 나 있는 흉측한 파충류들이 칸칸이

나뉜 우리에 있는 게 보인다. 놈들은 이델의 냄새를 맡고는 난폭하게 우리 안에서 날뛰어대고 있는 중이었다. 그런데…….

"욱."

참을 수 없는 냄새가 전해져 온다. 랩터의 냄새는 아니고 우리 앞에 매달린 먹이통에서 나는 냄새였다. 순간 보기 싫었지만 자연스레 눈이 그쪽으로 향하였다. 그리고 그 안에 있는 것을 보게 되었다.

"우웁!"

참을 수 없는 토기가 목구멍을 통해 전해져 온다. 온갖 험한 것들을 다 봐온 용사 이델조차도 구역질을 참지 못한 것은 다 그럴 만한 이유가 있어서였다. 먹이통에서 이델이 본 것은 다름 아닌 잘려 나간 사람의 신체였던 것이다.

그 충격적인 비주얼에 이델은 고개를 절로 돌렸다. 하지만 곧 이곳을 탈출해야 한다는 사실이 떠올랐고 억지로 고개를 다시 정면을 향하게끔 했다.

"이런 것에 충격받을 때가 아니야."

지금은 살아서 여길 빠져나가는 것만 생각하자. 이델은 억지로 방금 전 충격적인 장면을 잊으며 매혹 주문을 완성해 두 마리의 랩터에게 마법을 걸었다.

매혹 주문의 효과는 지성이 낮은 존재일수록 잘 통한다. 얼마 되지도 않는 마력을 이미 꽤나 쓴 상태였지만 다행히도 간신히 마법을 완성해 두 마리의 랩터를 순종적으로 만들 수 있었다. 이에 이델은 서둘러 그 두 마리에게 축사 한편에 있던 안장을 메게 하고 밖으로 끌고 나왔다.

밖으로 나와 보니 애쉬가 와 있었다.

"정말로 길들인 모양이군."

"지금 같은 상황이 아니라면 절대 타고 싶지 않은 것들이야. 어쨌거나 어서 올라타."

"좋아."

이델과 애쉬는 곧장 랩터에 채워진 안장에 올라탔다. 조금 불편하긴 해도 탈 만은 했다.

"가자고."

"잠깐!"

불현듯 마력이 느껴졌다. 그리고 하늘에서 불덩어리가 쏟아져 내려왔다.

쾅! 쾅!

"제길! 정말이지 끈질긴 놈들이군."

마법사의 화염 마법에 이어 아까 추격을 따돌렸던 미노타우르스가 공터로 진입하는 게 보였다.

"가자!"

이델은 고삐를 힘껏 내리쳐 랩터를 자극했다. 그러자 랩터는 머리를 위로 들어 한 번 울부짖고는 곧 뒷다리로 성큼성큼 내달리기 시작했다.

"오오."

순식간에 가속이 붙고 랩터는 굉장한 속도로 달려나갔다.

이델의 랩터가 조금 앞서 달리고 그 뒤를 애쉬의 랩터가 쫓았다.

“구어어어!”

미노타우르스도 쿵쾅거리는 소리와 함께 질주를 하였다. 그
러나 그 속도는 랩터보다 빠르지는 않았다.

“철창을 내려!”

“쏴라.”

성벽 위에 있던 마족 병사들은 성문을 봉쇄하기 위해 철창
을 내렸다.

“치잇!”

아직 좀 더 달려야 하는 상황에서 철창이 반 이상 내려간 것
을 본 이델은 정면 돌파는 불가능하다는 것을 확신했다.

‘그렇다면 방법은 하나뿐이다.’

여기서 이델은 고삐를 틀어 랩터의 방향을 바꿨다.

쏟아지는 화살 세례를 피하면서 이델의 랩터는 성벽으로 올
라가는 계단을 질주했다.

“캬아아아.”

“쿠엑!”

랩터를 막으려다가 그 몸에 부딪쳐 마족 병사들은 아래로
연달아 추락했다.

이때, 뒤에서 애쉬의 목소리가 들려왔다.

“설마 내가 생각하는 그거, 아니겠지?”

“아니, 생각한 그거 맞아.”

“으하하, 역시나 그렇구나. 까짓 죽기 아니면 까무러치기 아

니겠어. 한번 해보자고.”

호탕하게 웃으며 말하는 애쉬를 잠깐 뒤돌아보았던 이델은 다시 앞을 보았다. 이제 세 걸음이면 되었다.

“가랏!”

낼 수 있는 최대한의 목소리로 이델은 소리 질렀다. 그리고 그 순간 랩터의 발이 성벽을 박찼다.

후우우웅.

바람의 소리와 함께 랩터는 하늘로 날아올랐다. 마치 활공하는 새처럼 말이다. 하지만 랩터에게 날개는 없었다.

“오, 오오!”

천천히 떨어지는가 싶더니 이내 빠르게 낙하를 한다.

“크윽!”

이델은 아래를 내려다보았다. 그가 본 곳에는 도시 주변으로 파여진 해자가 있었다. 수심이 얼마냐에 따라 목숨이 결정되리라.

이델은 자신의 운을 한번 믿어보기로 했다.

풍덩!

처음 이델과 그가 탔던 랩터가 해자 한가운데에 빠졌다. 그리고 직후에 애쉬도 근처에 추락하였다.

“끼에에엑!”

먼저 수면 위로 떠오른 것은 랩터들의 머리였다.

차가운 물에 빠진 덕에 매혹 주문에서 벗어난 랩터들은 물속에서 크게 허우적댔다. 아무래도 수영은 영 꽝인 모양이다.

그런데 이델과 애쉬의 모습은 쉽게 드러나지 않았다.

성벽 위에서는 아래의 상황을 내려다보는 수십의 마족 병사들이 있었다.

"당장 놈들을 잡아오도록 해."

"예, 옛!"

도시 내에서 엄청난 사건을 저지른 인간들을 잡기 위해 마족 병사들은 황급히 도시 밖으로 나와 해자 주변을 이 잡듯이 수색했다. 그러나 결국 그들은 찾고자 하는 상대를 찾지 못했다.

"푸화학!"

추락 지점에서도 한참이나 떨어진 곳에서 이델과 애쉬가 떠올랐다.

"쿨럭! 쿨럭!"

두 사람 다 격하게 숨을 들이켜며 급히 물가로 나왔다. 물가까지 헤엄쳐 온 그들은 이내 기진맥진한 상태로 땅에 누웠다.

"하아, 하아."

"후와, 죽는 줄 알았네."

물속에 빠진 상황에서 애쉬는 추격을 피하기 위해 이델을 인도해 잠수로 한참을 헤엄했다. 그 덕에 마족 병사들의 눈을 피해 멀찍이 떨어진 곳까지 올 수 있었던 것이다.

잠깐 지친 몸을 쉬었지만 그곳에 오래 머물 수는 없었다. 추격자들이 계속 탐색 범위를 확대해서였다.

“어서 가자.”

“그래야지.”

다른 동료들이 있는 곳까지 무사히 가야만 비로소 완전한 탈출이 달성된다. 이델과 애쉬는 무거운 몸을 억지로 일으켜 어깨동무를 해 서로를 의지하면서 걸음을 힘겹게 옮겼다.

이날, 마족은 결국 두 사람을 찾아내지 못했다.

한 도시가 일개 노예 종족에 불과한 인간들에 의해 발칵 뒤집혀진 이야기는 급속도로 퍼져 나가게 된다.

한편, 우여곡절을 겪어야 했지만 목적 자체는 달성한 이델은 이번 임무를 통해 그간 자신에게 지워진 의심들을 상당 부분 제거할 수 있었다. 아울러 그의 능력 전반을 높게 평가받을 수 있게 되었다.

이델 자신은 아직 몰랐지만 이미 그에게 대장 직위를 줄 마음을 군터는 가지고 있었다. 하지만 그 이야기가 불거지기 전에 안 좋은 소식이 당도하게 된다.

“하넬타 대륙에서 전갈입니다.”

“말해보라.”

“사로잡히신 하프만 님이 조만간 공개 처형을 당하신다고 합니다.”

“뭐라고!”

전갈의 내용을 들은 군터는 자리에서 벌떡 일어났다.

작전 중 사로잡혔던 하프만이 마족이 보는 앞에서 공개 처형을 당하게 되었단 소식은 모두를 큰 충격에 빠뜨렸다.

군터는 곧 이노센트 라이트의 주요 간부를 소집하였다.

소집 이유는 단 하나였다.

그 이유는 바로 하프만의 구출에 대한 작전 논의였다.

『천년용사』 2권에 계속…

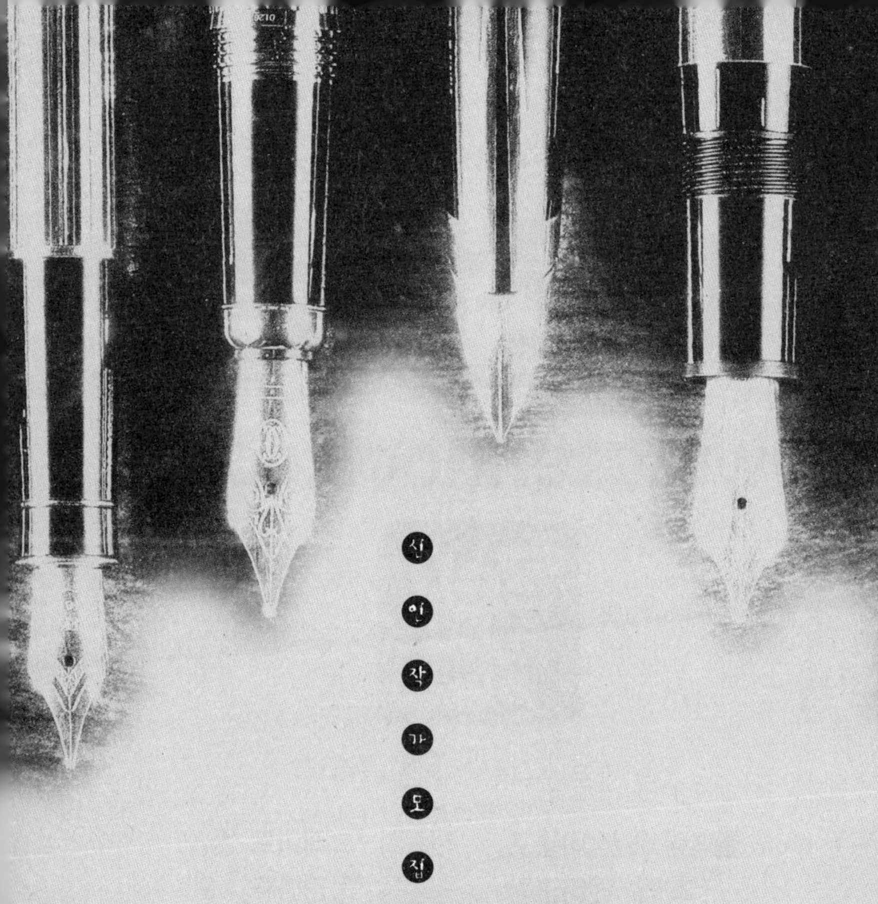

신

인

작

가

모

집

시작이 반이라고 했습니다.
작가의 길에 대한 보이지 않는 벽을 과감히 깨뜨리십시오!
청어람은 작가 지망생 여러분들의
멋진 방향타가 되어드리겠습니다.

저희 도서출판 청어람에서는
소설 신인 작가분들을 모집합니다.
판타지와 무협을 사랑하시는 분들의 많은 참여를 바랍니다.
소정의 원고(A4용지 150매)를 메일이나 우편으로 보내주시면
검토 후 출판 여부를 알려드리겠습니다.

주소:경기도 부천시 원미구 심곡2동 163-2 서경B/D 2F 우편번호 420-822
TEL:032-656-4452 · FAX:032-656-4453
http://www.chungeoram.com
e-mail:chungeoram@chungeoram.com

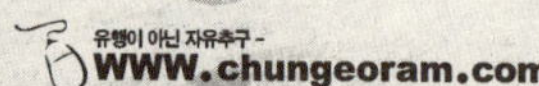

이포두

노주일 新무협 장편 소설

FANTASTIC ORIENTAL HEROES

**청어람이 발굴한 신인 「노주일」
그가 선사하는 즐거운 이야기!**

내 나이 방년 스물셋. 대륙을 휘몰아치는 전쟁에서
간신히 살아남아 고향으로 돌아왔다.
사실 전쟁은 이미 이기고 지는 건 문제도 아니었다.
단지 전후 협상만이 탁상공론으로 오고 갔을 뿐.
하지만 전쟁터에서는 항시 사람이 죽어 나갔다.
이유도 알지 못한 채 그냥.
그러던 차에 전후 협상처리가 되고 나서 전역했다.
그리고는 곧장 뒤도 돌아보지 않고 고향으로!

『이포두』

내 가족과 내 친구가 있는 곳으로!

Book Publishing CHUNGEORAM

귀환병사
요람 新무협 판타지 소설
FANTASTIC ORIENTAL HEROES

HUNTER MOON

보름달이 떠오르면 밤의 사냥이 시작된다.
헌터문(Hunter-Moon), 사냥꾼의 달.

귀계의 밤이 열리며 저물지 않는 달이 떠올랐다.
실체 없는 힘을 좇아 명맥을 이어온 퇴마사들,

이제 그들로 인해 세상이 뒤바뀐다.
[미녀들과 귀신 탐험대]의 사이비 퇴마사 예용종과
그의 가족들이 펼치는 좌충우돌 퇴마기.

"퇴마사는 얼어 죽을! 그거 다 쇼야!"
"저기 하늘에 구멍이 뚫렸는데요?"
"으잉?"

Book Publishing CHUNGEORAM

유행이 아닌 자유추구 -
WWW.chungeoram.com